셔닐 손수건과 속살 노란 멜론

シェニール織とか黄肉のメロンとか

서닐 손수건과 속살 노란 멜론

펴 낸 날 | 2024년 12월 9일 초 판 1쇄

지 은 이 | 에쿠니 가오리
옮 긴 이 | 김난주
펴 낸 이 | 이태권

책임편집 | 정지원
북디자인 | 김혜수
펴 낸 곳 | 소담출판사
서울특별시 성북구 성북로5길 12 소담빌딩 301호 (우)02880
전화 | 02-745-8566 팩스 | 02-747-3238
등록번호 | 1979년 11월 14일 제2-42호
e-mail | sodambooks@naver.com
홈페이지 | www.dreamsodam.co.kr

ISBN 979-11-6027-466-0 03830

• 책값은 뒤표지에 있습니다.
• 잘못된 책은 구입하신 곳에서 교환해드립니다.

셔-닐 손수건과 속살 노란 멜-론

シェニール織とか黄肉のメロンとか

에쿠니 가오리 지음
김난주 옮김

차례

1

고개를 돌리자 콘센트에 마냥 꼽혀 있는 집 전화의 플러그에 쌓인 먼지가 보였다. 평소 웬만큼은 청소를 하고 있다 여겼는데, 반대쪽으로 고개를 돌리자 소파 밑에서도 얇게 쌓인 먼지가 눈에 들어왔다. 깊은 밤, 거실 한구석에 서 있는 스탠드의 갓 속에서 희미한 불빛이 퍼져 나오고 있을 뿐인데, 그 어스름함에 눈이 익자 의외로 여러 가지가 보여 다미코는 신선한 놀람을 느꼈다. 벽에 걸린 그림은 약간 비틀린 듯하고, 검고 네모난 윤곽만 보이는 텔레비전 스크린에는 어딘지 모를 허공이 비치는 듯해서 으스스하다. 지금 다미코는 그런 광경을, 자기 집 거실에 깐 손님용 이부자리에 누워 바라보고 있다. 천장에 어린 스탠드 불빛의 동그란 그림자가 왜 그런지 미묘하게 흔들려서, 어렸을 때 같으면 저 그림자의 흔들림에 겁을 먹었을지도 모르겠다고 생각했다. 간혹 부엌에서 냉장고가 웅웅거리는 낮은 소리가 들린다.

"다른 데 한번 누워 봐. 부엌이나 복도처럼 평소에 누워 자지 않는 곳. 그럼 바로 알 수 있어. 잘 안다고 생각했던 장소가 얼마나 낯선 곳인지."

저녁을 먹은 다음 둘이서 와인을 마시며 얘기할 때 리에가 그렇게 말했다. 맞는 말이다. 다미코는 거실이 거북하고 낯선 장소로 느껴져 잠을 못 이루고 있지만, 어쩌면 보기 좋게 걸려들었을 뿐인지도 모른다는 생각이 머릿속에 어른거리기도 했다. 리에는 자기가 다미코의 침실을 사용하고 싶어서 그런 말을 했는지도 모른다.

세이케 리에는 다미코의 대학 시절 친구다. 외국 금융회사에서 일하느라 영국에서 오래 생활했다. 한 달 전, 일을 그만두고 귀국할 텐데 살 곳이 정해질 때까지 당분간 너희 집에서 지낼 수 있으면 좋겠다는 연락이 와서, 다미코는 괜찮다고 대답했다. 거절할 이유가 없었기 때문이다. 다른 친구들 집에는 남편과 아이가 있지만, 어머니와 단둘이 사는 다미코는 그 어느 쪽도 없다. 게다가 어머니와 리에는 옛날부터 신기하게 죽이 잘 맞아, 학창 시절에는 다미코가 집에 없을 때도(다미코는 강의가 있어 학교에 갔는데, 리에는 강의를 잘 빼먹었다는 뜻이다) 집에 놀러 오곤 했다.

리에는 전에도 간간이 귀국한 적이 있다. 그런 때면 늘 친가에서 지냈는데, 부모님이 모두 돌아가신 지금 친가에는 남동생 부부가 살고 있다.

"나, 집 없는 아이가 되었어."

본인은 그렇게 말하지만, 일찍부터 재테크에 열심이었던 리에가 도쿄 도내에 아파트를 몇 채나 갖고 있다는 사실을 다미코는 알고 있다. 하지만 그 아파트들은 어디까지나 임대를 해서 부수입을 챙기기 위해 갖고 있는 것이지, 본인이 들어가 살 마음은 없는 듯하다.

이렇게 해서 다미코네 집에서 지내기로 결정되자, 리에는 귀국에 앞서 먼저 짐을 보냈다. 짐 상자에는 패션에 돈을 많이 쓰는 그녀답게 엄청난 양의 옷과 구두에, 현지에서 사 모았다는 앤티크 식기, 역시 앤티크라는 거대한 전신 거울, 콘솔, 서랍장 등 그녀 왈 "평생 함께할" 가구들이며, 감촉이 좋아 버릴 수 없다는 캐시미어 담요까지 들어 있었다. 그 짐들이 복도와 거실 절반을 차지해 버렸다. 그런 집에 남은 자리를 메우듯 그녀가 귀국, 와인 두 병을 비우며 밤늦도록 따발총 수다(물론 주로 리에가 얘기했다)를 떨다가 다미코는 이렇게 손님용 이부자리에 누워 있는 것이다.

거절할 이유가 없었지, 하고 다미코는 천장을 올려다보면서 새삼 생각한다. 부탁을 거절하려면 이유가 필요하고, 이유가 없는 이상 들어줄 수밖에 없지 않나 하고. 하지만 생각해 보면(곰곰 생각할 것도 없이 바로 떠오르는 몇 가지 일이 있다), 다미코는 지금까지 인생의 여러 장면에서 거절할 이유가 없다는 이유로 받아들인 일 때문에 몇 번이나 곤욕을 치렀다. 일을 하면서도, 남자의 데이트 신청 때도, 그리고 누군가가 돈을 빌려 달라는 때도.

기억에 남아 있는 그런 유의 사건 중에 가장 오래된 것은 무려 초등학교 시절까지 거슬러 올라간다. 그때 다미코는 열 살이었다. 점심시간에 운동장에 나가려는데, 같은 반 여자아이가 불렀다. 성은 잊었지만 이름은 게이코였던 것으로 기억한다. 얌전하고 그림 그리기를 좋아하는 아이였다.

"다미코, 있지 나, 부탁할 게 있는데."

게이코는 말하기조차 부끄럽다는 듯 말했다. 다미코나 게이코나 사교적인 편이 아니라서 쉬는 시간에도 혼자 지내는 일이 많았다. 그때도 주위에 다른 아이들은 없었다.

"뭔데?"

다미코가 묻자, 게이코가 대답했다.

"음, 좀 던져 보게 해 줄래? 그냥 살짝."

그리고 사람이 사람을 정말 던질 수 있는지 알고 싶을 뿐이라고 설명했다.

다미코는 거절할 이유가 없었다. 왠지는 몰라도 게이코에게 나쁜 뜻이 없다는 것은 명확하게 알고 있었고, 혼자 지내는 점심시간에 달리 할 일도 없었기 때문이다. 그래서 다시 물었다.

"어떻게 하면 되는데?"

"내가 팔을 잡을 거니까, 그냥 힘 빼고 서 있으면 돼."

다미코는 게이코가 하라는 대로 했다. 그다음 무슨 일이 벌어졌는지는 그때도 이해가 안 되었지만, 게이코가 조금도 망설이지 않았다는 한 가지만은 분명하게 알았다. 정신을 차렸을 때, 다미코는 저만치 나가떨어져 있었다. 둘은 교실이 있는 건물에서 체육관으로 가는 복도에 있었다. 그 콘크리트 바닥에 얼굴을 부딪친 채 몸이 앞으로 쭉 미끄러졌다. 다미코는 그저 놀랐을 뿐 아픔은 느끼지 못했을 것이다. 울지도 않고 일어나, 게이코가 걱정스러운 표정으로 다가와 몇 번이나 사과하는 소리를 들으면서 교실로 돌아가 그대로 오후 수업을 들었으니까. 피가 줄줄 흐르고 얼굴 전체가 부어오르기 시작한 것은 그다음이었다. 그 얼굴을 본 선생이 비명을 질렀고, 보건실을 거쳐 병원으로 데려갔다. 찰과상과 화상이라는 진단이 내렸고, 피부에 파고든 모래를 제거하는 데 시간이 꽤 걸렸다는 건 나중에 엄마에게 들었다.

그 사건은 다미코와 게이코 사이의 거리를 좁히지도 넓히지도 않았다. 쉬는 시간에는 여전히 둘 다 혼자였고, 그러다 우연히 눈길이 마주치면 서로가 작은 미소를 주고받았다. 그러나 초등학교를 졸업할 때까지, 다미코가 게이코와 두 마디 이상 얘기를 나눈 것은 결국 그때 한 번뿐이었다.

기억이 기억을 불러, 초등학교와 중학교, 당시 살았던 집과 그때는 살아 있었던 아버지를 떠올리다 다미코는 그만 잠이 든 듯하다.

"잘 잤어? 커튼 걷는다."

리에의 목소리가 들려, 잤다는 느낌이 전혀 안 든다고 생각하면서 다미코는 눈을 떴다. 해는 아직 뜨지 않았고, 바깥은 다섯 시나 여섯 시쯤의 색감이었다.

이른 아침의 마당은 참 상쾌하다. 무로후시 사키는 잠옷 위에 카디건을 걸치고 장화를 신은 차림으로 커피가 담긴 머그잔과 함께 흙을 밟고 서 있다. 춥기는 하지만 한겨울의 찌르는 듯한 추위는 이제 가셨고, 공기도 물처럼 흐르고 있다. 마당은 아직 칙칙한 겨울색이지만, 이제 곧 봄이라고 생각하면서 사키는 콧구멍을 한껏 벌리고 흙과 식물의 냄새를 들이마셨다. 이 시간에만 우는 비둘기가 구구구 낮게 우는 소리가 들렸다.

마당이 그리 넓은 것은 아니지만, 사키는 여름이면 나무그늘이 생길 정도로 갖가지 나무를 심어 놓았다. 키가 큰 나무도 있고 작은 나무도 있고, 넝쿨 식물도 있고 들꽃도 있다. 중요한 것은-아니, 사키가 늘 가슴이 뭉클해지는 것은-, 마당이 공간이며 입체라는 사실이지 면적은 문제가 아니라는 점이다. 정성 들여 키우면 식물은 얼마든지 뿌리를 내리고 잎을 뻗는다. 그 신비로움을 깨달은 후로 사키는 집의 다른 어느 곳보다 마당을 좋아하게 되었다.

커피를 다 마시고 집 안으로 들어오자, 옷을 갈아입고 남자들을 깨웠다. 남자들이란 남편과 둘째 아들이다. 첫째 아들은 이미 독립했다.

"이 집에 이대로 있으면 내가 엉망이 될 거야."

작년에 취직을 하면서 혼자 살기로 결정한 그는 그런 말을 남기고 집을 떠났다. 그 말이 무슨 뜻인지 사키는 그때도 몰랐고 지금도 모른다. 혼자서도 재미있게 사는 듯하지만, 툭하면 집에 오는 데다 학창 시절부터 합숙이다 뭐다 하며 외박이 잦은 아들이었기 때문에 독립하기 전과 후가 별로 다르지 않다고 생각한다. 하기야 뭐, 남자니까. 아들들에 대해서 이해할 수 없는 점은, 늘 그렇게 생각하면서 스스로를 납득시켜 왔다. 그럴 만하다고 생각한다. 아내이며 엄마인 사키는 과거에는 소녀였고, 어른이 되어 아줌마가 되었고, 지금은 거의 할머니가 되어 가고 있다. 한 번도 남자였던 적이 없으니, 앞으로도 남자가 될 가능성은 없다.

남자 둘이 아침을 먹고 각자 회사와 학교로 간 다음 집안일을 시작했다. 청소를 하는 도중에 한숨 쉬려다 라인방에 메시지가 들어와 있는 것을 알았다. 12라는 숫자를 보자 리에의 귀국 날이 어제라는 기억이 떠올랐다. 라인방을 열었다.

'다녀왔어!'

리에의 말 밑에 사진이 주르륵 이어졌다. 리에와 다미코의 투 샷(둘이 찍은 사진을 일본 사람이나 그렇게 말할 테니까 어색하다고 생각하지만, 아무튼), 다미코의 어머니 가오루 씨가 정성껏 준비했을 요리들, 가오루 씨의 웃는 얼굴 한 장, 종이 상자에서 뭔지 모를 짐을 꺼내는 잠옷 차림의 리에, 나란한 와인글라스 두 개를 가까이서 찍은 사진.

사키는 자기도 마치 그 자리에 있었던 것처럼 장면 장면을 상상할 수 있었다. 시끌벅적한 밤이었으리라. 귀국으로 흥분한 리에가 거의 일방적으로 말을 늘어놓았을 것이다. 다미코는 들어 주기만 하려 했는데, 리에의 말에 일일이 대꾸하다 보니 결국 얘기가 길어졌을 테고, 가오루 씨는 그런 둘을 흐뭇하게 바라보았을 것이다. 그러다 가오루 씨가 지쳐서, 또는 단순히 잠이 와서 침실로 들어간 다음에도 둘은 늦게까지 술을 마셨으리라. 옛날부터 술꾼들이었다.

사키는 자신의 감정을 잘 알 수 없었다. 그 자리에 있고 싶었던 것 같기도 하고, 없기를 잘했다 싶기도 하다. 친구가 많지 않은 사키에게 둘은 학창 시절부터 계속 교류하는 극소수의(거의 유일한, 유이라고 해야 하나) 친구이며 소중한 존재이기는 하지만.

'어차피 곧 만나기로 했는데 뭐.'

그렇게 생각하고, 사키는 자신의 감정을 그만 분석하기로 했다. 매사 너무 깊이 생각하지 않는 편이 좋다. 그건 사키가 인생의 비교적 이른 단계에 배운, 그리고 사키 생각에 다미코는 절대 배우려 하지 않는 교훈의 하나이다.

달걀 한 개를 삶아 점심으로 먹은 다음 사키는 다시 청소를 시작했다. 남자들이 있는 집 안을 늘 청결하게 유지하려면 엄청난 노력이 필요하다.

오전 중에 나갔다가 밖에서 저녁까지 먹고 돌아온 리에는 다미코가 일하는 방으로 들어서자마자 놀랍게도,

"나, 차 샀어."

하고 대뜸 말했다.

"뭐?"

무슨 말인지 몰라 되묻자,

"르노 트윙고 인텐스. 콤팩트하고, 리어엔진이라서 핸들 조작하기가 편해. 색깔은 프렌치 감성의 블랑쿼츠."

하며 두 팔을 위로 올리고 허리를 흔들어 보였다.

"샀어?"

"샀다고 했잖아."

"오늘?"

"응."

다미코는 펜을 내려놓았다.

"차고는?"

"빌렸지. 뒤쪽에 있는 주차장이 제일 좋았는데 빈자리가 없더라. 그래서 다른 주차장 찾아냈어. 좀 걸어가야 하지만."

리에는 도저히 일을 그만둔 사람 같지 않게 회색 바지 정장에 하얀 리본 블라우스를 받쳐 입은 차림이다.

"필요한 서류도 전부 작성하고 왔어. 차량 등록이 끝나는 대로 나올 거래."

리에는 립스틱을 짙게 바른 입술(저녁을 먹은 후에 다시 발랐겠지, 하고 다미코는 추측했다)에 미소를 머금고 설명했다.

"이 집은 차가 없으면 불편하잖아? 역이 멀어서."

"버스가 있어."

대답하면서 다미코는 속으로 이 사람이 언제까지 이 집에 머물 생각인지 싶어 불안해졌다. 귀국한 다음 날 불쑥 차를 사는 결단력과 경제력이 있다면 살 곳을 먼저 정해야 하지 않을까.

"축하해야지. 건배하자, 건배."

리에는 들뜬 목소리로 말했다. 다미코는 지금 일하는 중이고 무슨 축하인지도 모르겠는데, 리에는 그런 것은 조금도 개의치 않았다.

"옷 갈아입고 올게."

신이 난 목소리로 말하면서 리에가 방에서 나갔다.

다미코가 일하는 방은 아주 좁다. 문과 조그만 창문 빼고 남은 벽면은 전부 책장으로 가려져 있다. 거기에 꽂히지 못한 책이 바닥에도 쌓여 있다. 원래는 어머니가 재봉실로 사용하던 방이었다. 하지만 지금 그 시절의 흔적은 창문에 걸린 낡은 커튼(강아지와 고양이가 서로를 쫓아다니는 그림) 정도밖에 없다. 일하는 책상과 의자 외에는 독서용 안락의자가 하나 놓여 있을 뿐이지만, 그것만으로도 꽉 찬다.

레드와인 한 병과 잔 두 개를 들고 돌아온 리에는 하나뿐인 안락의자에 털퍼덕 앉더니, 허벅지 사이에 병을 끼고 고정한 다음 코르크 마개를 뽑고 잔 두 개에 와인을 콸콸 부었다.

"마시고 왔지?"

다미코가 묻자,

"아주 조금."

리에가 말하는 조금이 어느 정도를 뜻하는지 애매하지만,

취한 것 같지는 않았다. 다미코는 잔을 받아 들고, 건배를 하는 척만 하고는 와인을 한 모금 머금었다.

"저녁은 뭐 먹었어?"

영국 회사에서 같이 일했던 동료 중에 현재 도쿄 지사에 있는 몇 명이 귀국 축하를 해 준다고 들었다.

"스시."

중얼거리듯 조그맣게 대답한 리에는 화장을 말끔하게 지우고 잠옷 위에 파랗고 얇은 스웨터를 겹쳐 입은 모습이다. 스웨터는 누가 봐도 외제다 싶게 색감이 선명하다. 다미코는 어제 저녁때도 똑같은 생각을 했는데, 평소에 바지 정장이나 타이트스커트, 몸의 곡선이 드러나는 원피스 같은 호전적인 차림을 즐기는 리에의 이런 무방비한 모습이 신선했다.

"그런데, 별 재미없었어. 다들 고리타분하게 옛날 얘기만 하더라고. 영국 시절을 그리워하는 얘기들."

리에는 그렇게 말하고, 역한 냄새라도 맡은 것처럼 얼굴을 찡그렸다.

"추억 얘기가 어때서."

"놉."

노라고 말한 듯했다.

"난 말이지, 좀 더 생산적인 얘기를 하고 싶다고."

"예를 들면 어떤?"

와인을 홀짝거리면서 물었다. 일하는 방에서 마시는 와인은 환경이 그래서 그런지 책 맛이 난다.

"음."

하면서 고개를 기울인 리에는,

"모모치 씨는 잘 지내?"

하고 묻는다.

"그 질문 어디가 생산적이라는 건데."

다미코는 그렇게 말하고, 잘 지낸다고 덧붙였다. 적어도 얼마 전에 통화했을 때는 잘 지내는 것 같더라고.

"흠, 그렇구나."

리에는 무슨 속뜻이 있는 듯한 목소리로 말한다.

"왜?"

"아무것도 아니야."

다미코는 리에의 머릿속이 훤히 보이는 듯했다. 모모치 미키오는 아주 오래전에 다미코가 사귀었던 남자다. 그 관계가 끝난 후에도 우정은 오래 계속되고 있다. 정말 우정이라 고박에 말할 수 없고, 다미코는 그래서 오히려 달갑다. 그런 모모치가 최근에 이혼했다. 본인 말에 따르면 아내가 자기를 버리고 떠났다지만. 리에는 옛날부터 남녀=연애라고 생각하는 버릇이 있다. 그러니 아마 멋대로 상상을 부풀리고 있을 것이다.

"생산적인 얘기라는 게."

다미코가 먼저 말을 꺼냈다.

"예를 들면 신혼 살림집은 어땠으면 좋겠다는 희망이나 조건, 구체적인 계획, 그런 거 아니야?"

리에는 경악한 표정을 지었다.

"아니 설마, 나를 벌써 쫓아내겠다는 거니? 어제 막 귀국했는데? 차도 샀는데?"

"그런 말이 아니야, 그런 게 아니고."

다미코는 당황해서 얼른 부정했다. 상처 입은 듯한 친구의 표정은 견딜 수가 없다.

"아니면, 뭔데?"

"그냥 말해 본 거야. 생산적인 얘기의 예로, 그냥 생각나는 대로 말해 봤을 뿐이야."

정말? 하고 물어서, 정말이라고 대답한다.

"그럼 다행이고."

리에는 그렇게 말하고는,

"나는, 환영하지 않는 장소에 기를 쓰고 눌러 지내는 여자 아니야. 그렇게 분위기 파악 못 하는 여자 아니라고."

하고 말을 이었다.

"알아. 미안해. 그런 뜻으로 한 말 아니야."

다미코가 횡설수설 사과하자, 리에는 갑자기 기분이 좋아졌는지 아니면 단순히 기분이 바뀌었는지,

"아 참."

하고 말했다.

"이걸 보여 주고 싶었는데."

하고는 벌떡 일어나 다미코 책상에다 번쩍거리는 종이 팸플릿을 펼쳤다.

"이 색, 정말 나답지 않니?"

뒤에서 옆얼굴과 옆얼굴이 거의 닿을 정도로 다가와, 다미코는 왠지 당황스러웠다. 리에가 사용하는 비누인지 화장수인지, 방울꽃 비슷한 향이 풍겼다.

"그냥 봐서는 투 도어 같지만, 사실은 파이브 도어야. 뒷문 손잡이가 숨겨져 있거든. 트렁크도 넓고, 뒷좌석을 눕히면 평평해지기 때문에 대형 슈트 케이스도 실을 수 있어."

"슈트 케이스라니, 또 어디 갈 거야?"

"당연히 가지. 언제든, 어디로든."

운전을 못하는 다미코는 차에 아무 관심이 없지만, 거의 등을 뒤덮을 듯 몸을 굽히고 있는 리에를 느끼면서 차 사진을 바라본다. 외관과 내장, 핸들과 각종 계기들.

"아름답네."

다미코가 감상을 말하자,

"당연하지, 내가 고른 건데."

하고 대답하면서 리에가 가슴을 쫙 폈다. 그 후에도 자동차 얘기가 끝없이 계속되었다.

"앞 좌석의 시트 히터는 옵션이 아니야. 캔버스 톱도 옵션으로 선택할 수 있는데, 음, 없어도 괜찮을 것 같아서. 학창 시절에 내가 타고 다녔던 차 기억나? 매너가 나쁜 운전자들, 사생활도 불행할 거야."

와인 한 병을 비우자 리에는 침실로 돌아갔다. 다미코는 오늘은 리에 너가 거실에서 자라고 말하려고 했는데, 미처 하지 못했다.

2

물론 평소와 같을 수 없지만, 손님이 있으면 집안이 활기차고 북적거려서 좋다. 아침의 부엌에서 크로켓을 튀기면서(불쑥 크로켓 빵을 만들자는 생각이 들었다) 스와 가오루는 그렇게 생각한다. 게다가 묵고 가는 손님은 옛날 고릿적에 남편이 데려왔던 대학 동창이나 학생들 이후로 처음이다. 그때도 술에 취한 젊은이들이 뒤섞여 자는 광경이 너무 괴상해서 잊히지 않을 정도로 나름 신선하고 즐거웠던 것 같은데, 학생들을 잠시 맡은 것이니 그 부모님들에게 누가 되지 않도록, 또 남편의 아내로 빈틈없이 대접하려 하면 할수록 신경 쓸 게 많았다. 지금은 이미 그런 '입장'에서 해방되었다. 대접하는 역할은 딸인 다미코에게 물려주었기 때문이다. 적어도 그 책임을

지는 사람이라는 의미에서는. 정작 그 다미코는 지금 바로 옆에 있는 거실에서, 창문으로 아침 햇살이 비치고 기름 끓는 소리가 나는데도 태연히 자고, 아니면 자는 척하고 있지만.

가오루는 묵고 가는 손님인 세이케 리에를 옛날부터 좋아했다. 활달하고, 성격도 말투도 시원시원해서 기분이 좋다. 무슨 생각을 하고 있는지 모를 다미코와 달리 얘기하기도 쉽고, 중년이 넘은 지금도 학창 시절의 여운이 남아 있어 왠지 귀엽게 느껴진다.

그 리에는 지금, 보들보들해 보이는 스웨트 팬츠에 감싸인 한쪽 다리를 세워 껴안은 모습으로 식탁 의자에 앉아 두 손으로 소중하게 감싸 쥔 머그잔으로 커피를 마시면서, 자신에게 커피가 얼마나 필요한지를 설명하고 있다. 물론 예의 바른 자세라고는 할 수 없으니 다미코에게는 절대 허락할 수 없다. 하지만 리에는 다른 집 딸이니까 뭐라고 할 수 없고, 게다가 그런 모습마저 리에에게는 신기하게 잘 어울린다.

리에는 집에서는 커피를 잘 안 마시는데 다른 장소에서는 커피가 없으면 견딜 수 없다고 한다. 직장, 여행지의 호텔, 여관, 하고 열거한다. 공항에서도 열차에서도 영화관에서도, 비치 리조트에서도 산속 통나무집에서도 네일숍에서도.

"통나무집에서 마시는 커피는 맛있을 것 같네."

가오루가 말하자,

"네, 정말 맛있어요."

하는 솔직한 대답이 돌아왔다. 노릇노릇하게 튀겨진 크로켓을 기름에서 건져 올리고, 구운 식빵에 버터를 빈틈없이 바른다. 말이 크로켓 빵이지 가오루가 만드는 그것은 샌드위치다. 구운 식빵 한 장 위에 채 썬 양배추와 크로켓을 얹고 굴 소스를 뿌린 다음 식빵으로 덮는다. 식빵 테두리를 잘라 내고 절반으로 잘라 접시에 담아 내밀자, 리에는 환성을 질렀다.

"와! 갓 튀겨 낸 크로켓, 호사스럽네요."

황홀한 표정으로 그렇게 말하고는,

"잘 먹겠습니다!"

하고 기운차게 선언하자마자 먹기 시작한다. 입이 짧은 다미코와는 대조적으로 호쾌하게 먹는 모습을 가오루는 그만 넋을 잃고 바라본다.

먹는 모습도 그렇지만, 가오루 눈에 딸과 이 친구는 하나에서 열까지 모두 대조적으로 보인다. 대학을 졸업한 후의 인생이 그걸 말해 준다. 리에는 외국으로 유학을 떠났다가(캐나다였는지 호주였는지 잊었지만, 그녀가 유학을 끝내고 오래 생활한 영국이 아닌 나라였던 것만은 분명하다) 그대로 현지에서 취직했고, 몇 번 이직을 했고, 캐나다인지 호주인지(아니면 뉴질랜드였을까)와 영국과 일본을 오가며 일했고, 결혼과 이혼(비슷한 것)도 가오루가 아는 한 두 번씩 경험했다. 첫 번째 남편인 일본 남자와는 가오루도 만난 적이 있다. 땅딸막한 체구에 사교적이며 심성도 괜찮은 남자였다. 두 번째 남편은 영국인으로, 오래 같이 살았다고 하는데 정식 결혼이었는지 어쩐지는 잘 모른다. 그러나 딸 다미코는 한 번도 취직한 적이 없고, 한 번도 집을 떠난 적이 없고, 결혼 역시 한 번도 한 적이 없다. 소설가라고 불리기도 하고 또는 라이터, 에세이스트, 서평가라고 불리기도 하는데, 요는 정체가 애매한 글 쓰는 사람으로 그럭저럭 생계를 유지하고 있을 뿐이다. 다미코 자신이 소박하고 변화가 없는 자기 인생에 대해서 어떻게 느끼고 있을지를 상상하면, 가오루는 가슴이 아리다.

다미코와 리에는 겉모습도 대조적이다. 다미코는 아담하고 편평한 몸매인 데 반해 리에는 키가 크고 곡선이 두드러지는 몸매다.

"출석부에 이름이 나란해서 그랬다 그랬지? 우리 다미코와 리에가 친해진 계기."

가오루가 말하자, 아득한 먼 얘기를 갑자기 꺼낸 탓인지 리에는 순간 어리둥절한 표정을 짓더니 이내 환하게—옛날부터 이 아이의 주특기라고 가오루는 생각하고 있다. 그야말로 꽃잎이 벌어지는 것처럼 극적인 효과를 낳는 방식으로—미소를 띠고,

"맞아요. 그게 모든 것의 시작이었어요."

하고 대답했다.

"사키 씨도?"

"네, 사키도요. 사키의 옛 성은 세노. 스와, 세이케, 세노, 그렇게 쓰리 걸스 탄생."

그 얘기는 전에도 들어 알고 있지만, 가오루는 참 알 수 없는 노릇이라고 생각한다. 그 오랜 인간관계가 사소한 우연에 좌우되었다니.

리에가 설거지는 맡겨 달라고 해서, 가오루는 그 청을 순순히 받아들이기로 한다. 오늘은 오전 중에 수영장에 갈 예정이어서 고마웠다.

"다미코 일어나면, 크로켓으로 알아서 샌드위치 만들어 먹으라고 전해 줘."

"네."

밝은 목소리로 대답한 리에가 싱크대 앞에 섰다. 그 크기랄까 존재감, 또는 스웨트 팬츠에 감싸인 육감적인 엉덩이에 가오루는 아주 잠깐 당황한다. 이 집에서 좁은 부엌에 두 사람이 같이 서 있는 일은 흔치 않다. 아들밖에 없는 어머니가 며느리와 함께 싱크대 앞에 서면 이런 기분일지도 모르겠다고 상상하고는, 딸 가진 어머니 가오루는 씁쓸하게 웃었다.

작년부터 수영장에 다니고 있다. 가오루 스스로 생각해도 참 뜻밖의 일이지만, 즐겁기도 하다. 다미코는 노인이 갑자기 그런 운동을 하면 위험하다고 반대했는데, 리쿠토 군이 설득해 주었다. 물속에서 걷기만 해도 운동이 된다, 걱정 마라, 위험하지 않도록 나나 동료가 반드시 지켜보도록 하겠다, 하면서.

스포츠 센터에는 버스를 타고 간다. 버스를 타는 것 자체도 즐겁다. 스마트폰으로 미리 시간표를 확인하고 적당한 때를 가늠해서 집을 나설 수 있게 된 것도 자랑스럽다. 센터에 도착한 다음 라커 룸에서 수영복을 갈아입느라 수선을 떨지 않아도 되게 가오루는 언제나 옷 속에 수영복을 미리 입고 나간다. 그러니까 갈아입을 속옷을 잊지 않는 게 중요하다. 수건은 센터에 잔뜩 있으니까, 수영 모자와 수경과 지갑만 있으면 되니 가볍게 나설 수 있다.

만약 지금 남편이 살아 있고, 아내가 수영장에 다닌다는 걸 알면 어떻게 생각할까. 가오루는 2층 자기 방에서 수영복 입은 자기 몸을 내려다보면서 생각한다. 아, 아무리 늙었어도 그렇지, 이 빈약한 허벅지! 놀라기는 하겠지만, 놀란 다음에 화를 낼까, 웃을까, 어이없어할까. 상상 속의 남편은 세 가지 중 어느 것 대신 어째 난감한 표정을 짓고 있다. 가오루는 그 표정이 눈앞에 보이는 듯했다. 하고 싶은 말이 있는데 하지 않기로 했을 때, 그 사람은 곧잘 그런 표정을 지었다. 자기 아내가 바다가 있는 도시에서 태어나고 자랐으며 처녀 시절에는 수영을 웬만큼 하는 여자였다는 사실을 그가 기억하고 있다면 좋으련만.

가오루는 그런 생각을 하면서 수영복 위에 옷을 입고 스포츠 센터에 다닐 때 드는 초록색 토트백에 필요한 것이 모두 들어 있는지 확인했다.

어린 시절, 묘지에 가서 부모님이 남의 집 이름이 적힌 물통을 사용할 때마다 리에는 조마조마했다. 당장이라도 주인이 나타나 "그거 우리 물통입니다" 하며 화를 내지 않을까 겁이 났다. 그러나 수돗가에서 아무리 찾아봐도 세이케라고 적힌 물통은 없었으니까, 최소한 아무 이름도 적히지 않은 물통을 사용해 줬으면 싶었다.

지금의 리에는 그 이름이 절에 시주한 사람들 이름일 뿐 물통이 특정한 사람의 소유라는 뜻은 아니라는 것을 안다. 그러니 어느 걸 사용해도 괜찮다. 하지만 습관이랄지 조건반사라고 할지 고집이라고 할지, 스스로도 잘 모를 이유로 리에는 반드시 아무 이름도 없는 물통을 골라 사용한다. 그 물통이 너무 낡아서 나무가 거무죽죽하든, 반대로 싸구려 플라스틱이든.

오늘은 플라스틱 물통이었다. 그 물통에 절반 조금 넘게 물을 받는다. 수도 옆에 개구리 모양 커다란 돌이 놓여 있다. 지금까지 그 돌에 별 관심이 없었는데, 바라보다 보니 귀국했다는 실감이 송송 솟았다. 예스, 하고 리에는 생각한다. 예스, 나는 귀국했다. 첼시의 아파트도, 최근 정육 매장에 일본 사람이 들어와 마음에 들었던 슈퍼마켓도, 강가에 있는 산책로도 모두 과거다. 미러 글라스 외벽에 두 층 전체를 사용하는 회사도, 수시로 몰려가 놀았던 펍도. 상당히 좋아했던 사람들도, 진짜 증오했던 사람들도. 안녕, 내 집, 안녕, 옛 생활! 리에는 체호프의 글을 인용만 한 게 아니라 체호프 연극의 여주인공이 된 기분으로 마음속으로 말한다. 어서 와, 새로운 생활!

오랜만에 성묘를 했다. 귀국할 때마다 꼭 한 번은 다녀갔다. 산 사람을 화나게 하는 것은 조금도 두렵지 않지만, 죽은 사람들을 화나게 하는 것은 두렵다. 그런데 4년 전에 어머니가 돌아가신 후로는 귀국을 그 전만큼 자주 하지 않게 되었다. 그런 탓에 남동생 이쓰키와 그의 아내는 리에가 영국에 아예 영주할 것이라고 믿고 대처했을 것이다. 영국 생활을 청산한다고 연락하기 위해 전화를 걸었을 때, 이쓰키는 당황해서 거의 어쩔 줄을 몰랐다고 리에는 생각한다.

큼지막한 숄더백(리에는 늘 짐이 많다. 10년 가깝게 같이 산 남자는 처음에는 당신 가방 속은 우주라고 하더니 끝에 가서는 빈정거리듯 질책했을 정도다)에다 한 손에는 꽃다발, 다른 손에는 물통을 들고 휘청휘청 걸어간다. 다른 사람의 모습은 없고, 머리 위로는 파란 하늘이 펼쳐져 있다.

비석에 물을 뿌리고, 향을 피워 놓고 꽃다발을 바친 다음 두 손을 모았다. 그게 전부인데, 하고 나니 기분이 후련했다.

역을 오가는 길도 돌아갈 때는 발걸음이 가벼워, 조상님들이 기뻐하는 까닭이라고 리에는 상상한다.

오늘 두 번째 일정은 치과다. 성묘도 그렇지만, 귀국할 때마다 검진을 받고 스케일링을 하고 있다. 그 후에는 어디서 저녁을 먹고 돌아갈 생각이다. 가고 싶은 가게가 여러 군데 있고, 그 목록은 수첩에 적혀 있다. 그런데 혼자 먹자니 궁상스러워 리에는 사쿠를 불러내려고 몇 개나 되는 숄더백(별명 우주) 안주머니 중 하나에서 휴대전화를 꺼낸다.

다미코가 편집자와 미팅을 겸한 저녁을 마치고 집에 돌아오니, 어머니와 리에가 부엌에서 도란도란 얘기를 나누고 있었다. 둘 다 벌써 목욕을 했는지 잠옷 차림이다. 손님과 여주인이라기보다 친모녀 사이로 보인다.

"리에 씨, 오늘 성묘를 다녀왔대. 효녀지 뭐야. 너는 그런 거 안 하잖아."

그런 어머니의 잔소리와,

"사쿠가 글쎄, 저녁 사 준다고 하는데도 못 나온다고 하잖아. 귀국한 지 겨우 사흘인데 같이 밥 먹을 사람이 없다니, 나도 참 고독한 사람이지."

하는 리에의 불평을 들으면서 다미코는 식탁에 놓인 와인 이름을 슬쩍 확인한다. 값비싼 와인을 쟁여 놓은 것은 아니니까 어느 걸 마셔도 상관없지만, 보충을 하지 않으면 머지않아 재고가 바닥날 것 같다.

"기다리고 있을 테니까, 빨리 목욕하고 와."

리에가 그렇게 말해, 다미코는 자리에서 일어섰다. 욕실은 반지하에 있다. 집이라는 건물은 참 흥미롭다고 다미코는 생각한다. 목욕을 하는 중에도 리에의 존재감을 느꼈기 때문이다. 모습이 보이지 않고 목소리가 들리지 않아도, '한 사람이 더 있다'는 것을 마치 집이 가르쳐 주는 듯했다.

'세이케 리에 군은 가만히 있어도 시끌시끌한 사람이군.'

학창 시절에 리에를 그렇게 평한 교수가 있었다. 우부카타라는 이름의 초로의 남자였다. 그는 리에와 다미코와 사키를 '쓰리 걸스'라고 처음 불렀던 교수이기도 했다. 우부카타 교수는 사키와 다미코가 활동하는 독서 동아리 '워터십 다운'의 고문이었다. 언제 누가 동아리 이름을 그렇게 지었는지 다미코는 모른다. 동아리에서 리처드 애덤스가 쓴 그 소설을 읽었던 적도 없고, 지금은 아무도 그 이름을 신기해하지 않았다는 게 오히려 신기한데, 아무튼 그 무렵 '워터십 다운'은 각자 좋아하는 원서를 가져와 읽으면서 감상을 나누는 소박하고 온건한 활동을 즐기는 학생들의 모임이었다. 리에는 동아리 회원도 아니면서 불쑥불쑥 참가하곤 했다. 모두가 읽은 책을 읽지도 않고서 나타나 이런저런 질문을 하고 의견까지 피력하는 리에를 꺼리는 회원도 분명히 있었을 텐데, 본인은 그러거나 말거나 전혀 개의치 않았다. 다미코는 리에의 그런 대담함을 은근히 존경했다. 당시의 다미코는 인정하지 않았을지 모르지만, 지금의 다미코는 그걸 안다.

'쓰리 걸스'. 그 호칭을 떠올리면 그저 부끄럽고 거짓말을 한 듯한 기분마저 들지만, 당시 자신들은 정말 어린 '걸'들이었다.

목욕을 다 하고 나와 부엌으로 갔다. 어머니는 침실로 들어갔고, 리에만 거실에서 텔레비전을 보고 있었다. 3월에 흔한 바람이 세찬 밤, 활짝 열린 창문으로 차가운 공기가 흘러들었다.

"안 추워?"

하고 묻자,

"아니."

하는 짧은 대답이 돌아왔다. 다미코는 냉장고에서 물을 꺼내 마신다. 요즘 들어 밤중에 발이 저리곤 해서, 담당 의사에게 상담했더니 물을 자주 마시라고 했기 때문이다. '아침에 일어나서도, 밤에 잠들기 전에도, 술을 마시는 동안에도 계속, 그 외에도 종일 자주자주' 마시라는데, 그렇게 물을 마시다가는 물이 아닌 것을 마실 여유가 없어지겠다 싶어 다미코는 놀랐지만, 아무튼 목욕한 후에는 꼭 마시고 있다.

"다미코, 빨리 이리 와."

텔레비전을 끄고 리에가 말한다.

"아직 오늘이야. 그리고 밤은 길고."

그러고는 자기가 앉아 있는 소파 옆을 톡톡 치면서 재촉한다.

"오늘 중에 잔다는 발상은 없는 거야?"

다미코는 그렇게 말했지만, 그 말은 곧 간다는 뜻이었다. 그걸 아는 리에는 없다는 짧은 대답조차 생략하고, 새 잔에 와인을 따랐다. 그러고는 저녁을 같이 먹자고 연락했더니 사쿠가 거절하더라는 얘기를 또 꺼낸다.

"그렇게 나를 보고 싶어 하더니, 최고급 스테이크를 사 주려고 했는데."

"오늘 연락한 거지?"

리에의 얘기를 한 차례 듣고서 다미코가 물었다.

"오늘 연락해서 오늘 만나자고 하는 건 좀 그렇지 않나? 누구나 예정이라는 게 있는데."

"그래도 그 아이는 고등학생이라고. 고등학생은 보통 저녁 약속이 없잖아."

리에가 반박했다.

"전화 받았을 때는 정말 반가워했다고. 오오, 리에 고모 하면서 말이야. 영국에 있을 때도 일주일에 한 번은 통화를 했고. 다미코는 요즘 사쿠를 안 만나서 모르겠지만, 그 아이 그 또래 아이들치고는 얼마나 순수한데. 나한테 뭐든 얘기해 준단 말이야. 좋아하는 여자 친구 얘기도 하고. 내가 귀국하는 날도 알고 있었는데."

거기서 말을 끊고 리에는 서운한 표정을 짓는다.

"뭐, 어쩌겠어."

사쿠는 리에의 조카이고, 리에가 그를 어렸을 때부터 귀여워했다는 걸 다미코도 잘 알고 있다. 외국을 경험하게 한다는 명분으로 사쿠를 영국에 초대하기도 했다. 리에와 함께 다미코 집에 놀러 온 적도 있다. 물론 리에를 잘 따르는 듯 보였지만 그게 벌써 사오 년 전 일이다. 정말 곱상하게 생겨서, 사람들이 여자인 줄 안다고 본인이 불만스럽게 말했던 것도 기억하고 있다.

"리에 너, 아직 동생도 안 만났잖아?"

다미코는 리에의 기억을 환기시켰다.

"동생을 만나러 가면 사쿠도 자연히 만나게 될 텐데."

대답을 예상하고 있었지만,

"그러고 싶지 않아."

하고 리에는 퉁명스럽게 대답하고서,

"만나고 싶지 않은데, 왜 만나러 가야 하는데?"

하고 되물으면서 와인을 벌컥 들이켰다. 대놓고 못마땅하다는 표정을 짓는다. 다미코는 리에와 그녀 동생 사이에 무슨 일이 있었는지 잘 모른다. 궁금하지 않은 것은 아니지만 꼬치꼬치 캐묻고 싶지도 않다. 이런 때, 다미코는 늘 혼란스럽다. 묻는 편이 좋을까. 묻지 않으면 리에는 오히려 매정하다고 말할 듯하지만, 사람에게는 얘기하고 싶지 않은 것도 있을 수 있고, 그런 것들은 나이와 함께 점점 늘어난다.

"창문, 닫는다."

다미코가 말하자, 리에는 뜬금없이 물었다.

"있지, 왜 존인데? 맞아, 그걸 물어보려고 했는데."

하고 기억이 나서 반갑다는 듯이.

당황할 필요가 없는데, 다미코는 속으로 당황한다.

"뭐? 그건 어떻게?"

리에는 '가오루 씨의 젊은 친구'를 만났다고 대답했다.

"사쿠가 거절해서 외식 포기하고 저녁때 돌아왔더니 젊은 남자가 있더라."

그가 어머니에게 "존 이모는 늦게 들어오나요?" 하고 묻기도 하고, "그럼 존 이모에게 안부 전해 주세요" 하는 말을 듣고서, 다미코를 존 이모라고 하나 보다고 생각은 했지만, 둘의 대화에 끼어들면 실례가 될 것 같아 묻지 않았다고 한다.

"묻지 않았다고? 네가?"

다미코는 그만 놀란 목소리로 묻는다. 질문을 삼가다니, 다미코가 아는 리에로서는 거의 있을 수 없는 일이다.

"나도 성장을 한다고."

라고 리에는 말하고,

"인상이 좋던데, 어머니의 젊은 친구."

하는 감상을 덧붙이고서,

"아무튼, 왜 존인데?"

하고 또 물었다.

3

고모에게 전화가 걸려 왔을 때, 세이케 사쿠는 공원에 있었다. 기말고사를 앞둔 시기라 수업은 오전에 끝났다. 하지만 날씨가 너무 좋아 그냥 집에 돌아가기가 아쉬웠다. 친구 몇 명과 패스트푸드점에서 치킨을 먹은 다음 공원에서 어슬렁거리다 늘 그러듯 자연스럽게 셀카 찍기 대회를 시작했다. 보정에 공을 들이는 방향도 있지만, 사쿠는 기본적으로 무보정을 지향한다. 보정 앱을 사용하지 않고도 얼마나 귀엽고 가련한 사진을 찍을 수 있나. 오늘은 안드로이드다움을 추구하는 도도로키가 찍은 사진이 단연 1위의 수작이었다. 컬러 콘택트렌즈를 장착하고, 위험을 무릅쓰고 다리에서 연못 위로 머리를 쑥 내밀고 찍은 사진, 초록색 수면을 배경으로 도도로키의 조막만 하고 하얀 얼굴이 부각되어 오필리아 같은 사진이다. 사쿠가 찍은 사진은 하나같이 평범하게 나왔다. 30분 정도 그런 놀이를 하고 있었을까. 이제 슬슬 돌아가자는 분위기가 되었을 때쯤 전화벨이 울렸다.

아빠의 누나인 고모를 사쿠는 멋지다고 생각한다. 나이보다 젊고 활달하고, 좋아하는 일을 하면서 사는 모습을 보고 있으면 즐겁다. 무엇보다 주위에 영합하지 않는 점이 존경스러웠다. 그래서 만나고 싶었고 물론 '최고급 스테이크'도 끌렸지만, 시험을 코앞에 두고 차마 그럴 수 없었다. 내일은 사쿠가 승부를 걸고 있는 세계사와 사쿠가 싫어하는 수학 시험이 있다. 그리고 왜 그런지 몰라도 고모를 위협으로 느끼는 엄마의 반응을 상상하자 성가시기도 해서 거절하는 선택을 하고 말았다. 고모는 놀란 눈치였다.

"뭐? 안 나올 거야?"

고모는 믿을 수 없다는 기분을 그대로 드러내며 되물었다.

"내가 돌아왔는데?"

그런 자기중심적인 사고도 당연히 감추지 않았다.

그래서 지금 깊은 밤의 자기 방에서 사쿠는 찝찝한 기분을 어쩌지 못하고 있다. 간식으로 엄마가 준비해 준 스무디

와 크래커를 먹으면서 웨스트엔드에서 본 뮤지컬의 포스터(가장 오래된 것은 〈스쿨 오브 락〉이고, 가장 새로운 것은 〈마틸다〉, 사쿠가 가장 마음에 들었던 뮤지컬은 〈민 걸스〉이며 모두 고모가 데려가 주었다)에 에워싸인 채, 승부를 걸고 있는 세계사 교과서에도 노트에도 집중을 못 하고 있다.

초등학생 때 두 번, 작년에 한 번, 사쿠는 고모가 사는 런던에 다녀왔다. 초등학생 때 두 번은 엄마 아빠도 함께였지만, 작년에는 혼자 갔다. 엄마 아빠가 하네다 공항에서 배웅해 주고, 히드로 공항에서는 고모가 마중해 주었다. 돌아갈 때는 그 반대였다. 어느 쪽이나 과보호였지만, 아무튼 혼자 여행한 것은 틀림없다. 고모가 근무하는 동안에는 혼자서 자유롭게 길거리를 돌아다녔고 쇼핑도 했다. 우연히 알게 된 부부 집에 초대도 받았다(고모가 따라왔지만). 런던에 머무는 삼 주 내내 모든 것이 신선했다. 그때 고모는 이미 조만간 회사를 그만두고 귀국하기로 결정한 상태였다. 그래서 곧 도쿄에서 만나자고 하고서 헤어졌다. 그 후에도 통화하면서 소식을 주고받았기 때문에 사쿠는 고모의 귀국 날도 알고 있었다. 이런저런 것을 꿰맞춰 보니 오늘 사쿠는 고모를 실망시킨 게 분명했다. 변명하자면, 당연히 먼저 집에 놀러 올 줄 알았고, 부모님을 제쳐 놓고 자기만 불러낼 줄은 정말 몰랐다.

날짜가 바뀌기 직전에야 전화를 걸어야겠다는 생각이 들었다. 보통은 전화를 걸기에 적합한 시간이 아니었지만, 고모는 보통 사람이 아니니까 사쿠는 걸어 보기로 한다. 좋은 생각 같았다. 전화를 걸어, 오랜만에 귀국한 소감이나 당분간 머물 예정이라는 다미코 아주머니네 집에서 편하게 지내고 있는지를 묻고, 오늘은 만나지 못해서 아쉬웠다고 하고, 다음에 꼭 스테이크를(뭐 스테이크가 아니라도 좋지만) 사 달라고 전하면 된다고 생각한다.

지금 생각해 보면 스스로도 믿기 어려운 일이지만, 중학교에 입학해 자기소개를 하는 시간에 다미코는 반 아이들 앞에서 이렇게 말했다.

"스와 다미코입니다. 존이라고 불러 주세요."

다미코 앞에 자기소개를 한 아이들이 자기 이름에 '짱'을 붙여 '무슨무슨짱'이라고 불러 달라고 한 것에 위화감이 느껴져 그렇지 않은 호칭을 쓰고 싶었는데, 왜 하필 남자 이름으로 했는지는 모른다. 그때 그냥 떠올랐을 뿐이다. 그러나 별명이란 쉽게 붙여지는 아이가 있는가 하면 그렇지 못한 아이도 있다. 다미코는 명백하게 후자였다. 그러니 그 엉뚱한 발언은 깨끗이 묵살되었다. 다미코는 중학교와 고등학교 6년을 통해 거의 스와라는 성으로 불렸고, 친하게 지내는 일부 친구들에게서나 다미코라고 불렸다. 초등학교 때와 대학교 때도 그랬고, 그 후로 지금에 이르기까지 그런 것처럼.

그런데 딱 한 사람 이노쿠마 사토미만 예외였다. 그녀는 다미코가 자기소개 때 한 말을 기억하고, 착실하게 그리고 용감하게 그렇게 불러 주었다. '존'이 아니라 '짱'을 붙여 '존짱'이었지만.

당시 다미코가 그녀와 딱히 친했던 것은 아니다. 같이 점심을 먹거나 수업이 끝나면 어울려 샛길로 빠지고 서로의 집을 오가는 친구는 따로 있었다. 게다가 학년이 바뀌면서 반도 달라졌다. 그런데도 복도에서 스쳐 지나가거나 학교 전체 행사 때 얼굴이 마주치면 "존짱, 오랜만이네" 하거나 "또 보자, 존짱"이라고 반드시 그 호칭으로 불렀다.

다미코가 사토미와 친해진 것은 한참 훗날의 일이다.

글 쓰는 일을 업으로 삼은 지 몇 년이 지나, 다미코가 〈옷으로 푸는 다이쇼 시대〉라는 책을 출간했을 때 출판사를 통해 편지가 전달되었다. 다미코는 그 편지를 보고 사토미의 친가가 대대로 전통 옷을 취급하는 가게라는 것을 처음 알았다. 보내는 사람 사토미의 성은 이노쿠마에서 고노로 바뀌어 있었지만, 편지의 서두는 물론 이랬다.

'오랜만이네, 존짱.'

그때 얼마나 놀랐는지, 잊히지 않는다. 의미를 알 수 없는 존이라는 호칭은 물론 과거에 자신이 그렇게 불러 달라고 발언했던 사실까지 다미코는 까맣게 잊고 있었기 때문이다. 그때부터 교류가 시작되었다. 사토미는 약사가 되었다. 피부과 의사인 남자와 결혼, 어린 딸이 하나 있었다. 가까이 산다는 것도 알게 되어 서로의 집에 초대하기도 하고, 사토미가 부탁하면 다미코가 딸아이를 맡아 돌봐 주기도 하고. 중고등학교 시절에는 상상도 못 했으리만큼 서로의 인생을 알게 되었다. 사토미는 성격이 시원시원해서 까다롭게 구는 일이 거의 없었다. 깔깔 잘 웃고, 불평도 투덜투덜 잘 늘어놓았다. 그러나 결국 그녀에게 대개의 일은 어느 쪽이든 상관없었고, 어떻게든 되는 대로 되는 것이었다. '어쩔 수 없이 실수도 하는 것이 인간'이라느니 '인간만사 새옹지마'라느니 하는 말을, 달관한 것인지 될 대로 되라는 것인지 모를 투로 툭툭 내뱉었다.

그런 사토미가 췌장암으로 덧없이 세상을 떠났을 때, 다미코는 그 상실감의 크기에 스스로도 생각지 못했으리만큼 충격을 받았다. 그전에도 아버지를 비롯해 가까운 사람의 죽음을 몇 번 경험했지만, 그녀의 죽음에서는 그 어느 죽음과도 다른 불합리함을 느꼈다. 그녀가 이제 없다는 것을 도무지 믿을 수 없었다. 지금도 믿지 못한다. 이렇게 해서 자신을 존으로 부르는 사람은 이 세상에 한 명도 남지 않았고, 존이었던 자신도 영원히 없어졌다고 생각했다. 그런데 어찌 알았으랴, 그렇지 않았다. 사토미의 남편과 지금은 어엿한 어른이 되었지만, 과거 다미코가 간간이 맡아 돌봐 주었던 사토미의 어린 딸 마도카에게 다미코는 지금도 존이었고, 그래서 당연히 마도카의 남자 친구도 그렇게 불렀다. 오랜 옛날에 우연히 생겨난 존이라는 존재는 사토미가 없어진 후에도 살아남고 말았다.

다미코가 얘기를 끝내자 리에는,

"호오, 그랬구나."

하고는,

"사람이 정말 죽는다니까."

하고 말을 이었다. 다미코도 옳은 말이라고 생각한다. 사람은 죽는다. 젊었을 때는 이론적으로나 인식했을 뿐인 그 사실이 최근에는 어떤 실감과 함께 너무도 생생하게(라고 말하고 싶을 정도로 리얼하게) 의식되고 만다.

"우리 회사의 한 후배도."

리에가 무슨 말을 하려는 때, 테이블에 놓인 휴대전화가 진동했다.

"아, 사쿠네."

리에는 화면을 보고서 반가운 듯 중얼거렸지만, 정작 진동하는 전화기를 바라만 볼뿐 집어 들려 하지 않는다.

"안 받아?"

다미코가 묻자,

"안 받아."

하고 바로 대답했다.

"왜?"

"왜는. 사쿠랑은 언제나 영상통화를 하는데, 지금 화장도 안 했잖아."

다미코로서는 상상도 할 수 없는 이유다.

"그럼, 그냥 얘기만 하면 되잖아."

그렇게 말해 보았지만,

"안 돼. 사쿠랑 얘기할 때는 얼굴을 보고 싶단 말이야."

하고 대답하고 리에는 환하게, 거의 연인에게 어리광을 부리는 여자처럼 미소 짓는다.

치매 증상이 진전되어 때로 아들마저 몰라보는 시어머니가 있는 이 시설에 남편은 좀처럼 오려 하지 않는다. 겉으로는 알아볼 수 없지만 기저귀를 차고, 식사할 때도 입가를 닦을 줄 모르는 자기 어머니를 보기가 괴로운 마음은 이해한다. 그래서 굳이 가 보라고는 하지 않지만, 그래도 누군가는 들여다봐야 하고, 그 역할은 결국 사키 몫이 된다. 증상이 지금보다 가벼웠을 때는 남편도 같이 왔고, 지금도 명절 때나 시어머니의 생일 같은 특별한 날에는 가족이 모두 함께 시어머니를 만나러 오지만, 사키로서는 솔직히 이렇게 혼자 면회를 오는 게 마음 편하다. 옆에서 아무 말 않은 채 감정만 끓이는 남편을 신경 쓰지 않아도 되고, 따분한 표정으로 방을 들락날락거리고 휴대전화기만 만지작거리는 아들을 혼낼 필요도 없기 때문이다. 날에 따라 상태가 다른 시어머니와의 대화에도 집중할 수 있다. 대화다운 대화가 불가능할 때도 있지만.

시어머니가 생활하는 2인실은 건물 4층의 뒤쪽이다. 창문으로 마당의 나무들이 보인다. 날씨가 좋으면 시어머니를 휠체어에 태우고 나가 산책을 할 수도 있는데, 오늘은 부슬비가 내리고 있다.

"봄비네요."

사키는 그렇게 말해 본다.

"공기도 이제 따스한데, 아시겠어요?"

시어머니는 신기한 것이라도 보듯 사키의 얼굴을 쳐다만 볼 뿐, 별다른 반응이 없다. 만날 때마다 시어머니 피부가 하얘지는 듯하다고 사키는 생각한다. 원래부터 큰 체격은 달라지지 않았는데 목소리는 아주 작아졌다. 뭐라고 말을 해도 잘 알아들을 수 없지만, 간혹 또렷한 목소리로 엉뚱한 말을 한다.

"너, 결혼했어?"

언젠가는 시어머니가 그렇게 물어서,

"네, 했어요."

하고 사키가 대답하자,

"나도 이제 할까 싶네."

하고 심각하게 선언했다.

또 언젠가는 사키를 보고서,

"너, 참 안 됐다. 가슴이 그렇게 작아서."

하고 말해서, 옆에 있던 남편은 듣기가 민망하다는 표정을 지었지만, 사키는 그만 웃고 말았다.

다행히 식욕은 변함없이 왕성하다. 과일이든 과자든 샌드위치든, 들고 가면 잘 먹는다. 오늘은 찹쌀떡이다.

"손수건으로 생쥐 만들까요?"

시어머니가 아무 말이 없어, 사키는 그렇게 말하면서 가방에서 손수건을 꺼냈다. 의사가 전에 손가락을 많이 움직이는 게 좋다고 말해서, 학 종이접기를 시도해 보았지만 시어머니는 관심을 보이지 않았다. 뜨개질을 할 수 있는 끈기는 오래전에 사라졌으니, 뭘 하면 좋을까 고민하다가 손수건 생쥐는 만들 수 있다는 것을 알았다. 지금은 손수건을 건네면 자동적으로 접기 시작한다. 그래서 사키는 가방에 커다란 손수건을 몇 장이나 넣어 다닌다. 그리고 실뜨기 놀이를 하거나 불안정한 작은 목소리로 같이 노래를 부른다. 노래는 언제나 학창 시절 교과서에 실렸던 것들이다. 작은 목소리로 부르는 것은 같은 방에서 지내는 하마모토 씨라는 체구가 자그마한 할머니를 배려해서지만, 사키는 가사가 잘 기억나지 않아 그렇다. 시어머니가 의외로 가사를 잘 기억하고 있어 늘 놀란다.

그런 식으로 한 시간 남짓 지내다 보면 시어머니의 집중력이 확 떨어진다.

"또 올게요."

사키가 그렇게 말하면서 돌아서면 시어머니는 아무 말도 없는 경우가 많지만, "고마웠어" 하고 유난히 저자세로 말하는 일도 있다. 후자일 때 사키는 왠지 마음이 켕긴다. 오늘은 전자였다.

밖으로 나오니, 여전히 비가 내리고 있었지만 사키는 신선한 공기를 들이마신다. 건물에서 나와 바깥세상으로 돌아올 수 있어 기쁘다고 생각한다.

버스와 전철을 갈아타고 역에서 내려 택시를 탔다. 비도 내리는 데다 역 건물 안에 있는 슈퍼마켓에서 장 본 식재료들이 꽤 무거웠기 때문이다. 택시가 집 앞에 섰을 때, 낯선 차가 서 있었지만 사키는 깊이 생각지 않았다.

"다녀왔어요."

평일인데 유급휴가를 써야 한다는, 사키로서는 이해할 수 없는 이유로 집에 있는 남편이 들을 수 있도록 크게 말했다.

"어서 와."

밝은 목소리와 함께 나타난 리에를 보고서 사키는 이중으로 놀랐다. 우선은 리에가 이 집에 있다는 사실에, 그리고 그 순간 폭력적이리만큼 들끓어 오른 반가움에.

"어."

하는 소리가 입에서 흘러나왔지만, 자신이 무슨 말을 하려 했는지는 몰랐다. 짐을 내던지다시피 내려놓자, 다음 순간 두 환성이 겹치고 요란스러운 포옹이 이어졌다. 사키는 자신이 리에를 보고 이렇게나 가슴이 뜨거워질 줄은 꿈에도 몰랐다. 외국에 사는 리에와는 만나기가 쉽지 않았지만, 영상통화 덕분에 예전보다 수시로 연락을 주고받아(라인방 이름이 '쓰리 걸스'라서 아들들에게는 절대 보이고 싶지 않았지만), 만난 것이나 별반 다르지 않다 여기고 있었다.

그런데 실제로 눈앞에 있는 친구의 존재감이랄까 물체감은 전혀 달랐다.

"놀랐잖아."

홍차 잔과 함께 거실 소파에 앉자 사키가 말했다.

"아직도 심장이 벌렁거리네."

흥분해서 자칫하면 손까지 떨 것 같았다.

"연락도 없이 이렇게 불쑥 나타날지 어떻게 알았겠어? 더구나 내일이 우리가 만나기로 한 날인데."

말을 거푸 하다, 그렇게 말한 순간 떠올랐다. 옛날부터 리에는 이런 짓을 곧잘 하는 사람이었다. 예정에 없는 행동으로 사람을 놀라게 하는 걸 좋아했다. 하기야 사키 기억에 당시의 사키는 반대 입장에 놓이는, 그러니까 약속을 했는데 바람을 맞는 경우가 많아 화가 나거나 어이없어하곤 했는데, 그럴 때마다 리에는 "시간에 맞춰 집에서 나왔는데, 갑자기 비행기가 보고 싶어서 공항에 갔어" 하거나 "누가 말을 걸었는데, 그냥 놓치기는 아쉬운 상대였어" 하는 말이 안 되는 이유를 마치 정당한 이유인 듯 주장했다.

"차가 나와서. 한번 밟아볼 겸 해서 왔어. 있으려나, 했는데 없잖아. 그런데 무로후시 씨가 곧 돌아올 거라고 하기에 들어와서 같이 텔레비전 보면서 기다렸어. 스모 생중계, 백 년 만에 본 것 같다."

오늘의 이유는 그랬다.

"그래서, 시어머니는 좀 어떠셔?"

리에가 물었지만, 사키는 남편에게 보고하는 식으로,

"잘 지내셔. 오늘은 별말씀이 없으셨지만, 찹쌀떡도 두 개 드셨고."

하고 대답한다.

"다행이네."

리에는 그렇게 말하고, 남편은 "하하하" 하고 웃는 소리 비슷한 소리를 냈다. 유리문 밖 사키의 자랑인 마당이 비에 촉촉이 젖어 있다.

"조금 전에 무로후시 씨에게도 얘기했는데."

리에는 그렇게 서두를 꺼내고는, 귀국 전후의 나날이 어땠는지 얘기를 풀어놓았다. 국제 이사가 정말 복잡하고 힘들었으며 사실혼 관계였던 남자는 공항에 배웅하러 나오지도 않았다는 것부터 시작해서, 귀국한 후 일주일 남짓한 날들에 대해서.

다미코와 다미코 어머니 가오루 씨가 잘해 주고 있다, 역시 여자 친구가 있어야 한다, 일본 레스토랑의 수준은 세계적으로도 자랑할 만하다(혼자 가면 심심하니까 다미코와 같이 갔는데, 그래도 전부 내가 냈어), 늘 가는 치과의 여자 의사가 4년 전에도 임신 중이었는데, 이번에 갔을 때도 임신 중이라 놀랐다는 등등.

'그랬지' 하고 사키는 친구의 얼굴을 보면서 얘기 내용과는 무관한 기억을 떠올리고 만다.

그랬다, 이 사람은 영국에 있는 동안에 화장이 짙어졌었다. 외국에 오래 산 중년 여자는 아이라인을 뚜렷이 그리는 경향이 흔하다고 사키는 생각하는데, 지난번에 만났을 때도 지지난번에 만났을 때도 바로 그런 화장(라인방에 올라오는 사진에서도)을 하고 있었다. 그런데도 사키는 번번이 그 사실을 잊고 만다. 만나지 않다 보면 기억이 바로 초기화되어, 현재의 그녀 얼굴에서 이십 대나 삼십 대 때의 리에 얼굴을 보고 만다. 하지만 옛날의 리에 얼굴을 모르는 사람들 눈에는 그 얼굴이 보이지 않는다. 그런 사람들이 보는 것은 화장이 진하고, 기가 드셀 듯하고, 귀찮아하는 듯 보이는 여자의 얼굴이다. 그렇게 생각하자 이내 애처로워진다.

"너도 참, 여전히 반듯하게 사는구나. 어쩌면 먼지 한 톨 없니. 감동이다, 감동이야."

자기 얘기만 너무 했다 싶었는지 리에가 불쑥 그렇게 말했다.

저녁을 먹고 가라고 했지만, 차가 있어서 술을 마실 수 없다면서 리에는 실컷 얘기만 하고는 돌아갔다.

부부가 집 앞길에 서서, 반짝반짝 빛나는 하얀 새 차를 타고 달려가는 친구를 배웅했다.

“저 사람, 집 없는 아이가 되었어.”

사키가 그렇게 중얼거린 것은 왠지 딱한 생각이 들어서였다. 남편도 없고 아이도 없고, 게다가 이 나이가 되어 친구 집에 몸을 맡기고 있으니 얼마나 불안할까 해서.

“여전히 박력이 넘치는데 뭐.”

우산을 들고 옆에 멀거니 선 남편은 그렇게 중얼거렸다.

4

얼핏 깨었다가 다시 잠들고는 이제 눈을 뜬 다미코는 거실에 아침 햇살이 비치고 있다는 것을 알았다. 새벽에 잠이 깼을 때는 아직 비가 내리고 있었고, 조금 전에는 어머니와 리에가 얘기하는 목소리가 들렸는데, 지금은 환하게 밝기만 할 뿐 부엌은 물론 온 집안이 고요하다.

다미코는 자신의 침대에서 자는 걸 얼마 전부터 포기했다. 자기 방 외에 일하는 방이 있어 최소한의 사생활은 보장되기 때문이고, 리에가 있는 동안은 그것으로 만족하는 수밖에 없었다. 그 일하는 방에서 다미코는 어제 밤늦게까지 일했다. 지금은 열대에 있는 섬을 무대로 한 연애소설을 쓰고 있다. 다미코와 담당 편집자는 요즘 세상에 연애소설은 아무도 읽지 않는다는 공통된 의견을 갖고 있지만, 그래도 아무튼 쓰고 있다.

어기적어기적 일어나, 벽에 걸린 비둘기시계를 보니 10시 25분이었다.

어제 리에는 비가 내리는데도 기를 쓰고 외출하더니 돌아오자마자 씩씩거리며,

"그 남자, 상당히 멍청하더라."

하고 말했다.

"자기 엄마인데 문병까지 아내에게 다 맡기고. 기가 막혀서. 나, 사키가 어찌나 딱하던지."

사키 남편의 어머니가 몇 년 전에 어르신 돌봄 시설에 들어간 것은 다미코도 알고 있었다.

"사키 걔, 그런 남자가 뭐가 좋다고 같이 사나 모르겠어. 말을 아예 안 하더라고. 둘이서 사키를 기다릴 때도 허, 내가 말을 거는데도 텔레비전만 보고 있고, 말을 하나 싶으면 상대방 눈을 똑바로 쳐다보지도 않고."

사키의 남편인 무로후시 씨는 다미코도 몇 번 만났다. 하지만 온화하고 무해해 보이는 남자라는 인상밖에 없어서 어떤 성격에 어떤 매력, 또는 어떤 결점이 있는 사람인지 생각

해 본 적이 없었다. 리에의 첫 남편에 대해서도 그랬다. 당시 리에와 남편이 서로에게 푹 빠져 있는 것처럼 보였고, 몸집이 작고 말이 많은 사람이라는 것밖에 기억하지 못한다. 친구의 남편들에 대해 자신이 별 관심 없다는 것을 다미코는 신기하게 생각한다. 그들을 잘 모를 뿐만 아니라, 별로 알고 싶지 않은 기분이기 때문이다. 그런 기분이 배려인지, 또는 친구들을 바꿔 놓거나 적어도 자유롭지 못하게 해 놓은 상대에 대한 거부반응인지는 잘 모른다. 셋이 현역 쓰리 걸스였던 시절에는 각자의 연인이 어떤 남자인지 흥미진진했을 텐데.

날씨가 좋아 이불을 내다 말리기로 했다. 다미코는 비틀거리며 손님용 이불을 2층으로 가져갔다. 베란다가 2층에만 있기 때문이다. 그 2층도 고요하다. 어머니도 리에도 외출한 모양이었다. 옷을 갈아입으려고 자기 방에 들어갔더니, 방에서 리에의 향수 냄새가 났다. 방바닥에 열린 채 그대로 놓여 있는 여행 가방, 여기저기에 매달린 옷이 걸린 옷걸이, 침대 옆 조그만 탁자에 조로록 놓인 화장품, 사진이 담긴 액자 둘. 하나는 리에가 백인 여성 둘과 어깨동무를 하고 있는 사진이다. 무슨 파티가 있었는지 셋이 번쩍거리는 옷을 입고 종이 모자를 쓰고 있다. 다른 하나는 눈 쌓인 웅장한 풍경 속에 스키복을 입은 리에 혼자 서 있는 사진이다. 다미코는 그만 그 사진들을 자세하게 관찰하고 만다. 원래 자기 방이라는 사실이 심리적 면죄부 같은 역할을 했다. 벽에는 앤티크라는 거대한 거울이 세워져 있고, 침대 위에는 노트북과 헤어드라이어가 널브러져 있다. 마치 십 대 소녀의 방 같다. 그렇게 생각하자 다미코는 웃음이 나왔다.

아래층으로 내려가 커피를 끓였다. 신문을 훑어보려는데 전화벨이 울렸다. 모모치 미키오였다. 다미코는 단박 전화가 길어지겠다고 각오한다. 사귀었던 시절, 젊은 다미코가 연락을 애타게 기다렸던 때에는 좀처럼 전화를 걸지 않았고, 기껏 걸었다 싶으면 용건만 전하고 툭 끊어 버리던 남자 모모치 미키오가 요즘은 어이가 없도록 다미코에게 말을 많이 한다.

골디네. 문득 떠올라, 리에는 가슴속 안개가 말끔히 걷힌 것처럼 느낀다. 골디야. 틀림없어. 봐, 똑같잖아. 누군가에게 말하고 싶었지만 본인에게 말할 수는 없고, 말해 봐야 이해하지 못할 것이다. 골디를 본 적이 없으니까.

리에는 지금 야마네라는 남자가 운전하는 차의 뒷좌석에 앉아 있다. 야마네가 조건에 맞을 듯하다고 주장한 물건을 세 군데나 돌아보았다. 한 군데는 오오모리, 또 한 군데는 신센, 마지막 한 군데는 히가시마쓰바라에 있는 아파트였지만, 모두 마땅치 않았다. 사흘 전에 부동산 소개소에서 처음 얼굴을 마주한 후로 줄곧 신경이 쓰였던 일-이 사람은 누군가를 닮았어. 누군가를 똑 닮았어. 그런데 그게 누구지-의 해답을 불현듯 알게 되어 속이 후련했다. 골디는 런던의 한 동네에 살던 마크라는 남자가 키우는 불테리어 암놈이다. 넓적한 얼굴에 조그만 눈이 절반은 묻혀 있는 하얀 개로, 마크는 끔찍이 예뻐했지만 리에는 어디가 귀여운지 도무지 알 수 없었다. 털이 아주 짧아서 안으면 피부의 감촉이 생생하게 느껴졌던 것도 기억하고 있다.

야마네라는 남자의 얼굴이 그 개를 똑 닮았던 것이다. 마흔 전후쯤 되었을까. 처음에는 친절하게 굴더니 리에가 조건을 덧붙일 때마다 노골적으로 인상을 찌푸려 관대하지 못하다고 느끼게 했다.

"이 정도면 혼자 살기에 충분하겠죠?" 하거나 "역시 집세도 웬만큼은 할 테죠?" 하고 의문형을 가장하면서 단정하는 점도 불쾌했다. 그러나 옛 동료가 소개해 준 부동산이라 리에는 아직까지 고분고분 대응하고 있다.

부동산 사무소 앞으로 돌아와 차에서 내린 야마네가 문을 거칠게 탁 닫았을 때도, 리에는 아무 소리 하지 않았다. 안으로 들어가 차 한잔을 대접받고, 좋은 물건을 더 찾아 달라는 부탁을 한 다음 얌전히 그곳을 물러났다. 물론 재차 확인하는 의미로 조건-저층일 것, 안전장치가 확실할 것, 주위에 녹음이 있을 것, 주차장이 완비되어 있을 것, 채광이 좋고 바람이 잘 통하고 현관이 넓을 것, 욕실에 창문이 있을 것, 천장이 높을 것, 벽을 좋아하는 색으로 다시 칠해도 무방할 것, 부엌에 대형 냉장고를 설치할 수 있을 것, 방문은 합판이 아니어야 하고 조명은 차분해야 하며 공간이 작은 방으로 나뉘어 있지 않을 것, 하지만 침실은 따로 있어야 하니 원룸은 사양하고 다락방이 있는 물건(앞으로는 사다리가 위험 요소가 될 테니까)도 사양한다는 것-을 일일이 열거한 다음이었지만.

다미코는 모모치 미키오를 학창 시절에 알게 되었다. 당시 모모치는 복식 전문학교에 다녔는데, 대학을 졸업한 후에 다시 그 학교에 들어간 별종으로 다미코보다 네 살이 많았다. 대학교 근처에 점심시간이면 런치를 팔러 오는 푸드 트력이 있었다. 매일 학생과 교수는 물론 근처 회사의 회사원들이 길게 줄을 섰는데, 둘은 그곳에서 만났다. 몇 번이나 얼굴을 마주치다 보니 짧은 대화를 나누게 되었고, 산 점심거리를 어느 쪽 캠퍼스에서 같이 먹게 되었다. 몇 가지 도시락 외에 야키소바, 샌드위치, 샐러드, 카레까지 있어 당시치고는 메뉴가 상당히 풍부한 편이었다. 그러다 강의가 끝난 다음 만나서 영화를 보고, 쉬는 날에는 요코하마나 가마쿠라 같은 곳으로 놀러 가게 되었다. 그 무렵 학생 커플이 흔히 거치는 과정을 거쳐 키스를 했다. 다미코에게 모모치는 첫 키스 상대였으며 첫 섹스 상대였다. 그러나 다미코 자신은 주변(리에나 사키, 다른 여대생들의 연애사)에 비해 자신들의 관계는 담백하다고 할지, 그저 흉내의 영역을 벗어나지 않는 것처럼 느꼈고, 실제로도 모모치가 대형 광고회사에 취직하고 다미코가 대학을 졸업하자 얼마 안 있어 조금씩 소원해졌다. 어느 쪽이 찬 것도, 차인 것도 아니었다. 그저 소원해졌을 뿐이었다. 어쩌면 그 무렵의 자신은 모모치의 연락을 기다렸을지도 모르지만, 그렇게 절박한 것도 아니었고 딱히 가슴 아픈 일도 없었다고 다미코는 생각한다. 그 후에는 연하장이나 이사 통보 정도를 주고받았는데, 10년 전쯤에 갑자기 전화가 걸려 왔다.

"잘 있나 싶어서."

그때부터 간혹 만나고 있다. 피차 마흔을 넘긴 나이에 다시 만난 데다 모모치에게는 작년까지 아내와 아이가 있어서, 리에가 넌지시 암시하는 그런 분위기는 티끌만큼도 없었다. 그래도 그리움이 아니라 새로운 만남 같은 신선함이 있기는 해서, 다미코는 그게 좋았다.

정년퇴직을 하자 아내가 떠나 버렸다는 모모치는 최근에 더없이 활기차고, 가사 노동이 즐거워 죽겠다는 눈치다. 요리에도 열심이라 툭하면 불러다 솜씨를 부리고 싶어 하고, 장수할 경우에 대비해 자금 운영을 위해 가계부 비슷한 것도 쓰고 있다고 한다.

"내 생활을 전부 내가 직접 운영할 수 있다는 게 얼마나 기쁜지."

그렇게 말하는가 하면,

"지금까지 집안일의 즐거움을 모두 여자가 독점하도록 내버려 뒀다 생각하면 분할 정도라니까."

하고도 말한다. 헤어진 아내가 들으면 노발대발하겠다고 다미코는 생각한다.

오늘 전화를 건 모모치는 핸드크림에 관한 자기 의견을 피력했다.

가사 노동을 하면 손이 거칠어진다. 게다가 겨울에는 공기가 건조하기 때문에 다리 피부도 가려워진다. 그래서 모모치는 이번 겨울에 여섯 종류의 핸드크림을 실험적으로 사용해 보았다고 한다. 요소가 배합된 핸드크림, 비타민 E가 함유된 핸드크림, 꿀, 시어버터 등등, 열심히, 그리고 심각하게 얘기했다. 성분도 그렇지만 향도 중요한데, 향은 인간의 뇌와 세포 시스템과도 관계가 있다고 한다. 주제가 핸드크림인데도 모모치가 얘기하니 합리적으로 들려 우스웠다.

리에가 귀국했다고 알리자 만나고 싶다면서 당장이라도 달려올 기세였다. 모모치도 지금은 무직이라 시간이 많다. 모모치는 리에는 물론 사키와도 안면이 있다. 옛날에 몇 번 만나서 논 일이 있기 때문이다. 하지만 그로부터 세월이 30년 이상이나 흘렀다. 그럼 조만간 다 같이 만나자고 하고서 전화를 끊었지만, 그녀들이 모모치를 만나고 싶어 할지는 알 수 없었다.

오후에 집에 돌아온 어머니는 백화점에 들렀다 왔노라고 했다. 프라이팬과 채소 써는 칼을 새로 사려고 갔다가 이상한 것까지 사고 말았다고 하면서.

"이상한 것?"

다미코가 묻자,

"깡충깡충 뛰는 쿠션."

하고 대답하고는,

"얼마 전에 우연히 텔레비전에서 봤거든. 뼈가 튼튼해진다네. 크기가 작아서 자리도 안 차지하고."

하고 변명하듯 덧붙였지만, 다미코는 놀라서 낯빛이 달라졌다.

"아니 잠깐. 깡충깡충 뛰는 쿠션이라니 그게 뭔데? 여든 된 사람이 사용해도 안전한 거야? 가게 사람한테 제대로 물어보고 산 거 맞아? 손자에게 줄 선물이 아니라, 엄마가 사용할 거라고 말했어?"

어머니는 아주 잠깐, 혼이 난 아이 같은 표정을 지었다. 놀람과 곤혹스러움과 슬픔, 그리고 어쩌면 원망스러움까지 뒤섞인 듯한 표정을. 다미코는 말이 험하게 나온 것을 단박 후회한다. 그러나 어머니는 순식간에 평소 얼굴로 돌아와,

"걱정 마. 매장에 있는 샘플 사용해 보고 산 거니까."

하고는,

"손자에게 줄 선물이라니, 우리 집에 손자가 있었나."

하면서 은근슬쩍 다미코를 공격하다 못해,

"너도 깡충깡충 좀 뛰는 게 좋을 거다. 그렇게 책상에만 들러붙어 있다가는 골다공증 걸려."

라고 말을 마무리하고는 싱긋 웃었다. 노인치고는 꼿꼿한 등과 수영을 시작하자 바로 짧게 자른 거의 하얀 머리로.

오랜만에 도심으로 외출했다. 남편이 가게 홈페이지에서 출력해 준 지도를 보면서 걷고 있는데, 길이 복잡하게 얽혀 있어 알아보기가 어렵다. 게다가 니시아자부라는 곳이 문제다. 그런 이름의 역이 있으면 좋으련만 없다. 사키는 히로오에서부터 걸었다. 가게를 지정한 사람은 리에다. 단골 가게 목록 외에 한번 가 보고 싶은 가게 목록도 있다는데, 외국에 있으면서 도쿄에 새로 생긴 가게를 어떻게 그리 잘 알고 있는지, 사키로서는 도무지 상상이 가지 않는다.

어둑어둑한 골목에서 좀 더 들어간 모퉁이에서 조그만 간판을 발견했을 때는 안도의 한숨마저 나왔다. 가게는 건물 4층에 있는 듯했다. 어제 리에가 갑자기 나타나서 놀랐지만, 그 덕분에 오늘 밤은 차분한 마음으로 나올 수 있었다. 환성도 포옹도 치렀기 때문이고, 어제가 없었다면 지금쯤 자신은 긴장하고 있을 것이라고 사키는 생각한다.

엘리베이터에서 한 걸음 나섰을 때, 우선 푸른 녹음이 눈에 날아들었다. 나무들. 지상 4층인 이런 곳에? 사키는 눈을 휘둥그레 뜬 채, 가게에 들어가는 것도 잊고서 그 자리에 우뚝 서고 말았다. 널찍한 우드 덱에 줄지어 놓인 화분이라는 것은 알았지만, 그 숫자가 너무 많았다. 대부분 사키보다 키가 크고 생기가 넘쳐나고, 관상식물이라기에는 울창하고 야생적이라 마치 작은 숲 같았다. 그 숲이 가게 안의 불빛이 비치는 유리 벽에 신비롭게 반사되고 있다. 사키는 올리브나무 비슷한 나무 한 그루에서 눈을 떼지 못한다. 잎사귀는 올리브 같은데, 가지는 인삼벤자민처럼 비틀리고 서로 얽혀 있다. 무슨 나무일까. 그 옆은 벵갈고무나무? 파키라와 덕구리난 같은 아담한 나무도 있기는 하지만, 프락시누스 그리피티와 투피단서스처럼 대형 나무가 압도적으로 많다. 게다가 물론 이름을 모르는 나무도 있고. 밤공기 속에서 모든 나무가 소리 없이 기분 좋게 숨 쉬고 있다.

"사키."

이름을 부르는 소리에 돌아보니 리에가 서 있었다. 코트를 입고 있지 않은 걸 보면 가게에서 나왔으리라.

"여기서 뭐 하는 거야? 빨리 들어오지 않고. 아까 엘리베이터에서 내리기에 샴페인 주문했는데, 들어와야 말이지. 뛰어내리는 게 아닐까 걱정했잖아."

뛰어내려? 의미를 알 수 없었지만 아무튼 리에를 따라 가게 안으로 들어간다. 가게 안은 따뜻하고, 그야말로 비스트로답게 활기 넘치는 요리 냄새가 났다.

테이블에 다미코가 앉아 있었다. 리에가 다미코 옆에 앉아서, 사키는 식기가 세팅된 남은 자리에 다미코와 마주하고 앉았다. 유리 벽 너머로 나무들이 보이는 쪽이다.

"오랜만이네."

다미코가 말했다. 짙은 갈색 스웨터의 목 라인 밖으로 하얀 셔츠 깃이 보인다. 아래는 테이블에 가려 보이지 않지만, 아마 청바지나 면바지를 입었으리라. 옷을 입는 취향이 학창 시절 그대로인 여자도 참 드문데, 그래서인지 사키는 다미코를 만나면 언제나 안심이 된다. 재빨리 다가온 웨이터가 잔 세 개에 샴페인을 따랐다. 셋은 리에의 귀국과 재회를 위해 건배했다.

아주 가끔 만나는데, 그리고 만나지 않는 동안은 각자 전혀 다른 생활을 하는데, 만나면 공기가 옛날로 돌아가는 게 참 신기하다고 사키는 생각한다. 셋이 모이면 대개는 리에가 가장 말이 많고, 다미코는 그 말 하나하나에 반응한다. 그리고 사키 생각에는 자신이 가장 그 자리를 즐긴다. 그녀들이 하는 어떤 말이든 리에는 리에답고 다미코는 다미코다워 그렇다. 사키는 그래서 기쁘다. 오늘도 그렇다. 사키는 계속 웃고 있다.

"다소의 타협은 필요하겠죠?"

"지옥 자리도 돈 따라 다르다고 하잖아요?"

부동산 아저씨를 흉내 내는 그런 말에도 웃고(그 남자는 하고 싶은 말을 의문형으로 하는 듯하다), 화장품 가게에서 있었던 일화에도 웃었다.

리에가 화장수를 샀더니 파운데이션 샘플을 사은품으로 주었다는데.

"젊고 귀여운 점원이, '이때다 싶을 때 사용하세요' 하잖아. 깜짝 놀라서 그만 '이때다 싶을 때가 언제?'냐고 물었지 뭐야."

다미코가 얘기한 모모치 씨의 핸드크림론에도 웃었다. 모모치 씨가 이런저런 꼬투리를 잡았지만, 결국은 좋아하는 향이 나는 핸드크림이 좋다고 하더라는 얘기였다.

요리는 하나같이 맛있었다. 리에와 다미코가 잇달아 따는 와인을 사키는 한 모금씩 맛을 봤다.

"하지만, 이러기도 뭐하고 저러기도 뭐하네."

리에가 그렇게 말한 것은 디저트를 먹을 때였다.

"옛날 남친이랑 친구가 되어서 여자들 수다 떨듯이 얘기하는 건 좀 부럽지만, 그러면 설레고 짜릿한 감은 없지 않나? 긴장감이 없다고 할 수도 있고."

사키는 놀란다. 이 사람은 아직도 남자와 설레고 짜릿한 관계를 원하는 것일까.

"나는 이제야 겨우 그렇게 교류할 수 있게 되어서 다행이라고 생각하는데."

다미코가 말한다.

"옛날에는 남자를 너무 부담스러워했다 싶은 걸 뭐. 그쪽도 아마 그랬을 거야."

"바로 그거라니까!"

리에는 내 말이 바로 그 말이라는 표정을 짓는다.

"피차가 상대를 의식하기 때문에 그 자리에만 팽팽하게 긴장감이 맴도는 거야. 둘이서만 그걸 알아. 주위에 누가 몇 명

있든 상관없고. 하지만 아직 아무것도 시작되지 않았고, 아니 어쩌면 시작되었을 수도 있고, 아아, 생각만 해도 벅차오르는 그 느낌, 알잖아? 그게 좋다니까."

"흐르겠다."

사키가 그렇게 말한 것은 리에가 퐁당쇼콜라를 뜬 스푼을 손에 든 채 역설했기 때문이다. 실제로 녹은 아이스크림이 금방이라도 스푼에서 흘러 떨어질 것 같았다.

"그런 거, 리에는 많이 경험했을 텐데."

디저트를 주문하지 않아 커피만 마시고 있는 다미코가 그렇게 말한다.

그렇게 말하면 리에가 더 열을 올리게 된다는 걸, 다미코는 왜 터득하지 못하는 것일까 하고 사키는 생각한다.

"몇 번을 해도 부족한데 뭐."

아니나 다를까, 리에는 대뜸 반박한다.

"아, 어디에 좋은 남자 없으려나. 결혼은 됐고. 하지만 애인은 필요하잖아? 음, 반드시 필요하지."

자기 질문에 스스로 대답하고는 몇 번이나 고개를 끄덕이는 리에를 보면서 사키는 디저트를 입으로 옮긴다.

"나는 남자보다 이쪽이 더 좋더라."

사키가 고른 망고 아이스크림은 상큼하고 향이 좋고, 말 그대로 입에서 사르르 녹는 맛이었다.

5

가오루가 발목을 삔 것은 깡충깡충 뛰는 쿠션 때문이 아니었다. 오전에 수영장에 가려고 집을 나와 버스 정거장까지 걸어가는 도중에 보도 턱에 발이 걸려 넘어졌다. 무슨 일이 벌어졌는지 모르는 채, 정신을 차리고 보니 나동그라져 두 손으로 땅을 짚고 있었다. 서둘러 벌떡 일어서는 순간 오른쪽 발목에서 두개골을 향해 찌릿한 통증이 뻗어 나가, 가오루는 숨을 어떻게 쉬어야 할지조차 몰랐다. 당황하면 안 된다고 속으로 말한다. 어찌어찌 일어서기는 했으니 뼈가 부러지지는 않았을 것이다. 그래도 너무 아파서 한 걸음도 걸을 수 없었다.

화창하고 아름다운 날, 주변 경치는 평화롭고, 개와 함께 산책하는 사람과 자전거가 가오루 옆을 지나간다. 간신히 숨을 쉬면서 가오루는 수영장 전용 토트백에서 스마트폰을 꺼내 딸의 번호를 띄웠다. 다행히 집에서 그리 멀지 않은 곳이니까 딸이 금방 찾아낼 수 있을 것이다.

통증과 불안으로 온몸을 떨고 있었는데, 하얗게 질렸다는 표현 그대로의 얼굴로 뛰어온 다미코를 본 순간, 가오루는 묘하게도 마음이 차분하게 가라앉았다.

"그렇게 허둥대지 않아도 괜찮아. 살짝 삐었을 뿐인데 뭐."

통증은 여전히 오른쪽 발목에서 절규하고 있는데, 입이 멋대로 그렇게 말한다. 그러고는 구급차를 부르겠다는 다미코 말을 들은 척도 하지 않은 채 말했다.

"택시만 잡아 주면 알아서 병원 다녀오마."

왜 그렇게 오기를 부렸는지 모르겠지만, 지금 큰일 삼지 않으면 결과도 별일 아닐 듯한 기분이 들었다.

"엄마, 그러지 마. 정말 그러지 말라고."

다미코는 잔뜩 성이 난 표정으로 투덜거리면서도 큰길까지 뛰어나가 택시를 잡아 왔다.

거의 안기다시피 같이 택시에 올라타, 가장 가까운 병원으로 가 달라고 부탁한다. 가오루는 오늘날까지 건강에 자신이 있어서, 출산 때 말고는 병원에 간 적이 없었다. 병원은 병약

한 남편을 부축해 가는 장소라고만 여겼는데, 지금은 이렇게 내가 가는구나 하고 생각하자 기묘한 느낌이 들었다. 부축하는 쪽이 아니라, 부축을 받은 쪽이 되다니. 발밑을 잘 살피지 않은 것이 후회스러웠지만, 이미 벌어지고 만 일이니 어쩔 수 없다고 마음을 고쳐먹기로 한다.

"언젠가는 이런 일이 생길 줄 알았다니까."

그렇게 말하는 다미코에게서 부글부글 끓어오르는 분노가 느껴진다. 분노와, 그 이상의 불안이.

"괜찮다니까 그러네."

그래서 가오루는 그렇게 말한다.

'얘는 이 나이가 되어서도 겁만 많다니까.'

차창 밖으로 환하고 조용한 주택가 풍경이 흘러간다.

한가로운 날이다. 사키는 침실에서 다림질을 하면서 밖에서 들려오는 자동차 소리, 새 소리, 사람들 소리에 귀를 기울인다. 1층이 지면에서 가까운데 2층에서 바깥 소리가 더 잘 들려 흥미롭다.

"자, 이제 집에 가자. 걸어" 하는 엄마인 듯한 사람의 목소리.

"아직, 아니야" 하는 어린 딸아이의 목소리.

그런 대화가 세 번 되풀이된 다음, 통화를 하며 걸어가는 듯한 남자 목소리.

"아이고, 죄송합니다. 정말, 그런 게 아니라니까요."

잠시 조용하다가, '개나리반의 무대와 그 의상'에 대해 열심히 얘기하며 걸어가는 여자들 서너 명의 목소리가 들렸다.

며칠 전 밤은 즐거웠다. 기억을 떠올리면서 사키는 미소 짓는다. 오랜만의 외식이었고, 쓰리 걸스가 한자리에 모인 것은 그보다 더 오랜만이었다. 요리는 모두 맛있었고, 옛 친구 두 명의 변함없는(물론 세월에 따른 변화는 있지만) 모습을 보고서 자신도 기운이 샘솟는 듯한 기분이었다. 레스토랑에서 나온 다음 한 군데 더 가자는 둘과 헤어져 사키는 먼저 돌아왔는데, 그 사람들 얼마나 더 오래 밖에 있었을까.

옛날에는, 하면서 사키는 오래전 일을 떠올린다. 옛날에는 사키도 늦게까지 술자리에 함께했다. 아주 약한 칵테일이나 우롱차나 소다수를 마시면서도 그런 장소가 신기해서 재미있었다. 다미코는 걷기를 마다하지 않는다면 전철이 끊어져도 집에 돌아갈 수 있다고 생각하는 사람이었고, 리에는 같이 걸어가 줄 테니까 재워 달라는 사람이었다. 사키는 남의 집에서 자는 것을 좋아하지 않아 언제나 집으로 돌아갔다. 애인이 있던 시기에는 다미코네 집에서 잔다고 거짓말하고 그의 아파트에서 자기도 했지만. 집에 돌아가기 위한 택시비는 언제든 아버지가 내주었다. 아버지는 택시비는 언제든 내줄 테니까 반드시 집에 들어오라고 했다. 당시의 사키는 친구 집에 부담 없이 묵지 못하는 자신을 한심하게 여겼고, 과보호 속에 사는 딸이라는 것을 부끄러워하는 마음도 있었지만 지금은 정말 좋은 아버지였다고 생각한다. 그 아버지가 세상을 떠난 지도 한참이 지났다. 어머니 역시 이 세상 사람이 아니라서, 사키는 때로 다미코가 부럽다. 다미코의 어머니 가오루 씨가 아직도 건강하게 다미코 바로 옆에 있어서.

아무튼, 반드시(가능하면 일찍) 들어오라는 말을 듣고 살았던 시절에는 늦게까지 밖에서 놀았는데, 남편이 천천히 놀다 오라고 말해 주는 지금은 왜 일찍 집에 들어오는지 알 수 없다. 만약 사키가 다미코네 집에서 묵겠다고 해도, 남편은 하룻밤 정도면 신경도 쓰지 않을 텐데.

창문 아래로 초등학교 1, 2학년쯤 되는 사내아이들이 지나가는 목소리가 들렸다. 벌써 그런 시간이 되었나, 하고 사키는 생각한다. 집 앞길은 동네 아이들의 통학로다. 등하교 시간이면 시끌시끌한 소리가 들린다.

"날려, 던져, 날려, 던져, 우와!"

그 가운데 둘이 돌림노래를 부르듯 말을 주고받는다. '우와!' 하는 부분이 사키는 마음에 든다. 야구 경기를 응원하는 말일 텐데, 야구 얘기를 하는 것 같지는 않고, 자기들끼리 신나게 기운을 북돋는 분위기였다. 반복되면서 멀어지는 그 소리를 듣다가, 그만 흉내를 내고 싶어,

"날려, 던져, 날려, 던져, 우와!"

하고 사키도 조그만 소리로 중얼거려 본다.

어머니의 부상은 오른쪽 발목 염좌로, 뼈에는 이상이 없어 다미코는 안도했다. 그뿐만 아니라 골밀도 검사(주로 요추와 관절을 보는 듯하다) 결과에 대해서도 의사에게 "연세에 비해 뼈가 밀도가 높고 단단하군요"라는 말을 들었다. 그래서 어지간히 기뻤는지 집에 돌아온 어머니는 기분이 무척 좋았고, 사건의 전말을 메일로 리쿠토 씨에게 보고(수영장에 갈 수 없게 된 이유는 병원에 있을 때 이미 알렸으니까, 그다음 보고랄까 결과 보고)하기도 했는데, 다미코는 진이 빠지고 말았다.

어머니에게 전화가 걸려 와 "넘어졌어, 움직일 수가 없네"

하는 말을 들었을 때의 핏기가 가시는 듯하던 충격, 택시를 탔을 때 속에서 치밀어 올랐던 도저히 어떻게 할 수 없는 불길한 예감(이제부터 추락이 시작되는지도 모른다, 먼 훗날, 그때는 아직 기운이 펄펄했는데, 하고 돌이키게 되는 그런 순간인지도 모른다 하는), 그리고 병원에서 기다리는 동안의 이대로 두 번 다시 어머니를 못 만나는 건 아닐까 하는 엉뚱한 공포.

다미코는 원래부터 병원이라는 장소를 무서워했다. 지금까지 큰 병을 앓거나 부상을 당한 적이 없어, 병원에는 입원한 누군가를 면회하러나 갔을 뿐이다. 가장 자주 면회하러 갔던 사람은 아버지와 이노쿠마(그때 이미 고노로 성이 바뀌어 있었지만, 다미코는 옛 성으로 생각하는 버릇을 바꾸지 못한다) 사토미였는데, 그 두 사람도 이제는 세상을 떠나고 없다. 물론 병원 탓이 아니라는 것은 알지만, 그래도 돌아오지 못하는 경우가 있다는 공포를 씻어 내지 못하고 있다.

사토미가 입원해 있던 여름이 떠오른다. 그 암 전문 병원의 복도에 어느 날 대나무 장식이 출현했다. 대나무에는 무수한 종이쪽지가 매달려 있었고, 거기에는 당연히 소원이 적혀 있었다. 아무쪼록 잘 낫게 해 주세요, 퇴원할 수 있게 해 주세요, 건강을 되찾아 뭐뭐를 할 수 있게 해 주세요. 읽지 않으려 했지만 복도를 지날 때마다 글자가 눈에 들어왔다. 저 중에는 낫는 사람도 있고, 낫지 않는 사람도 있을 텐데 싶어 다미코는 환자들이 소원 쪽지를 쓰지 않게 해 달라고 병원에 청하고 싶은 심정이었다. 입원한 사람들에게 달리 무슨 소원을 빌라는 것인지.

그런데 사토미 이름이 눈에 들어왔을 때, 거기에 적힌 글자를 읽고 다미코는 그만 웃음을 터뜨리고 말았다. '가수가 되고 싶어요'라고 적혀 있었다. 그리고 그 옆에 조그만 글자로 '가능하면 춤도 잘 추고 연기도 잘해서 뮤지컬 무대에 설 수 있는 가수'라는 구체적인 내용까지 덧붙어 있었기 때문이다. 다미코는 사토미답다고 생각했다. 혹시 면회하러 온 가족이나 지인이 보게 되더라도, 웃을 수 있는 말을 골라 썼던 것이다.

"얘, 저녁은 어떻게 할 거니?"

소파에 앉아 신문을 보던 어머니가 물었다.

"우동 만들게."

다미코는 그렇게 대답했는데,

"우동만? 누워 지내는 것도 아닌데, 뭘 먹어도 상관없잖아?"

하고 타박을 듣고 만다.

"그리고 이 이부자리 좀 치워. 궁상스럽잖니."

하는 말도. 거실에 깔린 이부자리는 아침에 걷었는데, 병원에서 돌아오자마자 시트도 베갯잇도 새로 갈아서 다시 깐 것이다. 그런데,

"발목 삐었는데 왜 누우라는 거야? 낮잠 자면 밤에 못 자잖아."

하면서 어머니가 거부해, 그냥 깔린 채였다.

"잠은 안 자더라도 누워서 쉬면 편할까 했지."

다미코로서는 기껏 마음을 써서 깔아 놓았는데, 어쩔 수 없어 어머니가 하라는 대로 이부자리를 걷었다. 그러나 의사가 테이핑이라는 걸 해 놓은 데다 진통제를 먹고서도 한쪽 발을 조금밖에 디딜 수 없어 가오루는 다미코에게 기대지 않고는 걸을 수 없다. 그러니 계단을 오르는 것은 무리, 밤에는 거실에서 자는 도리밖에 없다. 그러면 자신이 어머니 침실을 사용해야 할 테니, 이 집 안의 잠자는 장소가 더없이 혼란스럽겠다고 다미코는 생각한다.

어머니가 점심도 먹지 못해 배가 쫄쫄 고프다고 하는 데다 우동만으로는 부족할 듯해서, 가게가 문을 여는 5시를 기다렸다가 장어덮밥을 주문하기로 했다. 오래전부터 부엌 서랍

에 들어 있던 색 바랜 배달용 메뉴판을 보이자 어머니는 신이 나서 바라보고는 장어덮밥과 장어내장국 세트 외에 실곤약볶음과 계란찜을 골랐다. 어머니에게는 적어도 식욕이 있다. 그렇게 생각하면서 다미코는 스스로 기운을 북돋는다. 어떤 상황에서든 식욕이 있다는 것은 밝은 징후일 것이다.

아, 재미있었네. 수도 고속도로를 매끄럽게 달리면서 리에는 만족스럽게 한숨을 내쉰다. 앞 유리창 너머는 땅거미가 내린 하늘과 길, 조수석에는 사쿠가 앉아 있다. 봄방학이 시작된 조카에게 어디든 데려가 주겠노라고 하자, 사쿠는 수족관에 가고 싶다고 했다. 그래서 에도가와구에 있는 임해수족관이라는 곳에 갔고, 그 길로 고토구에 있는 현대 미술관까지 들러 하루를 놀다 돌아오는 길이었다. 수시로 영상통화를 하면서 얼굴을 보았지만, 오랜만에 만나는 사쿠는 역시 기억에 있는 사쿠보다 어른스러웠다. 화장을 잘한 탓도 있지만, 간혹은 고모인데도 움찔하리만큼 중성적인 표정을 보이기도 한다. 사쿠는 여자아이 같은 화장을 좋아하고 가끔은 치마를 입기도 하는데, 성 정체성에 혼란이 와서가 아니라 그저 패션이란다. 본인이 즐기고 있다면 그만이라고 리에는 생각하지만, 열여섯이라는 어중간한 나이가 부리는 조화일 것이다. 본인도 그 점을 충분히 자각하고 있어서,

"화장하고 여자아이처럼 꾸미는 것도 기껏 남아야 앞으로 1년이니까" 하고 말한다.

"그래서 고모, 어디쯤 살 건데?"

스윙 아웃 시스터의 곡에 맞춰 몸을 흔들면서 사쿠가 물었다.

"내가 알고 싶네."

하고 리에는 솔직하게 대답한다.

"아무튼 지금은 장소보다 물건을 우선해서 찾고 있어."

지역을 한정하지 않고 찾는 편이 조건에 맞는 집을 찾기 쉬울 줄 알았는데, 어떤 물건이나 불만스러운 점이 적지 않았다. 골디는 다소의 타협은 필요하겠죠? 라고 하지만 리에로서는 절대 타협하고 싶지 않다. 집을 빌리지 말고 차라리 사서 마음대로 인테리어를 하는 편이 좋을지도 모르겠다고 생각하기 시작한 참이다.

"스기나미로 하는 건?"

사쿠가 말한다. 스기나미에는 사쿠가 지금 사는 집이 있고, 그 집은 리에가 자란 곳이기도 하다.

"노."

대답하자, 사쿠는 "그럴 줄 알았어" 하고는 웃었다.

"긴장돼?"

사쿠가 물어서, 리에는 잠시 생각하고는 아니라고 대답한다. 오늘은 이 길로 동생 집에 간다. 사쿠와 약속을 하고 났더니, 동생에게서 저녁을 같이 먹자는 전화가 걸려 왔다. 내키지 않았지만 언젠가는 얼굴을 마주해야 하는 데다, 피하고 내뺀다고 여겨지는 것도 탐탁지 않아 가겠노라고 했다.

"다행이네. 아마 그쪽은 긴장하고 있을걸."

사쿠가 냉정하게 말한다.

"다음은?"

스윙 아웃 시스터가 끝났다.

"펫 숍 보이즈는?"

"펫 숍?"

"응, 펫 숍 보이즈."

드라이브 중에 들을 수 있게 좋아하는 CD를 가져오라고 했더니, 사쿠가 가져온 것은 CD가 아니라 FM 트랜지스터라는 조그만 기계였다. 이게 있으면 듣고 싶은 곡을 휴대전화를 경유해서 뭐든 들을 수 있다고 가르쳐 주었다. 처음에는 사쿠의 휴대전화에 저장된 곡을, '이 곡은 리에 고모도 좋아할 걸' 하거나 '이건 내가 좋아하는 곡'이라고 해서 계속 들었는데, 리에 귀에는 어느 곡이나 비슷비슷하게 들려 별 재미가 없었다. 게다가 치졸한 일본어 가사도 짜증이 나서, 좀 더 좋은 곡은 없느냐고 물었더니, 말하면 찾아 주겠다고 했다.

"와, 있다. 꽤 많네. 어떤 곡이 좋아?"

"맡길게."

대답하고 잠시 기다리자, 〈디스코테카〉의 인트로가 흘러나왔다. 리에는 반가움에 몸을 꿀렁꿀렁 흔든다. 학창 시절, 이 듀오를 엄청 좋아했다.

"〈고 웨스트〉도 있어? 원조는 빌리지 피플이지만, 나는 펫숍 보이즈 버전을 훨씬 좋아하거든. 닐 테넌트와 크리스 로우. 아직 활동하고 있나 모르겠네. 그런 것도 조사할 수 있니?"

"잠깐만. 제목만 다시 한번 말해 줘."

"고 웨스트."

길이 적당히 붐비기 시작하고, 이제 캄캄해진 앞 공간에는 빨간 꼬리등이 줄짓고 있다. 〈디스코테카〉에 이어 〈고 웨스트〉가 흘렀다.

"참 편리하네."

리에는 그만 정말 그렇다는 듯이 노인네처럼 중얼거린다.

현관 벨이 울렸을 때, 다미코는 식사가 배달되었나 했다. 그러나 문 앞에는 일을 끝내고 온 리쿠토가 서 있었다.

"가오루 씨, 괜찮아요?"

그렇게 묻는가 싶더니, 다미코의 대답을 듣기도 전에 신발을 벗고 들어왔다.

"나중에 마도카도 올 거예요."

긴박한 표정으로 그렇게 말하는데, 불길한 비유지만 마치 임종의 자리에 달려온 아들 같아 다미코는 우스워진다.

"괜찮아, 괜찮아."

곧바로 부엌으로 향하는 리쿠토의 등에 대고 말한 후에야 슬리퍼도 꺼내 주지 않았다는 것을 알았지만, 하는 수 없다고 생각했다.

"괜찮아, 괜찮아."

부엌에서 어머니가 똑같은 말을 하고 있다.

"의사는 뭐래요? 염좌는 가벼운 증상에서 심한 증상까지 다양하잖아요. 그래도 다행이군요. 목발이나 휠체어를 사용할 정도가 아니라서."

"그런데, 그게."

뒤따라 부엌에 들어온 다미코는 끼어들지 않을 수 없었다.

"의사가 회복에 시간이 걸릴 것 같으니까 목발을 빌려줄 수도 있다고 하는데도, 어머니가 거절했어."

"오히려 그게 무서운데 뭐."

어머니가 고개를 움츠리면서 말한다.

"목발을 짚으면서 걷는 연습도 해야 한다고 하잖아."

"가오루 씨 판단이 옳아요."

리쿠토가 단언했다.

"목발이라는 게 팔 힘이 꽤 필요하거든요. 익숙하지 않은 사람이 사용하면 도리어 위험할 수도 있어요."

어머니가 그것 보라니까 하는 표정으로 다미코를 본다.

"그래도 뼈를 다치지 않아서 천만다행이네요."

리쿠토가 그렇게 말하자, 어머니는 옳거니 하는 식으로,

"그럼. 문자에도 썼지만, 내가 골밀도가 높대."

하고 기쁜 듯이, '나이에 비해'라는 말을 쏙 빼고 대답했다.

"어마어마하게 큰, 엄청난 기계에 들어가서 검사했어."

리쿠토와 얘기할 때의 어머니는 때로 어린아이 같다.

"리쿠토 씨, 저녁은?"

다미코는 그렇게 묻고서 냉장고에서 캔 맥주 두 개를 꺼내, 한 개를 리쿠토에게 건넸다.

"우리는 장어덮밥 주문했는데."

푸식. 캔을 딴다. 일정이 완전히 뒤틀린 오늘도 곧 6시가 되는 지금까지 어떻게든 지내왔으니, 평소보다 조금 이르지만 마셔도 괜찮으리라고 생각한다.

"아, 괜찮습니다. 나중에 마도카와 나가서 먹겠습니다."

푸식. 리쿠토도 캔을 따고는, 뜬금없이 '습니다' 조로 대답한다.

6

지유가오카의 한 케이크 가게에 가오루 할머니가 좋아하는 파브르통이라는 구운 과자가 있다. 마도카는 회사에서 돌아가는 길에 들러, 낮에 전화로 주문해 놓은 일곱 개를 받아 들고 버스를 탔다. 일곱 개면, 오늘 밤 저번에 리쿠토가 말한 '더부살이'까지 다 함께 먹게 되더라도 두 개가 남으니 가오루 할머니와 존 이모가 내일 먹을 수 있다는 계산이다. 어렸을 때부터 존 이모 집에 갈 때면 이 버스를 탔다. 그래서 길도 정거장 이름도 다 머릿속에 있다. 하지만 리쿠토가 운동 좀 하라고 시끄럽게 굴어서, 지난 몇 년 동안은 역에서 걸어간 탓에 실제로는 몇 년 만에 타는 것이다. 액정 화면에 흐르는 글귀도, 녹음된 방송의 여자 목소리도 예전과 똑같다.

밤의 버스가 유난히 휘황하고 밝게 느껴지는 것은 왜일까, 하고 마도카는 생각한다. 밤에 불이 켜지는 것은 전철도 마찬가지인데, 전철보다 버스가 다른 승객의 표정과 차림새가 가깝고 분명하게 보이는 듯하다. 차량이 작아서? 아니면 선로가 아니라 보행자나 자전거와 같은 지평의 도로를 달리기 때문일까. 무례하게 다른 승객들을 흘깃거리지 않도록 마도카는 차창 밖으로 시선을 돌린다. 그러나 거기에 있는 것은 마도카 자신의 얼굴이다. 하얗고 동그란 낯익은 얼굴.

버스에서 내려, 가오루 할머니는 이 길 어디쯤에서 넘어졌을까 생각하면서 조금 걸어 집에 도착했을 때, 벨소리에 문을 열어 준 사람은 존 이모였지만 바로 뒤에 리쿠토도 가오루 할머니도 있었다. 둘이 웃고 있는 시끌시끌한 분위기가 갑작스럽게 다친 가오루 할머니를 문병 온 마도카에게는 의외였다. 바깥의 어둠과 실내의 밝음, 그리고 복도의 좁음이 어우러져 어째 버스에 계속 타고 있는 것처럼 느껴지기도 했다.

"마도카까지 이렇게 오게 해서 미안하네. 일 끝나고 쉬어야 하는데."

존 이모가 말한다.

"지금, 계단 오르는 연습하는 중이었어."

라고.

"마도카, 오랜만이네."

계단에 걸터앉은 가오루 할머니가 손을 흔들어서, 마도카도 손을 흔들었다. 괜찮으시냐고 묻자, 괜찮다는 대답이 돌아온다.

"보라니까."

가오루 할머니가 앉은 채 계단을 한 칸씩 뒤로 올라갔다. 어린아이처럼.

"한동안 거실에서 자면 좋을 텐데, 절대 싫다고 하잖아."

존 이모가 어이없다는 듯이 말한다.

"다미코가 허풍이 좀 심해야지. 내 방이 더 편하고, 움직일 수 있으니까 움직이는 건데."

"암요, 그러는 편이 좋죠. 움직이지 않고 있으면 나이 많은 사람은 근육과 공간 파악 능력이 바로 퇴보할 수도 있거든요."

리쿠토가 바로 끼어든다. 마도카는 놀라지 않았다. 리쿠토는 언제나 가오루 할머니 편을 든다. 오늘도 사실은 시부야에서 만나 스페인 요리를 먹으러 갈 예정이었다.

"아 참, 이거."

마도카가 구운 과자가 든 종이 백을 존 이모에게 내밀자,

"어머나, 몽상클레르 과자네."

하고 계단 중간쯤에 앉아 있던 가오루 할머니가 천진하게 말하면서 손뼉을 쳤다.

아닌 게 아니라 나이 든 여자는 때로 어린아이처럼 귀엽고, 힘도 없어서 지켜 주고 싶어진다. 특히 가오루 할머니는 차분한 성격에 친절하고 머리도 말짱하기 때문에 하는 말이 재미있다. 반듯하게 생활하고 있어서 언제나 차림새도 깔끔하고 매력적인 여성이라고 마도카는 생각한다. 그래도…….

장소를 부엌 식탁으로 옮겨 커피를 마시면서, 그래도 리쿠토가 가오루 할머니에게 너무 살갑게 구는 거 아닌가, 하고 마도카는 가슴속에 움튼 불온한 의심을 느끼지 않을 수 없다. 마도카 자신은 어렸을 때부터 존 이모 모녀와 친하게 지냈고, 엄마가 입원 중일 때는 가오루 할머니가 아버지 밥을 지어 주기도 할 만큼 그야말로 가족처럼 지내고 있지만, 리쿠토는 그렇지 않다. 그런데도 최근 들어 마도카보다 리쿠토가 오히려 자주 이 집을 드나들고 있다.

"알루미늄 프라이팬? 무인양품 같은 데 있지 않을까."

역시 오늘 밤 먹게 된 파브르통을 오물거리면서 리쿠토가 가오루 할머니에게 뭐라 말하고 있다. 전에는 존댓말을 사용하더니, 요즘에는 친구나 아들 같은 말투다.

"예전에는 백화점에 가면 뭐든 살 수 있었는데, 요즘은 옷하고 구두만 많지, 부엌 용품은 아주 조금밖에 없다니까."

가오루 할머니가 탄식한다.

리쿠토에 대해 말하자면, 마도카는 한 가지 통 알 수 없는 것이 있다. 한마디로 결혼이다. 엄마 몸에서 암세포가 발견되었는데 치유는 기대할 수 없다는 결론이 나자, 리쿠토는 바로 결혼하자고 했다. 어머니를 안심시키기 위해서라도, 라고 하면서.

마도카는 리쿠토를 열아홉 살에 만났다. 여자 친구들과 홋카이도로 여행을 갔는데, 리쿠토도 남자 친구들과 함께 홋카이도에 와 있었다. 눈 쌓인 풍경 속에서 승마도 하고, 카누를 타고 습원에 가고, 스노 슈 하이킹도 할 수 있는 활동적인 투어였다. 결과적으로는 무척 즐거웠지만, 만약 그 투어에 리쿠토가 참가하지 않았더라면 아마 마도카는 도중에 포기했을 것이다. 눈 쌓인 웅장한 경치와 두루미를 볼 수 있다고 해서 참가했는데, 인도어파에 체력도 달리는 마도카에게는 상당히 힘겨운 여행이었다. 그런데 리쿠토가 하이킹을 할 때도 마냥 뒤처지는 마도카 옆에서 걸어 주었고, 카누도 거의 혼자서 노를 저었고, 밤에는 선술집에서 웃겨 주기도 했다. 투어지만 그룹 참가이기 때문에 저녁은 그룹별로 밖에 나가 자유롭게 먹을 수 있었는데, 마도카 그룹과 리쿠토 그룹은 이틀째부터 함께 나갔다. 두 그룹 다 도쿄에서 참가했고, 게다가 당시 사회인 2년 차였던 리쿠토가 근무하는 곳이 메구로구의 한 스포츠 센터라고 들었을 때는 가슴이 콩콩 뛰었다. 마도카의 집도 메구로구에 있기 때문이었다. 운명이라는 말까지 하려니 허풍스러웠지만 혹시, 하는 예감 같은 것이 확실하게 있었다. 그리고 예감했던 대로 여행에서 돌아오자마자 연락이 와 바로 교제를 시작했다.

리쿠토는 대자연이 아닌 곳에서도 듬직했다. 취직 얘기든 친구나 가족 일이든 의논 상대가 되어 주었고, 마도카가 가는 곳에는 최대한 따라와 주었다. 존 이모 집에 갈 때도 그랬다. 만날 수 없을 때에는 전화를 걸거나 문자를 자주 보내주었고, 마도카가 외출할 때면 무사히 집에 돌아와 잔다고 할 때까지 안전한지를 계속 확인했다. 마도카는 그가 늘 지켜 준다고 느꼈고, 그래서 결혼하자고 했을 때는 기뻤다. 어머니의 병 때문에 하루하루가 힘든 시기라서 당장은 할 수 없지만, 약혼이라도 하면 안심이 될 테고 어머니도 기뻐하실 거라고 생각했다. 그런데 딸의 속마음을 바로 꿰뚫어 본 엄마가 "엄마를 안심시키려고 결혼을 결정하다니, 그런 어리석은 짓을 내가 허락할 것 같으니?" 하며 절대 안 된다고 해서 결혼(약혼) 얘기는 무산되고 말았다. 두말 않고 물러선 리쿠토와 자신도 좀 그렇지만, 엄마의 투병 생활이 최우선이었으니 어쩔 수 없었다 치더라도, 엄마가 돌아가신 지 2년 이상 지났는데도 리쿠토 입에서 결혼의 결 자도 나오지 않는 것은 대체 무슨 일인지 마도카는 알 수 없다. 그때는 '어머니를 안심시키기 위해서라도'라는 부차적인 이유가 있기는 했지만, 결혼은 두 사람이 바라는 것이었을 텐데 그 바람(여전히 결혼을 원하는 마도카로서는 주로 리쿠토 쪽의 바람)은 어디로 가 버린 것일까.

"에? 이것보다 더 작은 거?"

부엌 선반에서 몇 개나 되는 프라이팬을 하나하나 다 꺼내면서 리쿠토가 가오루 할머니에게 묻고 있다.

각오는 일단 했다고 여겼는데, 리에는 집 안으로 들어가면서 자신의 표정이 점점 굳어 가는 것을 느꼈다. 얼굴 피부가 팽팽하게 땅기면서 조금 있다가는 빠지직 찢어질 것 같았다. 동생 부부는 인테리어만 새로 한 게 아니라 거의 집을 새로 짓다시피 한 듯했다. 정말 천박한 집이다. 마당을 없애고 부지를 꽉 채우게 건물을 지어도 그리 넓지 않은 집인데, 실내에 나선 계단이 있다는 것도 어이없고, 흰색으로 통일한 인테리어도 군데군데 금색을 곁들인 탓에 오히려 촌스러워 보였다. '가사실'이라고 설명한 반지하 공간에는 세탁기와 다림질대와 아이스박스가 놓여 있고, 벽은 들쩍지근한 분홍색이었다. 부모님의 유품과 리에의 물건은 전부 대여 창고에 보관하고 있다고 한다. 그 창고 팸플릿과 열쇠 비밀번호 등등이 적힌 종이를 받아 들었지만, 불단까지 창고에 있다는 말을 듣고 리에는 놀라고 기가 찼다.

"이 방은 차분하네."

어색한 저녁 식사를 마치고, 리에는 지금 사쿠 방의 조그만 침대에 걸터앉아 있다. 온 벽에 런던에서 본 연극 포스터가 붙어 있다. 십 대 사내아이 방답게 옷이며 잡지가 널린 이 좁은 공간은 집안의 다른 공간과 달리 촌스러운 졸부 취향에 잠식당하지 않았다. 자신이 교육한 성과가 틀림없다고 생각하자, 리에는 꽉 막혔던 속이 풀리는 기분이었다.

"이거, 타니?"

바닥에 널브러져 있는 스케이트보드를 집어 들고 묻자,

"요즘은 별로."

하고 사쿠가 대답했지만,

"보여 줘."

하고 리에는 얼른 부탁했다. 스케이트보드를 타는 사쿠! 상상만 해도 가슴이 뛴다.

"지금?"

내키지 않아 하는 목소리였다.

"안 돼?"

하고 되묻자,

"안 되는 건 아니지만."

하고, 리에는 원하는 대답을 들을 수 있었다. 둘이서 나선 계단을 내려온다.

"잠깐 밖에 나갔다 올게."

안쪽을 향해 큰 소리로 선언하고 리에는 구두를 신었다.

집 앞 아스팔트 길에서 사쿠가 스케이트보드를 타고 미끄러진다. 차르르르르.

"와우, 멋진데! 엄청 멋져!"

리에는 환성을 지르며 손뼉을 쳤다. 사쿠는 보드 끝을 밟고 방향을 바꿔 차르르르 돌아왔다.

"리에 고모, 밤이잖아. 좀 조용히 해."

그러고는 또 미끄러져 간다. 가로등 불빛에 드러난 모습이 리에 개념으로는 '소년' 그 자체인데, 조용히 보기만 하라니 어떻게 그럴 수 있나.

"와, 굉장하네. 굉장해. 아름다워. 사내 녀석 맞네."

사쿠는 몸을 낮췄다가 풀쩍 뛰어올라, 공중에 있는 잠깐 사이에 보드를 옆으로 두 번 돌리는 묘기를 보여 주었다.

"와우! 패뷸러스! 유 아 소 쿨!"

차르르르, 차르르르, 하는 경쾌한 소리가 밤길에 울린다. 사쿠는 차르르르 미끄러졌다가 몸을 낮추고, 다시 뛰어오른다. 보드에 완벽하게 착지하기도 하고 더러는 착지하지 못하고. 착지하지 못했을 때 발로 보드 끝을 밟아 보드를 수직으로 세우고 손으로 빙그르르 방향을 바꾸는 동작이 리에는 마음에 든다.

그리운 집은 사라졌지만, 불단도 어딘가의 창고에서 잠자고 있지만, 오늘 밤은 이 광경을 볼 수 있어서 다행이라고 생각한다. 동생이 아내 말에 꼼짝 못 하는 것은 화가 나지만, 예전부터 불손했던 그 아내가 해를 더할수록 리에에게 무례하게 굴면서 "고모는 상식에서 자유로우니까 좋겠네요" 하거나 "고모는 엄마 심정을 모르겠지만" 하지를 않나, "서민의 음식이 입에 안 맞을지 모르겠네요" 하고 하는 말마다 짜증이 나지만, 오늘 밤은 이걸 볼 수 있어서 다행이다.

"이제 들어갈까?"

사쿠는 그렇게 말하고, 힘껏 밟아 튀어 오른 보드를 한 손으로 확 잡는다.

"오, 제법인데."

리에는 단둘이 밖에 있다는 기쁨에 사쿠의 허리를 올려 차는 흉내를 내 본다.

밤 10시가 조금 지난 무렵, 리에에게 전화가 걸려 왔다. 사키는 남편과 거실에서 텔레비전을 보고 있었다. 〈토이 보이〉라는 제목의 스페인 드라마는 시작부터 젊은 남자의 나체가 수시로 등장하는 탓에 남편과 보기에는 좀 민망하고, 그렇다고 꺼 버리자니 너무 의식하는 것처럼 느껴져 이러지도 저러지도 못하던 참이라 마침 걸려 온 전화가 반가웠다. 화면을 일시 정지해 준 남편에게, 얘기가 길어질 것 같으니까 그냥 보라고 하고서 사키는 통화 버튼을 눌렀다. 복도로 나가서 문을 닫았다.

"지금 얘기할 수 있어?"

리에는 사키의 대답을 기다리지 않고 얘기를 시작한다.

"다미코가 글쎄, 오늘 밤 꼭 해야 하는 일이 있다면서 놀아 주지를 않네. 좀 매정한 거 아니니? 나, 오늘은 이 시간까지 한 방울도 안 마셨어. 집에 들어가서 다미코랑 와인, 집에 들어가서 다미코랑 와인 하고 기도하듯이 생각하고 있었는데 말이야."

"어디 갔다 왔는데?"

사키가 물었지만, 리에는 그 물음에는 대답하지 않고,

"하긴 뭐, 어머니가 발목을 삐어서 하루가 정신없이 지나간 것 같으니까, 다미코에게 동정의 여지가 없는 건 아니야."

하고 말을 잇는다.

"동정이 뭐야. 일을 해야 한다는데 어쩔 수 없잖아."

사키의 그런 말은 리에에게 아무런 의미도 지니지 않는다.

"그리고, 나 오늘, 드디어 동생 집에 갔다 왔어."

리에는 아무튼 다음 얘기를 시작한다.

"옛날에 사키 너도 몇 번 갔었던 스기나미의 집 말이야. 마당에 살구나무가 있어서, 네가 부러워했잖아? 잼도 시럽도 만들 수 있겠다면서. 실제로 우리 어머니는 그런 걸 만들었고, 산초랑 차조기도 키웠어. 지금 사키네 마당처럼 손질이 잘된 마당은 아니었지만, 그래도."

그랬지, 하면서 사키는 옛일을 하나둘 떠올린다. 옛날부터 이 사람은 전화통에 대고 일방적으로 말했고, 긍정하는 대꾸가 아니면 들은 척도 하지 않았다. 화제는 언제나 남자에 얽힌 일, 상대가 얼마나 멋진 남자인지를 시시콜콜 얘기하거나, 얼마나 한심한 남자에게 걸려들었는지를 분노와 함께 호소하거나, 헤어진 슬픔을 한없이 털어놓거나, 헤어질 수 없는 자신의 심리를 분석하거나. 오십 줄에 들어서도 한참이 지난 지금은 화젯거리가 크게 변한 듯하다. 동생 부부가 사는 집을 혹평하고, 동생의 아내가 손수 만든 요리까지 트집을 잡는 소리를 들으면서 사키는 그들이 딱해진다.

"그건 교육과 가치관의 문제잖아. 역시 성장과정이 달라서 그런지."

때로 와인으로 목을 축이는 소리와 기척이 끼어들었고, 리에의 목소리는 점차 열기를 띠어갔다.

"대화의 요령을 모른다니까. 유머라는 것도 전혀 없으니, 절망적이야."

서 있기가 피곤해서 사키는 계단에 걸터앉는다.

"그런 걸 보면 사쿠가 그렇게 훌륭한 아이로 자란 게 신기하지만, 아마 그 아이 세이케 집안의 피가 진한 거겠지. 이 고모의 영향도 컸을 테고. 오늘 같이 수족관에 갔다 왔어. 참치가 떼 지어 수영하는 것도 보고, 펭귄도 보고."

아끼는 조카에 대해 여자아이들에게 인기가 있고 스케이트보드를 잘 탄다고 한참이나 신나게 자랑하던 리에는,

"그 엄마 잘못은."

하고 갑자기 동생 아내에 대한 분개로 돌아간다.

"사쿠의 개성을 이해하려 들지 않는 거야. 옷도 그래. 좀 마음대로 입게 놔둬도 되잖아? 치마를 입든 화장을 하든, 요즘 세상에 그런 거 드문 일도 아니잖아."

사키는 조금은 드문 일이라고 생각하고, 자기 아들들이 치마 입은 모습은 상상할 수 없었지만, 그런 말을 해 봐야 얘기가 길어질 뿐이라 말하지 않았다.

"아무튼 일본은 젠더에 뒤처져 있다니까. 결혼하면 아내 성이 남편 성으로 바뀌는 문제도 그렇고, 동성혼에 대해서

도 그렇고."

다미코가 이 언어의 폭풍에 매일 시달리고 있겠구나 싶자, 사람은 참 변하지 않는다는 것을 절감한다. 젊은 시절부터 다미코는 모두의 얘기를 들어 주는 역할을 도맡았다. 성실하고 관대하고, 회피할 줄을 모르는 사람인데, 그 용감함을 본인은 자각하지 못한다. 누군가가 당신 참 용감하다고 하면, 지금도 다미코는 곧바로 아니라고 할 것이다. 머리가 좋은 사람인데, 스스로는 알지 못한다.

"이거, 먹어도 될까."

리에가 말한다.

"뭔데?"

"과자가 있어, 상자 안에. 먹어도 될 것 같니?"

괜찮겠지 뭐, 하고 사키는 대답하고 용감한 다미코를 본받아, 일본의 현황을 우려하는 리에의 웅변을 조금 더 들어 주었다.

전화를 끊고 거실로 돌아오자 아직도 드라마는 계속되고 있었지만, 남편은 소파에 앉은 채 머리를 뒤로 젖히고 입을 쩍 벌린 채 잠들어 있었다.

7

하늘에는 구름이 꼈고, 바람은 차갑다. 벚꽃은 물론 아름답지만, 이제 충분히 봤다고 리에는 생각한다. 마스미 씨가 홍차가 맛있다고 해서 찾아간 카페는 만석이었고, 밖에서도 사람들이 몇 쌍이나 기다리고 있었다. 굳이 이 카페가 아니어도 괜찮다고 생각했는데, 그 후에는 적당한 카페가 잘 보이지 않아 이래저래 45분이나 걷고 있다. 오키타 게이 씨와 마스미 씨 부부와는 런던에서 한때 가깝게 지냈다. 남편인 오키타 씨가 리에의 직속 부하여서 그랬기도 하지만, 그보다는 두 사람이 런던에서 지낸 3년이 리에와 리에의 실질적인 남편이었던 해럴드의 밀월 기간과 겹친 탓이 크다. 나이는 꽤 차이나지만, 두 부부가 서로의 집을 오가고, 아내끼리 쇼핑을 하고, 휴가 때는 함께 짧은 여행을 하기도 했다.

그간에 쌓인 얘기도 많을 것이고 마침 벚꽃놀이 계절이니 만나자고 해서 나왔는데, 정작 만나 보니 쌓인 얘기도 딱히 없고 영국에서만 봤던 두 사람을 일본에서 만나는 것도 어딘가 모르게 어색해서 리에는 오늘 유난히 말수가 적다. 그녀 자신도 자기답지 않다고 생각하지만.

"구단시타로 돌아갈까?"

촌스러운 양털 코트로 몸을 감싼 마스미 씨가 묻자,

"다케바시 쪽이 가깝지 않을까?"

하고 남편 오키타가 말한다.

"아니지, 한조몬 쪽이 가까우려나."

어째 자신 없는 말투다. 과거에 호리호리한 청년이었던 오키타는 턱 밑에 투실투실 살이 붙었고, 배에도 그만큼 살이 올랐을 듯하다. 고급스러운 캐시미어 코트가 가리고 있지만, 척 보면 알 수 있다.

"큰길로 나가서 택시를 잡는 게 좋지 않겠어?"

리에는 그렇게 말했다. 손도 양 볼도 얼얼하다. 아무튼 어딘가 따뜻한 곳으로 이동하고 싶은데, 부부는 걸음을 멈추고 휴대전화를 들여다보면서 현재 위치를 확인하는 듯하다.

리에는 답답했지만 뭐라고 투덜거릴 수도 없어 잠자코 있었다. 결국 나가타초까지 걷게 되었다.

"그래도 부럽네요, 자유로운 생활."

마스미 씨가 말한다. 지칠 줄 모르는 발걸음은 여전히 경쾌하다. 양털 코트 밑에 청바지를 입고 스니커를 신어서이리라. 굽이 있는 앵클부츠(그래도 갖고 있는 부츠 중에서 가장 걷기 편한 부츠다)를 신은 리에는,

"그렇지 뭐."

하고 대충 대꾸하면서 플랫 슈즈를 한 켤레 사야 할지도 모르겠다고 생각한다. 물론 스니커가 아니라 아주 우아한 플랫 슈즈. 런던에서는 영국 사람들이 '웰리스'라고 부르는 고무장화를 즐겨 신었는데, 도쿄에서 고무장화를 신을 일이 있을까 싶어서 처분해 버렸다. 지금 그 고무장화로 바꿔 신을 수 있다면 얼마나 편할까.

"꿈에 그리는 유유자적한 생활!"

마스미 씨는 발걸음은 물론 목소리까지 경쾌하게 말한다. 아, 이 말투, 기억나네, 하고 리에는 생각했다.

"와, 귀여운 컵케이크. 리에 씨, 사진, 사진."

"마켓, 너무 좋아!"

"리에 씨, 봐요, 세일, 세일."

길거리에서, 전원에서, 백화점에서, 이 사람은 곧잘 신이 나서 그렇게 말했다.

"마스미 씨, 이쪽, 이쪽."

"어머나 귀엽네. 멋지다. 그냥 사, 과감하게."

"아, 공기가 상쾌하네. 마스미 씨, 심호흡, 심호흡."

똑같은 텐션으로 리에도 그렇게 응했었다. 그런데 지금은 왜 그러지 못하는지 알 수 없었다.

"우리는 리에 씨 나이 되어도, 유유자적은 힘들 거예요. 이 사람, 그럴 만한 끈기도 없고, 아이도 있고."

"아이들이 몇 살 됐지?"

오키타 게이는 런던에서 홍콩으로 전근했고, 그다음 도쿄로 전근하게 되었는데 홍콩에서 첫째가, 도쿄에서 둘째가 태어났다고 들었다.

"첫째는 초등학교 3학년이 되었고, 둘째는 아직 유치원 다닙니다."

마스미 씨가 아니라 남편이 대답하고는,

"원하면 나중에 얼마든지 사진 보여드릴 텐데, 리에 씨는 보나 마나 '노 땡큐'라고 하겠죠."

하고, 불필요한 말까지 덧붙인다.

"무슨 소리야. 내가 그렇게 실례되는 말을 할 리가 없잖아. 아이는 어떤 동물의 아이든 다 귀여운데."

마음에 없는 말이었는데, 부부가 나란히 웃고는,

"무리할 거 없어요."

하고 마스미 씨가 말하고, 오키타 씨는,

"리에 씨의 '무슨 소리야', 오랜만에 듣네요."

하고 말한다.

나가타초에 도착하자 눈에 띄는 첫 건물에 후다닥 뛰어 들어갔다. 전면 유리인 멋진 건물이었다. 찻집을 찾아 돌아다녔지만 없었다. 식사를 권하는 가게만 많고, 의원과 편의점, 꽃가게와 렌터카 영업소와 무수한 사무실이 있는 건물이었다. 간신히 찾아낸 스타벅스에 자리를 잡고 앉았다.

"도쿄의 건물은 정말 미로네."

"찻집이라는 건 이제 존재하지 않는 거야?"

오랜만에 북적거리는 시내로 나온 중장년들이 흔히 내뱉을 만한 불평을 한바탕 늘어놓고는, 그래도 가게 안의 따뜻함과 커피 향에 안도한다.

"이제 좀 살겠네."

리에 입에서도 그만 그런 말이 나온다.

마감 날보다 이틀 늦게 원고를 팩스로 보낸 다미코는 안도의 한숨을 내쉰다. 아이고, 다행이네. 지난 며칠 동안 허둥대느라 청소할 여유가 없었다. 밤 10시가 지났는데, 청소기로 거실을 청소했다. 원고를 하나 마무리하고 나면 다미코는 이상하게 활력이 솟는다. 옛날부터 그랬다. 가령 밤을 새워 시험공부를 하거나 리포트를 완성했을 때, 하는 도중에는 끝나면 마음껏 자고 싶다고 생각하는데, 정작 끝나면 왠지 기분이 고양되고 몸까지 가벼워져 그 길로 영화를 보러 가서는 돌아오는 길에도 한 역 앞서 내려 걸어오곤 했다.

사실은 계단과 2층 복도도 청소기를 돌리고 싶었지만 어머니를 깨우고 싶지 않아 거실과 부엌, 1층 복도만 돌린다. 이런 때, 이어폰이 있으면 좋겠네, 하고 다미코는 생각한다. 길거리에서 무선 이어폰을 귀에 꽂고 있는 사람을 볼 수 있어, 그런 게 보급되고 있다는 것은 안다. 그걸 끼고 음악을 들을 수 있다면, 밤중에 청소할 때 최고겠다고 생각한다. 그런데 어디에도 연결되어 있지 않은 이어폰에서 어떻게 음악이 나오는지 그 시스템을 알지 못한다. 시스템을 알지 못하면 다룰 수도 없을 것 같아 사러 나가 봐야 가게 사람들이 하는 말을 알아듣지 못해 혼란스러울 게 뻔하니까, 결국은 주저하게 된다. 이런 게 나이를 먹는다는 거겠지, 하고 다미코는 생각한다. 예전 같으면 새로운 것이라도 바로 사러 갔을 것이다. 레코드보다 좋은 음질이 오래 유지된다고 광고한 CD와 시디플레이어가 출현했을 때도, 원숭이 광고가 귀여웠던 워크맨이 등장했을 때도, 자신이 제대로 다룰 수 있을지는 생각지 않았다. 어떻게 그럴 수 있었을까.

바닥 걸레질이 끝나고, 왁스 칠까지 할까 말까 망설이고 있는데 리에가 돌아왔다. 그래서 왁스 칠은 다음에 하기로 했는데, 다미코는 웃음을 터뜨리고 말았다.

리에가 "다녀왔어"에 이어 이렇게 말했기 때문이다.

"나, 발견했어. 내가 밖에 나가서는 쭈뼛거리더라고."

"설마."

다미코는 부정했다.

"너는 모르는 사람에게도 아무렇지 않게 말을 걸잖아. 학창 시절에도 그랬고, 지금도……."

리에는 다미코가 마지막까지 말하도록 놔두지 않았다.

"모르는 사람은 아니지, 아무 상관없는데. 중요한 건, 아는 사람일 경우잖아."

그리고 오늘 생겼던 일을 얘기해 주었다. 런던 시절에 가깝게 지내던 부부와 벚꽃 구경을 하러 갔고, 맛있는 튀김과 술로 저녁을 먹었는데, 자신이 빌려 온 고양이처럼 얌전하게 굴더라나.

"그러고 보니까, 내가 옛날부터 사람에게 마음을 여는 데 시간이 걸렸다는 생각이 나더라."

밤이 점점 깊어지는 시간인데, 다미코는 아직도 활력이 넘치는 상태이고, 리에도 마시고 싶다고 해서 화이트와인을 땄다.

"그들이 나쁜 건 아니야. 좋은 사람이야, 둘 다."

리에가 말을 잇는다.

"그런데 생각해 보니까 남의 나라에서 딱 3년 교류했을 뿐이잖아. 그것도 10년도 더 지난 옛날 일이고."

"그건 그렇지."

"게다가, 그 시절에 나는 해럴드가 옆에 있어서 지금의 나와는 달랐으니까."

다미코는 납득이 갔다. 아마 그 이유가 클 것이다. 해럴드라는 파트너가 없는 리에가 그 부부를 만나는 것은 오늘이 처음이니까.

“재미없었어?”

“그런대로 재미는 있었어.”

리에가 대답한다.

“그런데 좀 긴장을 했다고 할지, 런던에 있을 때랑은 달랐어. 피차가 마음을 열지 못했다고 해야 하나.”

다미코는 생각에 잠긴다.

“마음을, 그렇게 자주 열지 않아도 되잖아?”

다미코가 생각한 대로 말하자,

“에이, 그럼 안 되지. 절대 안 돼. 그러면 허망하잖아.”

하고 바로 반박한다. 다미코는 리에답다고 생각한다. 이 사람은 언제나 재지 않고 상대를 대한다.

“그렇게 마음을 열고 싶어 하는 사람은, 누구를 만나도 쭈뼛거리지 않을 것 같은데.”

“아니, 그랬다니까.”

리에는 물러서지 않는다.

“결국 내가 정말 마음을 열 수 있는 상대는 다미코와 사키와 가오루 씨와, 그리고 사쿠뿐인걸 뭐. 이렇게 오래 살았는데, 딱 넷이라니 고독하네.”

리에는 그렇게 말하고 석 잔째 와인을 제 손으로 따른다.

"그럴 리가 있나."

다미코가 아는 사람만 해도, 리에에게는 친구와 지인이 많다.

"너 전에 네 입으로 말했잖아. 캐나다와 영국, 말레이시아, 세계 각지에 있는 친구들이 네 재산이라고 말이야."

"그 사람들은 다르지."

리에는 뻔뻔스럽게 말한다.

"나는 발도 넓고 사교적인데 뭐."

보라니까, 인정했잖아, 하고 다미코가 마음속으로 중얼거리자,

"그러니까 나는 사교적이지만 밖에서는 좀 다르게 행동한다 그 말이지."

그렇게 억지 결론을 내리고, 리에는 싱긋 웃으며 잔을 기울였다.

남자아이의 양말은 왜 이렇게 더러운 것일까. 벌써 몇 번이나 이상하다고 생각했는데, 사키는 지금 또 이상하다고 생각한다. 조금이라도 하얀색, 혹은 원래 색을 되찾기 위해서

는 세탁기에 넣기 전에 애벌빨래를 해야 하고, 이렇게 애벌빨래를 할 때마다 이상하다고 생각한다. 육상부인 첫아들과 달리 둘째 아들은 운동과는 무관한데, 그런데도 매일 양말을 시커멓게 해 가지고 돌아온다.

오늘은 빨래하기에 좋은 화창한 날이다. 마당에는 개나리도 피고 설유화도 피고 앵두꽃도 피었다. 한창때는 지났지만 중국 풍년화와 가엽수 꽃도 아직 피어 있다. 회양목에는 두꺼운 이파리 사이사이에 꽃술만 있는 것처럼 보이는 소박한 꽃이 피어 있다. 창문 너머로 바라만 보아도 사키는 뿌듯해진다. 흙이 있다는 것은 참 풍요로운 일이다. 낮은 받침대를 설치해 타고 오르게 한 비단등나무에 짙은 초록색 이파리가 무성한 것을 보고서 사키는 만족한다. 받침대를 높이 설치한 덩굴장미와 함께 올해도 곧 꽃이 필 것이다.

점심으로 구운 떡에 다시마 다시를 끼얹어 먹고 있는데, 둘째에게 전화가 걸려왔다. 우주의 수식을 쓴 종이를 깜박 잊고 안 가져와서 그런데 직원실에 있으니까 팩스로 보내 달란다. 그룹 연구 발표에 필요한 것이고, 그룹 전원의 명운(정말 이 단어를 사용했다)이 달린 일이라고 하면서.

"우주 수식이 뭔데?"

하고 묻자,

"그건 지금 설명할 시간이 없어."

직원실 팩스 사용에 대해서는 허락을 받았고, 지금 바로 번호를 보낼 테니까 아무튼 보내 달라고 한다.

"우리 집에 팩스가 어디 있다고 그래?"

오래전에 사용하던 전화기에는 팩스 기능이 있었지만, 조금도 필요치 않아서 몇 년 전에 자리를 차지하지 않는 무선 전화기로 바꿨다.

"편의점에 가면 있어."

편의점. 가장 가까운 편의점을 떠올린 사키는 자신이 이미 집을 나설 기분이라는 것을 깨닫는다.

"그 종이는 어디 있는데?"

"아마 책상 위에 있을 거야."

"아마?"

"아니, 책상 위. 클리어 파일에 들어 있어. 다섯 장 정도 되고, 수식이 빽빽하게 적혀 있으니까 금방 알 거야. 아마."

또 '아마'가 붙었다. 몇 시까지 필요하냐고 묻자, 2시 5분 전부터 시작되는 수업에 사용할 거지만, 최대한 점심시간 중에 보내 달라고 한다.

"알았어. 빨리 다녀올게."

"우와아! 고마워, 어머님!"

"뭐가 어머님이야. 다른 사람의 명운이 걸린 것을 깜박하다니, 너무 해이한 거 아니니?"

말은 그렇게 했지만 기분이 나쁘지는 않았다. 어렸을 때부터 독립적이라고 할까, 자기 일은 자기가 알아서 하고 감정을 겉으로 드러내지 않는 첫째와 달리, 둘째는 무심하고 철이 없고, 고등학생이 된 지금도 감정이 그대로 표정이나 목소리에 드러난다. 천연덕스러운 면도 있어서 그냥 놔둬도 괜찮을까 싶은 생각도 없지 않지만, 단순히 귀여워서 사키는 그만 어리광을 받아 주곤 한다.

수식이 적힌 종이는 책상에 놓여 있었다. 사키는 코트를 입고 클리어 파일과 지갑을 손에 들고 편의점으로 향한다. 오늘은 영어 회화 수업이 있는 날이다. 영어 교실에 가는 길에 들르면 편하겠지만, 그러면 둘째의 점심시간이 끝나고 만다.

대학을 졸업하고 결혼하기 전까지, 사키는 아버지의 연줄로 소규모 세무사 사무실에서 일했다. 물론 세무사 자격증은 갖고 있지 않으니 비서 겸 사무원이었지만, 그래서 팩스는 매일 수도 없이 보내고 받았다. 그런데 편의점에 놓인 그

기계를 오랜만에 조작하려니 우왕좌왕하다 사용법이 적힌 스티커를 읽고서야 간신히 보낼 수 있었다. 아마도. 제대로 도착했는지 불안해서 보냈다고 라인을 보내고, 가게 안을 돌아보면서 회신을 기다렸다. 반찬 선반을 바라보고 빵 선반을 바라본다. 컵라면 선반을 바라보고, 아이스크림 냉동고를 쳐다본다. 음료 냉장고를 바라보고, 주먹밥과 샌드위치가 진열된 선반을 바라본다. 그렇게 두 바퀴를 돌아보았을 때 휴대전화가 진동했다.

'잘 받았어! 감사합니다!'

스스로 생각해도 좀 허풍스럽다 싶지만, 사키는 성취감이라고밖에 표현할 수 없는 기분과 함께 편의점을 나섰다. 수식이 적힌 종이 다섯 장을 팩스 뚜껑 속에 두고 나온 것은 밤이 되어 둘째가 지적할 때까지 전혀 몰랐다.

의사는 회복되려면 시간이 걸린다고 했지만, 나흘째에 통증이 사라지더니 일주일이 지나자 살며시 발을 디디면 발목이 시큰거리지 않았다. 평소 수영을 다니는 덕분인지도 모른다고 가오루는 자신의 회복력에 만족한다. 그런데도 발을 딛는 것에 대한 공포가 몸에 배었는지, 아프지도 않은데 그만 아픈 것처럼 걷게 된다. 물속에서는 오른발에 신경 쓰지 않고도 걷는 연습을 할 수 있을 듯한데, 다미코가 당분간 스포츠 센터에 가면 안 된다고 못을 박았다.

가오루는 수영장이라는 장소를 자신이 이렇듯 좋아하게 될 줄은 몰랐다. 물속에 있으면, 주위에 사람이 있어도 아주 자연스럽게 '홀로' 있는 기분에 젖을 수 있다. 수영복과 수영 모자만 걸친 자신의 몸이 작고 가볍게 느껴지고, 그 무방비함이 오히려 가오루를 용감하게 한다. 유리를 많이 사용한 탓에 맑은 날에는 햇살이 비치고, 비 내리는 날에는 빗방울이 보인다. 바깥과 나뉘어 있는데 이어져 있는 듯한 그 느낌도 마음에 들었다.

가오루는 횡영을 잘한다.

"실제로 횡영을 하는 사람은 처음 봅니다."

리쿠토 군은 그렇게 말하는데, 수영하기 편하고 얼굴도 많이 젖지 않아 자신에게 잘 맞는다고 가오루는 생각한다. 가오루의 어머니도 횡영을 했다. 수영장이 아니라 바다에서였다. 그러나 어머니는 수영은 잘 하지 않고 양산을 쓰고 모래사장에 서서, 물속에서 장난치는 아이들을 그저 바라만 보는 일이 많았다.

가오루의 어머니는 일흔여섯 살에 돌아가셨다. 어느 겨울 감기가 통 낫지 않아 병원에 갔다가 폐렴이라는 진단을 받고 입원했는데, 그대로 잠자듯 숨을 거뒀다. 당시에는 충분히 오래 살았다고 여겼는데, 가오루는 그때 어머니 나이를 오래전에 넘겼다. 자신이 아직 살아 있다는 것을 때로 신기하게 생각한다. 아버지도 어머니도, 언니도 동생도, 그리고 남편도 다 저세상으로 갔는데, 자기만 아직 이 세상에 있다니.

오늘은 웬일로 다미코가 대낮에 리에와 같이 외출을 해서, 집에는 가오루 혼자 있다. 냉장고를 뒤져 계란덮밥을 만들기로 한다. 발목을 삔 후로 장보기도 수월치 않다. 삼엽채가 없어 아쉽지만, 없는 건 어쩔 수 없으니 쪽파로 대신하기로 했다. 리쿠토 군이 사다 준 조그만 프라이팬은 오븐 토스터에도 들어가기 때문에 감바스 알 아히요를 만들 때 편리할뿐더러 혼자 먹는 계란덮밥 재료를 졸일 때도 안성맞춤이었다.

8

유럽의 작은 도시에는 왜 약국과 속옷 가게가 많은가. 모모치와 리에는 그 화제로 한창 달아올랐다.

“그 두 가지는 노인 중에도 수요가 많으니까.”

“고객의 기본 정보가 가게에 저장되어 있으니까.”

“나이가 들어서도 성생활이 왕성한 사람이 많으니까.”

허름한 가게 모습에 어울리지 않게 과격한 속옷을 입은 마네킹이 서 있어 놀란다느니, 가터벨트를 보고 가슴이 뛰는 것은 남자와 여자 어느 쪽이냐느니, 오래된 약국과 오래된 속옷 가게는 비슷한 냄새를 풍긴다느니.

“포르투갈에 갔을 때 말인데.”

“프랑스 북부의 어느 조그만 도시에서.”

"스위스가 메카지."

"역시 이탈리아 아닌가."

두 사람은 삼십 년 만에 만나는 것이다.

"어머나, 정말 미키오 씨 맞아? 길거리에서 마주쳐도 절대 모르겠네."

"나도 절대 모르겠는데."

그렇게 대화가 시작되더니, 어느 쪽이나 순식간에 그 긴 세월의 공백을 메워 버려 다미코는 놀란다.

세 사람은 지금 모모치의 아파트에서 모모치가 손수 만들어 준 오코노미야키를 먹고 있는 중이다. 눈을 의심하리만큼 대량의 양배추 채를 느긋하게 찌듯이 볶는 것이 비법이란다. 연기와 냄새를 다소나마 없애려고 활짝 열어 놓은 유리문 너머는 조그만 베란다, 그 너머에는 화창한 오후의 하늘이 펼쳐져 있다.

화제는 유럽의 약국과 속옷 가게에서 이혼 후의 어려움으로 옮겨 갔다가 초인종 장난의 의미로 옮겨 간다.

리에 의견은,

"그게 뭐가 재미있는지 정말 모르겠다니까"이고,

모모치 의견은,

"현관 벨 누르고 홱 도망치는 거, 아이들에게는 스릴 만점이지"이다.

다미코 집에서도 간혹 비슷한 일이 생긴다. 왜 '비슷한'이라고 표현하는가 하면, 문을 열면 아무도 없기 때문이다. 그렇게 얘기하자 모모치는,

"반드시 어딘가에 숨어서 지켜보고 있을 거야. 그렇지 않으면 의미가 없으니까"라고 한다.

"원래는 그랬을지도 모르지만, 지금 초인종 장난은 본질은 사라지고 벨튀라는 형태로 변질됐잖아. 그런데 무슨 의미가 있겠어."

리에가 그렇게 대꾸하자, 모모치가,

"아이든 어른이든 여자는 초인종 장난의 묘미를 모르는지도 모르지."

하고 발언한 바람에 대화가 엇갈리고 만다.

모모치가 이혼한 다음 이사한 이 아파트에 다미코는 세 번째 온 것이다. 살풍경. 한마디로 표현하면 그렇다. 가구도 식기도, 아마 옷가지도 최소한밖에 없다. 벽에는 시계도 액자도 달력조차 걸려 있지 않다. 책을 많이 읽는 사람인데, 소장하고 있던 책을 전부 처분해 버렸다고 한다. 이사한 적이 아주

오래전 아버지가 살아 계실 때 딱 한 번밖에 없어, 자신의 추억이 담긴 물건은 물론 부모님의 추억의 물건까지 떠안고 생활하는 다미코에게는 이토록 살풍경하고, 사는 사람의 취향이나 개성이 조금도 엿보이지 않는 공간에서 하는 생활이 어떤 느낌일지 상상이 안 된다. 떠도는 부초가 된 것처럼 불안하지 않을까 생각한다. 그러나 동시에, 묘하게 부럽기도 하다.

"리에는 화려했지."

모모치가 말한다.

"오로지 상향지향, 그런 인상이었어."

초인종 장난 얘기는 끝난 듯하다.

"나는 미키오 씨가 유난스럽고 까다로운 사람이라는 인상이었어."

"심한데."

"어머나, 그게 뭐 나쁜 건가?"

"나는 그 시절에, 다미코와 리에가 사이좋게 지내는 게 정말 신기했어. 전혀 성향이 다른데 말이야."

"그런 말, 많이 들었지."

리에가 그렇게 대꾸하자, 다미코가 끼어들었다.

"그 말을 들으니까 생각나는 사람이 있네. 옛날에 미키와 사이좋았던 사람. 키가 크고. 조시마 씨였나? 그 사람이랑 미키도 전혀 성격이 맞지 않아 보였어."

그때부터 화제는 그 시절에 사이좋게 지냈던 누구누구의 소식으로 옮겨 갔다.

"있지."

불쑥, 리에가 눈을 반짝거린다.

"우리, 사키네 집에 쳐들어가자."

"안 돼."

다미코는 반사적으로 그렇게 말했지만, 사키가 보고 싶었다. 쳐들어가다니, 학창 시절 같다. 상식 밖이라고 생각하는 한편, 만약 그럴 수 있다면 신나겠다고도 생각한다.

"재미있겠는데, 사키 씨는 지금 어디 사는데?"

모모치가 묻는다.

"세이조."

리에가 대답하자 행동이 결정된다. 다미코는 정말 그런 일을 실행할 수 있을지 반신반의하면서도 자신이 더는 반대하지 않으리란 것도 알고 있었다. 왜 안 돼? 오늘은 평일이고, 시간도 아직 세 시가 조금 넘었을 뿐이다. 사키는 아마 집에 혼자 있을 것이다. 놀라게 하고, 얼굴을 보고, 바로 돌아서면 된다.

"이거, 웬 거야?"

밤, 학교가 끝나고 학원까지 들러 집에 돌아온 둘째가 물었다.

"받았어."

사키는 짧게 대답했다.

"먹을 거면 데워 줄게."

둘째가 먹겠다고 바로 대답하고는 누구에게 받았느냐고 물어 사키는 설명했다. 저녁때 리에와 다미코와 모모치가 불쑥 찾아왔다는 것, 이 오코노미야키를 들고 왔는데 모모치가 직접 구운 듯하다는 것.

"모모치가 누군데?"

당연하지만, 둘째가 그렇게 다시 물어,

"응, 학창 시절에 알았던 사람."

하고만 사키는 대답한다.

"데워 줄 테니까, 옷 갈아입고 손 씻고 와."

셋이 불쑥 나타나, 두 시간 정도 머물다 돌아갔다. 차를 가져와 술을 마실 수 없는 리에가 '이건 샴페인급 재회'라며

오는 도중에 술 가게에 들러 제 손으로 샀다는 샴페인을 터뜨리고 그저 웃고 얘기만 한 두 시간이었는데, 그들이 돌아간 다음 사키는 얼이 빠져 아직도 현실을 제대로 인식하지 못하고 있다. 조금 전까지 그들이 정말 여기 있었던 것일까.

리에와 다미코 둘만 나타났다면, 이렇게 혼란스럽지 않을 것이라고 생각한다. 그녀들과는 줄곧 연락을 주고받았고, 간간이 만나기도 했으니까. 사키는 언제 모모치를 마지막으로 만났는지 기억하지 못하는데, 다미코와 모모치가 헤어진 지 30년이 지났다고 하니까, 당연히 그보다는 더 오랜만이다. 그러니 기억이 당시에 머물러 있다고 할 수 있다. 최근의 모모치에 대해서는 다미코에게 전해 들었지만, 사키의 내면에서 그는 줄곧 이십 대 젊은이였다. 초로의 남자 같은 풍모를 보이는 그가 느닷없이 "오랜만이야" 하는데, 처음에는 당황스러울 뿐이었다. 학창 시절에도 다미코가 사귀는 사람이었던 모모치와 사키는 별로 얘기한 적이 없었다. 그런데.

대화가 시작되자마자, 낯선 초로의 남자(마른 몸, 은테 안경, 80퍼센트가 하얀 머리, 회색 브이넥 스웨터에 청바지)라고만 여겼던 모모치의 얼굴에서 옛날의 모습이 조금씩 보였고, 그러자 단숨에 과거로 돌아가고 말았다. 그 타임 슬립감이 리에와 다미코만 만났을 때와는 비교가 되지 않았다. 중간에 낀 삼십 몇 년이 완전히 공백이기 때문이리라. 넷이 세월을 함께하며 지금에 이른 것이 아니라, 학창 시절에서 갑자기 지금으로 널뛰기를 한 듯한(아니면 그 반대일까. 사키의 현재에 학창 시절이 불쑥 출현한 듯한?), 뭐라 말할 수 없이 불안한 감각이었다.

리에는 역시 제 손으로 샀다는 무알콜 맥주를, 나머지는 샴페인을 마시면서 화제는 놀라우리만큼 퐁퐁 샘솟는 추억담 외에 과거 다미코와 모모치가 헤어진 이유와 몇 년 전에 리에가 담배를 딱 끊은 이유, 나아가 리에와 해럴드의 관계가 엉망이 된 과정에서 지금까지 듣지 못했던 몇 가지 사건까지 등장해 시간이 순식간에 흘러갔다. 한마디로 사키는 즐거웠다. 다미코와 모모치의 기억은 서로 엇갈려, 그 전화가 어쨌다느니 그 여름이 끝날 무렵이라느니 갖가지 일화가 오락가락했지만, 결국 당사자들도 헤어진 이유가 기억나지 않는 듯했다. 또 의외는 아니지만 리에는 사쿠의 부탁으로 담배를 끊었고, 해럴드와는 술에 취해 길거리에서 대판 싸웠는데 누가 신고를 하는 바람에 둘이 경찰차를 타야 하는 신세가 되기도 했단다. 눈앞에 있는 세 사람이 반가웠던 게 아니라, 세 사람을 통해 환기되는 그 옛날의 자신이 반가웠다. 부모님과 같이 살았고, 남편도 아들도 없어 홀가분했던 자신이다.

"저녁은 먹었지?"

사키는 전자레인지에 오코노미야키를 데우면서, 옷을 갈아입고 돌아온 둘째에게 묻는다. 학원에 가는 날에는 보통 친구와 적당히 해결하기 때문에 집에서는 저녁을 먹지 않는다.

"배고프면, 뭐 좀 더 줄까?"

"아니, 괜찮아."

둘째는 그렇게 대답했지만, 오코노미야키 커다란 두 조각을 깔끔하게 해치운다.

"아빠는?"

"오늘 늦는대."

그렇구나, 하면서 둘째는 그릇을 싱크대로 가져간다. 그러라고 시킨 적은 없고, 보통 식사 후에는 남편이나 첫째나 아무것도 하지 않는데, 둘째만 이렇게 혼자 먹을 때는 언제부터인가 스스로 하게 되었다. 그냥 놔두면 씻기까지 할 것 같아,

"그냥 놔둬."

하고 말했다. 세태와 맞지 않다는 것은 알지만, 사키는 남자가 부엌에 얼씬거리는 것을 좋아하지 않는다. '집안일 전

반이 적성에 맞는다는 것을 발견'한 듯한 모모치가 들으면 화를 내겠지만.

연휴가 끝난 금요일, 마도카로부터 의논할 일이 있다는 문자가 왔다. 다미코는 물론 언제나 얘기를 들어 주겠노라고 답했다. 언제든 놀러 오라고. 리쿠토 씨와 사귀고부터는 전속 상담사가 생긴 탓인지 그런 일이 아예 없었지만, 예전에는 자주 있었다. 그야말로 현관 벨에 손이 닿지 않을 만큼 어렸을 때부터 찾아와 '존 이모, 좀 들어 봐' 하곤 했다.

"엄마가 내 마음을 조금도 알아주지 않아서, 나 가출하고 싶어."

"좋아하는 남자아이에게 초콜릿을 주고 싶은데, 어떻게 주는 게 효과적일까."

내용은 그렇게 별거 없었지만, 가족도 친구도 아닌 자신과 의논해 주는 게 다미코는 기뻤다.

마도카는 이번에는 가능하면 다미코의 집이 아닌 곳에서 만나고 싶다고 했다. 그래서 어느 쪽에서도 가까운 지유가오카에서 만나기로 했는데, 일요일의 그곳 거리는 사람들로 북적거린다. 평소 지유가오카에는 전철을 타기 위해서 혹은 은

행에 볼일이 있을 때나 오고 서두르느라 주변은 거의 둘러보지 않는다. 오늘 새삼스럽게 바라보니 꽤 많이 변했다. 여기 CD 가게가 있었는데, 여기 홍차 전문점이 있었는데(다미코가 고등학교 시절에 처음 민트티라는 것을 안 곳이고, 모모치와 사귀던 때에는 주말마다 만나던 곳이다. 모모치 후에 사귄 몇몇 남자들과도), 하고 기억나면 그나마 다행이고, 과거에 뭐가 있었는지 기억나지 않은 채 이런 데 새 과자 가게가 생겼네, 여기는 대체 뭘 파는 가게일까, 하고 막연하게 생각하면서 다미코는 남쪽 출구 앞을 걸었다. 다행히 서점은 기억 속의 그 장소에 있어 요즘에는 이런 책이 팔리나 보네 하며 한참을 바라보다가 약속 장소인 카페로 들어간다.

약속 시간은 아직 조금 남았는데, 마도카는 벌써 와서 창가 자리에 앉아 있었다. 선명한 분홍색 카디건이 눈길을 끈다.

"미안해, 많이 기다렸어?"

다미코가 묻자, 마도카는 고개를 저으며,

"아니요."

하고 대답했지만, 커피 잔의 커피는 절반도 남아 있지 않다.

"오랜만에 오다 보니까 여기저기 두리번거리다 그만."

늦게 온 것도 아닌데 변명 같은 말이 입에서 나온다.

"서점에도 잠깐 들렀어."

묻지도 않았는데, 그런 말까지 한다.

"가오루 할머니 발목은, 어때요?"

마도카가 예의 바르게 묻는다. 동글동글한 얼굴은 동안, 어깨에서 조금 내려오게 자른 가지런한 머리. 사토미와 비슷하게 생겼는데, 눈이 돋보이게 화장해서 그런지 인상이 아주 다르다.

"이제 많이 괜찮아진 것 같아. 얼마나 놀랐던지."

다미코는 그렇게 대답하고, 이 아이가 지금 몇 살이더라, 하고 생각한다. 친구의 자식 나이는 금세 잊히고 만다. 마도카도 그렇고, 사키의 아들도 모모치의 아이들도. 모모치의 아이들은 성별조차 기억나지 않는다.

"의논할 일이 있다면서?"

주문한 밀크티가 나온 참에 다미코가 묻자,

"의논이라기보다, 투정이에요."

마도카는 그 후로 한 시간 동안이나 쉬지 않고 리쿠토에 대해 얘기했다. 그가 마도카를 '보호해야 하는 아이'처럼 다룬다는 것, 예전처럼 '눈이 부신 듯한 눈빛'으로 봐 주지 않는다는 것, '가오루 할머니를 너무 따르는데', 그건 그가 '남을 도와주기를 좋아하는 사람'이라서 그렇다고 생각한다는 것, 전에 한번 프러포즈를 받은 적이 있는데, 그것도 '남을 돕는 일의 일종'이었고, '죽음이 임박한 엄마를 안심시키기 위해서'였을지도 모른다는 것. 그 큰 눈을 반짝 뜨기도 하고 내리깔기도 하고, 화가 난다는 표시로 볼을 부풀리면서 얘기하는 마도카 모습이 다미코 눈에는 '존 이모, 좀 들어 봐' 하면서 찾아와 가출이니 초콜릿이니 하고 얘기했던 소녀처럼 보였다.

게다가 '생각해 보니까', '이라느니', '대체로'라는 단어가 사이사이에 끼어들면서 얘기가 지리멸렬하게 전개되는가 하면,

"리쿠토가 없으면 어떻게 살아야 할지 모르겠는데" 하더니,

"헤어지는 게 맞는지도 모르겠어요" 하기도 하고,

"절대 의존하고 싶지는 않아요" 하고 용감하게 표명하더니 바로,

"의지할 수 있는 사람은 리쿠토 뿐인데" 하고 중얼거리기도 해서 다미코는 마도카가 무슨 말을 하려는 건지 알 수 없어진다. 결혼하고 싶다는 얘기일까, 헤어지고 싶다는 얘기일까.

마도카가 말을 많이 했더니 배가 고프다고 해서, 커피와 쇼트케이크를 새로 주문했다.

마도카는 얼마 전에 리쿠토와 함께 갔던 목장 얘기를 시작한다. 둘이 알파카에게 모이를 주었다느니, 목양견이 일하는 모습이 멋졌다느니. 사진도 보여 주었는데, 그런 동물이 찍혀 있었다.

"파란 하늘. 넓은 곳인가 보네. 둘이서 즐거워 보이는데."

다미코가 그렇게 말하자, 마도카는 갑자기 슬픈 표정을 짓더니,

"엄청 즐거웠어요."

하고 대답했다.

"헤어지면 허전하겠죠."

하고. 그러고는 눈에 한껏 힘을 주고 다미코를 쳐다보면서,

"존 이모, 어떻게 생각해요? 우리, 결혼을 해야 할까요? 헤어져야 할까요?"

하고 진지하게 물었다.

결혼할까 헤어질까. 마도카에게 그 극단적인 선택지밖에 없는 듯 보여 다미코는 놀랐는데, 밤에 와인병을 들고 일하는 방으로 들어온 리에에게 그 얘기를 하자,

"잘 알지."

하고 말했다.

"젊은 사람들에게 결혼은 큰일이잖아."

리에는 감색 잠옷 위에 하얗고 품이 넉넉한 모헤어 카디건을 겹쳐 입었다. 발에는 얼마 전까지 신고 있었던 이 집의 손님용 슬리퍼가 아니라 세련된 실내화를 신고 있다. 다미코도 모르게 산 모양이다.

"그건 알지만, 서로가 좋아한다면 굳이 헤어질 필요는 없잖아?"

다미코는 그렇게 말해 본다.

"안 되겠다 싶으면 빨리 다음 사람을 찾아야지."

리에는 그렇게 다미코 말을 일축하고 만다.

다미코는 이해가 안 된다. 결혼이란 상대가 있고, 그 상대와 함께 살고 싶어서 하는 것이지 않나. 하기야 뭐, 하고 다미코는 다소 자조적으로 생각한다. 내 인생에 그런 일은 한 번도 없었으니.

마도카의 인형 같은 동글동글한 얼굴이 떠올라,

"어렸을 때부터 알아서 그런지 몰라도 결혼하기에는 아직 어린 것 같더라, 마도카."

하고 다미코는 말했다.

"결혼이란 거, 기본적으로 아이들이 하는 거잖아."

리에는 바로 그렇게 대꾸한다. 와삭와삭 리에가 크래커를 씹는 낮은 소리가 계속 들렸다. 요즘 리에는 깊은 밤, 가오루가 손수 만든 감귤조림을 잘게 잘라 마스카르포네 치즈와 섞어서 크래커에 올린 간식을 즐긴다.

"그러네! 그렇게 생각하니까 납득이 가네."

다미코로서는 결혼은 아이들이 하는 것이란 발상이 신선했다. 그러나 리에로서는 당연한 발언인지, 그런 것도 아직 몰랐느냐는 표정을 짓고 있다.

"오늘은 어땠어?"

와인을 한 모금 마시고 다미코는 화제를 바꿨다. 리에는 친구가 소개해 줬다는 부동산을 포기하고, 요즘은 인터넷으로 계속 물건을 찾고 있다.

"그게 말이지."

리에가 눈을 반짝거린다. 임대가 아니라 구매, 신축이 아니라 중고, 리폼이 아니라 리노베이션을 희망한다는 것까지는 들었다. 리에 말이 일본 사람들은 신축에 지나치게 집착한단다. 나와 있는 물건은 많은데 자기 심미안을 충족하는 물건은 좀처럼 없다, 리노베이션을 하게 되면 일반적인 주택담보 대출을 이용할 수 없기 때문에 중고 물건 판매와 리노베이션을 세트로 제공하는 업자를 찾아야 할 것 같다느니.

그런데, 리에는 오늘 눈을 반짝거리면서 적어도 경제적인 문제는 해결될 것 같다고 말했다.

"도쿄 도내가 아니라 밖으로 눈을 돌리면 되거든."

하고.

"나는 이제 통근을 하지 않아도 되잖아. 그야 지난주처럼 단발적인 일이 들어올 수도 있지만, 그럴 때는 일이 있는 곳으로 가면 그만이니까."

리에가 말하는 단발적인 일이란, 캐나다에서 관광 목적으로 일본에 온 투자가의 통역 겸 조수로 마쓰오 바쇼(에도시대의 시인으로, 하이쿠의 원료인 하이카이를 지었다_옮긴이)와 인연이 있는 장소와 가나자와에 있는 무사의 가옥 등에 다녀온 것을 말하는 듯하다. 그때 리에는 "사례금은 코딱지만큼이었지만, 여행은 공짜로 했네" 하고 말했다.

"운전도 좋아하니까, 이동은 문제없고."

"그러네."

도쿄 밖으로 눈을 돌리면 선택할 수 있는 물건의 폭이 엄청 넓어진다고 리에는 역설한다.

"지바나 사이타마처럼, 도쿄에서 조금만 벗어나도 얘기가 달라진다니까. 시즈오카까지 가면 더 달라지고."

예를 들어서 말인데, 하고 리에가 휴대전화 화면을 스크롤한다.

"이 히가시카와초 같으면, 나, 어마어마한 땅을 살 수 있어. 나 혼자니까 어마어마한 땅은 필요 없지만, 이 고장은 물이 풍부해서 수도비가 들지 않는대."

무슨 뜻인지 몰랐다.

"수도비가 안 든다고?"

그래서 되묻자,

"응. 수도꼭지를 틀면 그냥 지하수가 나오는 시스템인가 봐. 그리고 이 히가시카와초는 사진의 고장이래."

"무슨 사진?"

"글쎄. 아무튼 '사진의 고장'이라는 말이 이곳 슬로건이야."

"그게 어디 있는 곳인데?"

"홋카이도."

다미코는 깜짝 놀랐다. 결혼이냐 이별이냐로 고민하는 마도카를 극단적이라 여겼는데, 리에는 한술 더 떴다.

9

꽃병에 마당에서 꺾어 온 산딸나무 꽃을 꽂았다. 이 꽃의 정결하리만큼 하얀색은 볼 때마다 눈길을 빼앗는다.

"예쁘네."

시어머니가 아니라 같은 병실에 있는 하마모토 씨가 말했다. 시어머니는 건강하던 시절에도 식물에는 별로 관심이 없었다. 그런데도 나는 왜 이곳에 식물을 자주 가져오는 것일까, 하고 자문했던 사키는 스스로를 격려하기 위함이라는 대답에 간단히 이르고는 자문 따위는 하지 말 걸 그랬다고 생각했다.

시어머니가 오늘은 기분이 좋아 보인다. 의사가 권해서 최근에 시작한 워크 드릴(그림 속 꽃의 수를 세거나, 점과 점을 이어서 뒤집힌 글자를 쓰는 것으로, 인지기능을 단련하는데 효과가 있는 듯하다)을 두 쪽이나 마친 지금, 하마모토 씨를 상대로 아들 자랑을 하고 있다.

"아무튼 얼마나 자상한지 몰라. 힘도 세고."

하기도 하고,

"덕분에 재수도 하지 않고, 얼마 전에 국립대학에 합격했어요."

하기도 하고. 거짓말은 아니지만 이미 40년이나 지난 옛날 일이다.

"아이구, 축하드려요."

하마모토 씨는 차분하게 대답한다. 시어머니 기분에 맞추고 있다기보다, 들리는 말에 그저 반응한 느낌이다. 이 두 사람의 대화는 언제나 대개 이런 식이다. 어느 한쪽이 싫증이 나서 입을 다물 때까지는.

"요즘 들어 어머니가 자꾸 뭔가를 하려고 하세요."

오늘 사키는 어르신 돌보미 한 명에게 그런 말을 들었다. 의미를 몰라 "뭘 하려고 하시는데요?" 하고 되물었지만, 상대의 말투와 표정에서 반가운 보고는 아니라는 것을 알 수 있었다. 지금까지 싫어하던 체조를 하려고 한다거나 할 수 있는 몇 가지 취미 교실에 참가하려 한다거나.

"아, 네. 가스를 켜 놓은 것 같다거나 손님이 온다는 이유로 집에 가시려고 하세요. 쌀값을 깜박하고 안 줬으니 대신 좀 주라며 직원에게 돈을 건네시기도 하고요."

그녀가 그렇게 설명해서 사키는 사과했다. 사과하는 것 말고 달리 뭘 하면 좋을지 몰랐다. 시어머니에게는 이제 '집'도 없다.

"그 아이는 지금 미국에 가 있어요."

시어머니가 말했다. 하마모토 씨가 더는 듣고 있는 것 같지 않아,

"누가요?"

하고 사키가 물었다.

"우리 아들. 미국에 있어서 돌아오기가 쉽지 않아 여기는 못 오지만, 편지는 자주 보내 줘."

시어머니가 대답했다. 시어머니에게 아이는 하나밖에 없고, 그 아이는 사키의 남편 도오루이다. 그리고 그는 예나 지금이나 일본이 아닌 나라에 산 적이 없다.

"어머, 그래요?"

어정쩡하게 대꾸한다. 부정해 봐야 소용없다고 생각하기

때문인데, 그렇다면 이 사람은 아들의 아내인 자신을 누구라고 생각하는 것일까 하고 사키는 궁금해한다. 그리고 이제는 남편의 엉덩이를 쳐서라도 데려와야겠다고 생각한다.

"오늘은 날씨가 따뜻한데, 산책 나가 볼래요?"

사키가 물어본다.

"음. 어쩔까나."

시어머니는 그렇게 대답했지만, 말과는 달리 당신 손으로 얼른 이불을 걷어내고는 나갈 채비를 해 주기를 기다린다.

"잠시 산책 다녀올게요. 바로 올 거예요."

하마모토 씨에게 그렇게 말하고, 사키는 순서대로 우선 시어머니에게 카디건을 입히고 손거울을 건넨다. 시어머니가 손거울을 보는 동안 양말을 신기고, 휠체어를 가져온다. 시어머니는 스스로 걸을 수 있고, 달리기도 할 수 있다. 아니, 잠시 한눈을 팔면 갑자기 달려가다 구른다. 그래서 얼마 전부터 산책은 휠체어를 타고 한다. 도중에 갑자기 피곤해하며 한 걸음도 걷지 못하는 일이 생기기 때문이다. 그렇게 되면 체구가 큰 시어머니를 사키 혼자 힘으로는 데리고 들어갈 수 없다.

무릎을 무릎 덮개로 덮고, 혹시나 싶어 윈드브레이커도 챙기고 나서야 겨우 준비가 끝났다. 시어머니는 최근 들어 기온과 상관없이 덥다고 하거나 춥다고 한다.

52분. 전화를 끊은 다미코는 휴대전화 화면에 표시된 통화 시간을 보고서 놀란다. 52분 동안이나 얘기를 했다니! 다미코는 옛날부터 긴 통화를 좋아하지 않아서 말을 많이 하지 않는다. 그 때문에 상대도 어색해지는지(리에는 그렇지 않지만) 할 말이 끝나면 피차 황망하게 전화를 끊기 때문에 통화 시간은 보통 5분을 넘기지 않는다. 메일과 문자가 보급된 후로는 더욱이 그래서, 지금은 전화로 얘기하는 일 자체가 거의 없다. 그런데 52분.

전화를 건 사람은 모모치였다. 용건은, 아니 그가 맨 처음 한 말은 오늘 날씨가 좋아서 세탁기를 돌렸다는 것이었다. 날씨가 좋은 날에 세탁기 돌아가는 소리를 들으면 자신의 집이 충족된 장소로 여겨진다고 해서, 그럼 비가 오는 날에는 충족된 장소로 여겨지지 않느냐고 다미코가 묻자, 비 내리는 날에는 정성스럽게 커피를 내려 마시면 충족된다고 대답했다. 그렇다면 비 오는 날 정성스럽게 커피를 내릴 수 없거나 화창한 날 세탁기를 돌리지 못했을 때는 어떠냐고 묻자, 모모치는 잠시 생각하더니 그런 일은 없다고 대답했다.

그런 다음, 얼마 전 오코노미야키 파티 때 사키네 집에 가서 즐거웠다는 얘기가 나왔고, 모모치는 오랜만에 만난 그녀들에 대한 인상을 들려 주었다. 그중에는 '리에는 체질적인 투견'이라거나 '사키는 홍차에 곁들인 레몬 같은 느낌'이라는 등 본인이 들으면 기분 나빠할 감상도 있었지만, 그 말에 악의는 없고 적절한 표현이기도 해서 다미코는 그만 웃고 말았다. 여자 셋을 상대하느라 분투했던 그날의 모모치에게 감탄하기도 하고(옛날 같으면 상상도 할 수 없는 사교성을 발휘하고, 오코노미야키를 맛있게 구워 주기도 했으니), 셋이서 함께 얘기했던 일을 몇 가지 반추하며 웃다 보니 순식간에 시간이 흘러갔다.

"모모치 씨, 멋지게 망가졌네."

그날, 집에 돌아와 리에는 그렇게 말했다.

"남자는 나이를 먹으면 망가진다니까."

'망가진다'는 리에의 말이 무슨 뜻인지 다미코는 몰랐지만, 아닌 게 아니라 모모치가 무척 변했다고 생각한다. 옛날에는 좀 더 몸을 사렸고, 비가 오는 날이나 날씨가 좋은 날이나 충족되어 있다는 등 자신에 대해 솔직하게 말하지 않았다.

“다미코, 들어간다.”

노크 소리에 이어, 어머니가 얼굴을 들이밀었다.

“백화점에 잠깐 다녀올 텐데, 뭐 필요한 거 있니?”

엷게 화장까지 하고 외출용 연두색 블라우스를 입고 있다.

“백화점? 뭐 하러 가는데, 그런 발로.”

“괜찮아. 이제 안 아파. 집에만 틀어박혀 있으면 답답하고, 리쿠토 군도 평소대로 몸을 움직이는 편이 좋다고 하고.”

“리쿠토 씨가 의사야?”

그만 성난 목소리가 나왔다. 마도카는 리쿠토가 어머니를 ‘너무 따른다’고 말했지만, 그 말은 어머니가 리쿠토에게 지나치게 의지한다는 뜻이기도 할 테니, 누군가에게 그런 지적을 당하는 것은 명예스럽지 못한 일이다.

“또 넘어지면 어쩌려고 그래? 역에는 계단이 있고, 버스도 올라서야 되는데.”

어머니는 놀란 듯이 다미코를 보면서,

“그런 걸 내가 모른다고 생각하니?”

하고 물었다.

“엄마 바보 취급하는 것도 정도껏 해라.”

그런 말까지 들으니 어쩔 수 없어 다미코가 양보했다.

"알았어. 그럼 같이 갈 테니까 기다려."

다미코로서는 양보였는데, 어머니는 눈에 노기를 띠고,

"싫다."

하고 말했다.

"백화점 정도는 혼자 갈 수 있어. 보호자를 대동하라니, 기가 막혀서."

다미코는 어이가 없었다. 어머니가 왜 이렇게까지 성을 내는지 알 수 없었다.

"무슨 일인데 이렇게 시끄러워?"

리에가 밖에서 들어오고, 잠시 후에 향수 냄새가 다미코의 코끝을 스쳤다.

"어서 와."

어머니는 조금 전까지 성을 낸 사람이 맞나 싶게 생글거리며 리에에게 말했다.

"아무 일 아니야. 잠시 백화점에 다녀오려고 하는데, 다미코가 괜한 말을 해서."

"괜한 말이요?"

리에는 그렇게 되묻고는,

"멋진 블라우스. 정말 잘 어울리시네요."

하면서 배시시 웃었다. 그리고,

"백화점, 아, 좋겠다. 나도 가고 싶네."

하고 말을 잇는다.

"차로 가면, 그녀의 러기지 공간이 넓어서 어머니가 마음껏 사셔도 다 실을 수 있고."

리에에게 그 차는 그녀인가, 하고 다미코가 생각했을 때,

"잘됐네. 바로 나갈 수 있겠어?"

하고 어머니가 물어,

"그럼요."

하고 리에가 대답하자, 얘기는 바로 정리되었다.

"어머니, 보통 어느 백화점 가세요? ……아, 잘됐네요. 나도 거기 제일 좋아하는데."

어머니는 혼자 가고 싶은 거 아니었어? 하는 말을 다미코는 간신히 삼킨다. 보호자 대동하는 거, 기가 막힌다면서? 라는 말도.

어머니는 며칠 전에 포멜로를 보내 준 친척과, 직접 염색한 손수건(당신 취향은 아니지만)을 보내 준 친구에게 답례로 뭘 보내고 싶다고 리에에게 설명했다. 백화점에 가는 목적을 다미코는 처음 듣는데,

"다미코는 통 이해를 못 하는데, 이런 건 중요하잖아. 예의로서가 아니라, 마음을 써 주는 사람이 있다는 거, 서로에게 아주 의미 있는 일이잖아?"

어머니의 그런 말에 리에는 옳은 말씀이라고 맞장구를 치고는,

"어머니, 참 대단하시네요. 중요하다는 건 알아도, 보통은 자꾸 미루게 되는 일인데."

이라고 감탄하는 둥, 어느새 둘은 사이좋게 외출하고 다미코 홀로 일하는 방에 남겨졌다.

세이케 사쿠는 여자 친구 엔도 아이리와 시부야 거리를 걷고 있다. 시부야 거리에는 보통 늘 사람이 많은데, 사쿠는 그 점이 오히려 마음에 든다. 인파에 섞여 자기들 둘이 거기 있는데도 없는 것처럼 느껴진다고 할까, 거리 풍경의 일부에 지나지 않게 되는 점이.

"평일 저녁때가 역시 좋네."

2층에 프렌치 레스토랑이 있는 빵 가게 앞에서, 빵 냄새를 킁킁 맡으면서 아이리가 말했다.

"다들 바빠 보이고, 목적이 있는 것처럼 걷는 게 좋아."

둘은 보통 주말에 시부야에 온다. 평일에는 동아리 활동이 있거나 피아노와 과외 선생이 집에 오는 등 아이리가 바쁘기 때문인데, 간혹 오늘처럼 '방과 후 자유로운 날'이 찾아온다.

"정말 그렇다. 시부야는 평일 저녁때가 최고인 것 같아."

사쿠는 그렇게 동의하고는,

"그런데 왜 그럴까? 우리는 아무 목적 없이 걷고 있는데."

하고 의문을 말했다.

"그래서가 아닐까?"

커다란 가짜 안경을 낀 눈을 크게 뜨고 아이리가 들뜬 목소리로 말한다. 그 안경은 사쿠가 치마를 입을 때만 아이리도 변장하고 싶다면서 끼는 것이다.

"다들 일이나 누군가와의 약속이나, 잘 모르겠지만 아무튼 뭔가에 쫓기고 있는데, 아무것에도 쫓기지 않는 우리의 시간과 기쁨이 빛을 더한다고 할까."

빛이라는 말에 피식 웃으면서도 사쿠는 감탄한다. 그런 식으로 생각해 본 적은 없는데, 정말 그럴지도 모르겠다.

"아, 냄새 좋다."

아이리는 또 숨을 들이쉬고,

"안 되겠다. 크루아상 한 개 사서 나눠 먹자."

하고는 성큼성큼 가게 안으로 들어간다.

사쿠는 웬만하면 대학까지 무시험으로 진학할 수 있는 사립학교를 초등학교 때부터, 아이리는 중학교 때부터 다니고 있다. 중학교 시절에는 줄곧 다른 반이었는데, 학교 축제 실행위원과 지역 봉사 활동에서 자주 얼굴을 마주치면서, 사쿠는 아이리를 얘기하기 편한 아이라고 생각하게 되었다. 중3 때 여름에 사귀고 싶다고 해서 승낙했다. 키스도 아직 하지 않았고 육체관계도 없다. 때로 아이리가 장난을 치듯 사쿠 얼굴에 얼굴을 비비는 일은 있지만. 사쿠에게 아이리는 같은 남자끼리와는 다른 영역의 친구 같은 느낌이다.

먼지 낀 가드레일에 걸터앉아, 크루아상을 절반씩 나눠 먹는다. 바삭바삭한 껍질이 부서지면서 셔츠에도 치마에도 부스러기가 떨어진다. 아이리에게는 몇 가지 개인적인 '철칙'이 있다. 크루아상을 사면 그 자리에서 바로 먹는 것도 그 하나라는 것을 사쿠는 알고 있다.

시부야는 길거리에서 뭘 먹어도 아무도 신경 쓰지 않아 좋다고 사쿠는 생각한다. 수시로 새 가게가 생겨, 그냥 걷기만 해도 싫증나지 않는 점도 좋다. 예를 들어 오늘은 진짜로 보이는 카우보이 부츠를 파는 가게를 발견했다. 가격을 본 사쿠는 너무 비싸서 놀랐는데, 아이리는 과감하게 신어 보고는 '너무 딱딱하다'고 말해 점원을 머쓱하게 만들었다.

"봐, 하늘."

아이리가 그렇게 말하고 사쿠의 어깨에 머리를 기댄다. 5월 저녁나절의 하늘은 아직 낮의 빛을 품고 있어 밝은데, 건물 사이로 하얗고 가느다란 초승달이 보였다.

"다른 사람들도 보면 좋은데."

아이리 말에 사쿠는 "응" 하고 대답했지만, 다른 사람들은 보지 않아도 상관없다고 생각한다. 자신과 아이리 둘이서만 보는 것이 좋다.

아이리가 어깨에 머리를 기대고 있어 사쿠는 잠시 움직이지 않았다. 아이리의 도움으로 구입한 체크무늬 교복 치마를 입고, 셔츠는 남성용이지만 목에 넥타이가 아니라 리본을 매서 사이좋은 여고생으로 보인다는 것을 아는 사쿠는 마음이 홀가분하다. 리본 역시 산 것이다.

"이제 뭐 할까."

아이리가 말했다.

"로프트에 가든지 공원까지 걸어가든지, 전에 갔던 쇼토의 가방 가게에 가는 것도 괜찮은데."

5시가 되어 가고 있다. 집에는 도서관에서 공부하다 간다고 연락했기 때문에 사쿠로서는 어느 곳이든 상관없었지만,

"배 안 고프니?"

하고 물어보았다.

"에!"

아이리는 놀란 것처럼 요란스럽게 말한다.

"조금 전에 맛있는 크루아상 먹었는데?"

"응. 그래서 오히려 출출해진 것 같은데."

사쿠가 말하자, 아이리는 진지한 표정으로 사쿠를 보고는,

"그렇구나. 음, 그러네. 사쿠는 남자니까 배가 고프겠네."

하고 말한다. 여자도 배가 고프지 않나, 하고 생각했지만 말은 하지 않았다.

"좋아. 그럼 뭐 먹자."

아이리는 두말 않고 찬성한다. 패스트푸드점이나 라면 체인점, 샌드위치와 파스타를 파는 카페 등, 가볍게 들어갈 수 있는 가게가 많은 것도 시부야의 매력이라고 사쿠는 생각한다.

충격은 저녁을 한창 먹는 중에 찾아왔다. 오랜만에 집에 온 첫째가 느닷없이, 게다가 별일 아니라는 듯이,

"나, 결혼할 거야."

하고 선언한 것이다. 첫째를 제외한 모두가 젓가락을 쥔 손을 멈췄다.

"뭐?"

사키가 되물었다.

"결혼한다고."

첫째는 잘 들리는 명료한 목소리로 대답하고,

"아마 연내에. 식 같은 거 없이 혼인신고만 할 거야."

하고 역시 명료한 설명을 덧붙였다. 사키는 말을 잇지 못했다. 결혼? 첫째 가이는 작년에 막 취직했다. 일도 아직 제대로 익히지 못했을 텐데, 대체 왜 갑자기 결혼을.

"축하할 일이네. 누구랑?"

둘째가 물어, 사키는 자신이 그 질문을 무의식적으로 피했다는 것을 깨닫는다. 묻고 싶지 않았다.

"누구든 너는 모르는 사람이지만, 데려올게. 다음에."

첫째는 시원시원하게 대답한다.

"같은 회사에 다니는 사람이야? 몇 살인데? 예뻐? 사진 없어?"

줄줄이 물어 대면서 왠지 둘째는 낄낄 웃기 시작한다.

"와, 형이 결혼? 재밌다."

사키는 조금도 재미있지 않았다. 남편이 무슨 말이라도 해줬으면 했다. 결혼은 아직 이르다든지, 그렇게 갑자기 말하면 곤란하다든지. 애당초 가이는 진지하게 사귀는 사람이 있다는 것조차 알려 주지 않았다.

그런데 남편은 처음 놀람이 사라지자, 둘째의 흥분이 전염된 것처럼 흐뭇하게 웃으면서,

"언제 소개해 줄 거냐?"

하고 물었다.

"언제든. 엄마 아빠 좋은 시간에 데려올게. 물론 주말이 좋지만."

첫째는 그렇게 대답했다. 상대 여자에 대해서는 아무것도 모르는데, 남자 셋 사이에서는 축하하는 분위기가 뭉글뭉글 피어오르는 게 사키로서는 도무지 이해할 수 없었다.

10

25미터 레인을 걸어서 한 번 오가고, 그다음에는 횡영이나 배영으로 천천히 수영한다. 돌아올 때는 대개 물에 누워서 발길질만 하기 때문에 배영이라고 할 수도 없다. 그리고 쉬었다가 똑같은 순서로 다시 한번 반복한 후에 물에서 나온다. 가오루는 언제나 그런 패턴으로 수영하는데, 오늘은 왠지 물을 떠나기가 아쉬웠다.

'그래도 용케 돌아왔네.'

그런 심정이다. 이번에 발목을 삐고서 가오루는 나이가 든 사람은 자칫하면 수영장도 두 번 다시 올 수 없는 곳이 될 수 있다는 사실을 통감했다. 가령 백화점에 가는 정도의, 다미코가 태어나기 전부터 지금까지 줄곧 해 왔기 때문에 너무도 당연시했던 일마저 대단한 행동인 것처럼 취급하게 된다. 더욱 무서운 것은 스스로도 때로 소심해져서, 여든이나 먹은 여자가 이런 일을 해도 될까, 나이를 먹으면 자식 말을 따르라고들 하는데 언제부터 그래야 하는 걸까, 하는 본의 아닌 생각을 하는 점이다.

'하지만, 보라고.'

가오루는 물속에 서서 스스로를 향해 생각한다. 적어도 여기로 돌아왔잖아. 혼자서, 무사히. 게다가 상상했던 대로 오른쪽 발목에 체중을 싣는 것이 물속에서는 조금도 겁나지 않았다. 의사는 수영할 때 발목이 부드럽게 움직여 주지 않을 수도 있다고 말했지만, 딱히 불편함은 느끼지 못했다. 애당초 발목을 많이 사용하지 않았는지도 모른다.

물에서 나가기 전에 한 번 더 왕복하자고 가오루는 마음먹는다. 벽을 차면서 몸을 쭉 뻗었다. 그룹 레슨과 시간이 겹치지만 않으면 이 수영장은 대체로 비어 있는데, 오늘은 여섯 개나 되는 레인 중에서 둘만 사용하고 있다. 가오루 말고는 딱 한 명 수영하고 있을 뿐이라 조용해서 자신이 내는 물소리가 더욱 도드라진다. 그래서 싫은 것은 아니고, 오히려 편안하다. 예를 들어 정글이나 야산에서 어쩌다 마주친 서로 다른 종류의 동물 두 마리처럼 예의에 맞는 거리감이라고 가오루는 생각한다.

양팔을 천천히 크게 움직여 물을 헤친다. 어렸을 때는 평영을 개구리헤엄이라고 했는데, 일반적으로도 그렇게 부르는지, 가오루가 자란 지역에서만 사용되는 호칭인지 잘 모른다. 가오루는 도사시미즈에서 태어났다. 바다는 놀이터라기보다 언제나 거기에 있는 것이었다. 자신이 그 후의 인생을 바다가 거의 보이지 않는 도시에서 살게 될 줄은, 당시에는 상상도 하지 못했다.

물을 가르면서 풀 사이드를 보다, 이쪽을 보고 있는 리쿠토 군과 눈이 마주쳤다. 이 수영장에 감시대는 없지만, 직원이 한 사람이나 두 사람 풀 사이드에 서 있거나 주위를 걸어 다니면서 언제나 지켜본다.

여름처럼 더운가 하면 윗도리를 입어도 싸늘한 날이 있어 5월의 날씨는 방심할 수 없다고 다미코는 생각한다. 오랜만에 영화를 봤다. 시사회장에 들어갔을 때는 땀이 났는데 두 시간쯤 지나 밖에 나오니 기온이 훅 떨어져 초저녁 공기가 싸늘했다.

"춥네."

그만 소리 내어 중얼거렸는데,

"스와 씨, 얇게 입었네요."

하는 목소리가 뒤에서 들렸다. 돌아보니, 잘 아는 사람인데 이름이 기억나지 않는 마흔 줄의 젊은 여자가 서 있었다.

"어머나, 오랜만이네."

반가운 건 사실이어서, 다미코는 이름을 모르는 채 말했다. 신문사에 다녔던 사람인데, 오래전에 이직했다는 풍문을 들었다. 음, 이름이 뭐였더라.

"신문사, 그만두셨죠?"

아는 것만 말하자,

"네. 지금은……."

하면서, 과거에 그런대로 가깝게 지냈는데 이름이 기억나지 않는 누군가는 핸드백 속을 뒤적거린다. 선명한 노란색 명함 지갑에서 꺼낸 명함을 보자, 떠올라 안도했다. 고우다 씨다. 고우다 아쓰코 씨. 다미코는 그렇게 부른 적이 없지만 모두들 앗짱이라고 불렀다. 왜 잊었을까. 단둘이 식사한 적은 없지만 여럿이서는 자주 식사도 하고 밤늦게까지 술을 마시기도 했는데.

"주식회사 폴 스푸에스토?"

이름을 확인하게 하려고 명함을 주지는 않았으리라는 것을 깨달은 다미코가 묻자, 그녀는 이벤트를 기획하고 진행하는 회사라고 가르쳐 주었다.

정말 오랜만이다, 조금도 변하지 않았네, 누구누구는 지금 어떻게 지내는데? 극장 앞에 서서 그런 대화를 한동안 나눈 뒤, "우리 한잔하러 갈까?" 하게 되었다. 거리에 불이 켜지는 절묘한 시간대인 오후 5시 40분쯤이어서 그랬는지도 모르고, 다미코로서는 그저 추워서였을지도 모른다.

옛날에 이 극장에서 시사회를 본 후에 곧잘 들렀던, 고가도로 밑에 있는 빨간 초롱을 찾기로 한다. 옛날이란 한 15년 전, 다미코가 소설보다 영화와 연극 리뷰를 주로 쓰던 시절을 말한다. 일주일에 여섯 일곱 편을 보았고, 보러 가면 누군가 아는 사람을 만났고, 만나면 한잔하러 가곤 했다. 평론가, 다미코처럼 글 쓰는 사람, 영화 배급사 사람, 편집자, 지금은 유명하지만 당시에는 무명이었던 영화감독, 먹고 마실 수 있는 장소면 어디든지 간다는 패기가 충만했던 배우들. 당시 신문사 문화부에서 영화와 연극을 담당했던 고우다 아쓰코도 종종 그런 사람들 속에 있었다. 다미코 자신도 지금보다 훨씬 젊었고, 얼마든지 술을 마실 수 있었고, 이런저런 사람과 마시는 것이 즐거웠다.

너덜너덜한 커다란 초롱과 반쯤 열린 미닫이문, 하얗고 조그만 포렴. 찾으려던 가게는 다미코의 기억과 조금도 다르지 않은 모습으로 똑같은 장소에 있었다. 그렇기를 기대하고 왔는데, 왠지 움찔 놀란다.

"어째 과거로 타임 슬립한 느낌이네. 꿈만 같아요."

고우다 아쓰코 역시 비슷한 놀람을 느꼈는지, 그렇게 중얼거린다.

"먼저 들어가요."

다미코는 그렇게 말하고 어머니에게 전화를 걸었다. 5월의 저녁 하늘은 아직 환하다. 어머니는 바로 전화를 받았다. 어머니는 낮에 오랜만에 수영장에 다녀와서 기분이 좋다. 저녁을 먹고 들어가겠다고 하자,

"어머, 그러니? 마침 잘됐네."

하고 대답했다.

"왜 마침 잘됐는데?"

하고 되묻자,

"리쿠토 군이 일 끝나고 들른다고 했거든. 이제 곧 올 텐

데, 오늘은 리에 씨가 외식하니까 갈가자미를 두 마리밖에 준비하지 않아서."

"리쿠토 씨가 왜 오는데?"

"글쎄 의논할 게 있다는데 뭔지는 물어보지 않았어. 그 사람, 수영장에서는 일하느라 바쁘니까."

그리고 어머니는 스포츠 센터 직원이 얼마나 부지런히 일하는지 얘기하기 시작한다.

"리쿠토 군은 물론 다른 직원도 모두 수영장 이용자들을 그냥 지켜만 보는 게 아니라, 좀 관찰하다 보면 바로 알 수 있는 일이지만, 조명을 조정하고 창문을 여닫고, 레인의 간판을 교체하기도 하고 말이야. 아, 간판이란 건, 초보자용, 상급자용, 워킹용, 그렇게 구별하는 건데, 어떤 사람이 어느 정도 왔는지에 따라 가장 적절하게 배치하는 거야."

리쿠토 씨가 의논할 것이란, 마도카와의 관계일 것이다. 마도카와 지유가오카에서 커피를 마신 다음 날이었나, 다다음 날이었나, 리쿠토에게 최후통첩을 했다는 마도카의 보고가 있었다. 라인으로 받았고, 최후통첩의 구체적인 내용은 적혀 있지 않았지만 다미코는 아마도 결혼을 재촉했을 것이라고 상상한다. 우리 미래를 어떻게 생각하고 있어?

"그리고 대여 용품을 꺼내 주기도 하고, 물론 처음 이용하는 사람들에게는 설명도 하고."

어머니는 밝은 목소리로 아직도 직원의 일에 대해 얘기하고 있다. 오랜만에 수영장에 가서 여간 즐거웠던 게 아닌 모양이다.

"그렇게 늦지는 않을 거야."

얘기가 잠시 끊기기를 기다렸다가 다미코는 말하고,

"리쿠토 씨에게 안부 전해 주고."

라고 덧붙이고는 전화를 끊었다.

가게로 들어가자, 테이블에 이미 생맥주 조끼가 두 개 놓여 있었다.

"금주를 했다, 뭐 그런 거 아니죠?"

고우다 아쓰코가 그렇게 묻자, 다미코는 단박 기뻐진다.

"설마요."

라고 대꾸하고는 의자에 앉아 물티슈로 손을 닦고 잔을 마주쳤다. 이름도 잊었던 사람과 이렇듯 뜻하지 않게 마시고 있는 것이 스스로도 의외일 만큼 즐거웠다. 여행을 떠나온 것 같다고 생각한다. 잠두콩과 뱅어포, 흑점줄전갱이회 등의 안주를 먹으면서 최근 서로의 일에 대한 얘기며, 지금 막 보고 나온 영화 얘기를 나눈다. 영화는 핀란드의 여성 화가를 그린 것으로 무척 좋았다. 다미코는 원래부터 그 화가의 그림을 좋아했기 때문에 그림에 대해 얘기하고, 고우다 아쓰코는 핀란드라는 나라를 좋아한다고 하면서 영화에 등장하는 풍경과 등장하지 않은 풍경에 대해서 얘기했다. 주종을 맥주에서 정종으로 바꾸고, 문어튀김과 어묵을 추가로 주문한다. 만나지 않고 지내던 사이에 결혼을 했다는 고우다 아쓰코는 남편에 대해서도 간간이 얘기했다. 컴퓨터 프로그래머이고, 연하이고, 취미로 장기를 두고. 그리고 이제 슬슬 아이를 가지려고 한다는 계획까지 말해 주었다.

시간이 정말 흐르고 있다는 것을 다미코는 새롭게 느낀다. 어머니와 둘이 생활하는 나날은 10년이 하루 같은데, 그 사이에도 시간은 확실하게 흐르고 있다. 그럴 리는 없지만, 자신들 세계 밖에서만 흐르는 듯한 느낌이다.

"아, 우리 집 아쿠아리움 볼래요?"

고우다 아쓰코가 말했다.

"아쿠아리움?"

"남편이 원래 네온테트라와 코리도라스를 키우고 있었는데, 어쩌다 보니까 다 죽고 말아서, 지금은 엔젤피쉬 한 마리랑 화이트 프리스텔라 열다섯 마리 키우고 있어요."

휴대전화에 저장된 사진 속 열대어가 요염하고 아름다웠다. 화이트 어쩌고 하는 열대어는 몸이 투명해서 내장이 들여다보였다. 전용 수조에 있는 엔젤피쉬는 부부가 특별히 애지중지하고 우라라라는 이름까지 있다는데, 어느 사진 속에서도 거대해 보인다. 하지만 집에서 키우는 열대어니까 아마 가까이에서 찍어 그렇게 보일 것이라고 생각하고서 물었다.

"이 아이는 어느 정도 크기예요?"

"30센티미터."

우라라라는 이름까지 있다고 해서 그렇게 물었는데, 대답을 듣고 다미코는 당황한다.

"술, 같은 것으로 시켜도 될까요?"

싱글거리며 빈 술병을 들어 올린 고우다 아쓰코가 물었다.

아무도 없는 집에서 목욕을 하면 불안한 것은 왜일까, 하고 가오루는 욕조에 몸을 담그면서 생각한다. 이 집의 욕실은 반지하에 있어서 바깥소리가 들리지 않기 때문에 너무 조용해서일까. 무슨 갑작스러운 일, 예를 들어 화재나 지진이 발생했을 때 알몸으로 피신할 수 없기 때문에? 아니면 단순히 목욕을 하는 시간이 대개 저녁때이기 때문일까.

욕실에 얼마 전까지 없던 금속제 바구니가 놓여 있다. 청소용 버킷만큼이나 커다란 그 바구니 안에는 리에의 목욕 용품이 담겨 있다. 뭐가 이렇게 많이 필요한 것일까 싶을 만큼 양이 많다. 호기심에 슬쩍 들여다보았더니, 샴푸와 트리트먼트, 컨디셔너, 보디 샴푸 외에 멀티 오일, 아로마 오일, 각질 제거 크림, 수소 입욕제, 등밀이 브러시, 롤러 달린 미용 기구, 빨판이 있는 비닐 베개 등이 뒤죽박죽 담겨 있었다. 리에가 궁금한 게 있으면 사양 말고 마음대로 써 보라고 했지만, 효능도 사용법도 모르는 것들을 써 볼 마음은 털끝만큼도 없다. 다만 다미코와는 너무도 다르다는 느낌은 절실하다.

가오루는 리에와 백화점에 갔던 날을 떠올린다. 지하에 있는 식료품 매장에서 답례품을 사서 발송한 후, 마음껏 사도 얼마든지 차에 실을 수 있다던 리에는 정작 아무것도 사지 않아 일찌감치 백화점에서 나오게 되었는데, 그 길로 가오루를 네일숍이라는 곳에 데려갔다. 나는 괜찮다고 가오루는 분명하게 거부했지만(사양이 아니라 사실 귀찮았다), 리에는 무슨 일이든 경험해 보는 게 좋다, 손발이 가벼워진다, 마음에도 영양이 필요하다, 잠시 릴랙스할 수 있다, 색깔을 고르기만 해도 즐겁다, 친구를 소개하면 쿠폰을 받을 수 있다, 하고 줄줄이 늘어놓았고, 그녀가 그런 태도로 나오면 왠지 거부할 수 없는 가오루는 결국 승낙하고 말았다.

매니큐어는 몇십 년이나 바르지 않았고, 바르고 싶으면 제 손으로 바르면 된다고 생각하는 가오루는 그런 곳에 처음 가 보는 것이었다. 실제로 가서 손발이 가벼워지거나 마음에 영양을 보충한 느낌은 들지 않았고, 릴랙스는커녕 오히려 그곳에 있는 내내 가오루는 긴장하고 있었다. 따뜻한 물에 담갔던 발을 무릎 꿇은 타인이 그 무릎에 올려놓고 닦아 준다. 미안하고 수치스러워 가오루는 견딜 수가 없었다. 손가락 마사지만 해도 그랬다. 마사지라기보다 표면만 비벼 대기 때문에 피부가 가려웠다.

그런데. 그 모든 장면을 떠올리자 왠지 웃음이 나오고, 이렇게 욕조에 몸을 담그고 있는 지금도 손발톱이 매끈거려서 기쁘기도 하다. 다시 한번 가고 싶다는 생각은 없지만, 한 번뿐인 기묘한 경험을 리에와 함께한 탓에, 가오루는 다미코를 소외시킨 것만 같아 다소 마음이 켕긴다. 본인이야 네일숍 같은 곳에는 당연히 가고 싶어 하지 않겠지만.

그런 생각을 하고 있는데, 전실 문을 노크하는 소리가 들

렸다. 이어 접이식 유리문이 열리고,

"다녀왔어."

하는 목소리와 함께 다미코가 얼굴을 들이밀었다.

"어, 왔니."

가오루가 대답한다.

"누구랑 저녁 먹었는데?"

"옛날에 알던 사람. 우연히 만났어."

옛날에 알던 사람. 왜 이 아이는 그렇게밖에 대답하지 못할까, 하고 가오루는 생각한다. 그 사람에게도 이름이 있을 테고, 학창 시절 친구인지 같이 일하던 사람인지, 어디서 우연히 만나 뭘 먹었는지, 좀 더 자세하게 얘기해 줘도 될 텐데.

"그래서, 리쿠토 씨 의논이란 게, 뭐였어?"

뭐가 '그래서'인지, 다미코는 화제를 바꾼다.

"별거 아니었어."

가오루가 대답하자,

"마도카 얘기 아니었어?"

하고 다미코가 또 물었다.

"그래, 마도카 얘기였어. 그녀는 결혼하고 싶어 하는데, 자기는 아직 그럴 마음이 없다느니."

"그래서?"

"그래서?"

"엄마는 뭐라고 했는데?"

"별말 안 했어. 서두를 필요는 없으니까, 결혼하고 싶어지면 그때 하면 된다고 했지."

아, 하고 다미코 입에서 맥 빠진 목소리가 나왔다.

"왜? 왜 그런 소리를 내는데?"

"아니야. 아무것도."

다미코는 또 얘기를 일방적으로 끊어 버린다. 뭐 때문에 '아'인지 설명을 듣고 싶었지만, 이제 그만 욕조에서 나가고 싶어 유리문을 닫고 사라진 다미코를 불러 세우지는 않았다. 가오루는 물소리를 내며 욕조에서 나와 비누로 손을 내밀었다.

리에의 기억 속 어머니는 냉정한 사람이었다. 좋게 말하면 현실적이고, 나쁘게 말하면 매정했다. 이해심도 있고 충분히 좋은 어머니였다고 생각하지만, 가오루 씨 같은 가정적인 스타일은 아니었다. 골프와 여행이 취미라서 툭하면 집을 비우는 등 생활상이 당시로서는 흔치 않게 자식은 자식의, 부모는 부모의 생활이 있다고 생각하는 듯 보였다.

아버지를 전면적으로 사랑했다. 어머니의 애정 표현에는 리에나 리에의 동생 이쓰키나 두 손 두 발 다 들었다고 할까 과하고 징그럽다고 생각했지만, 지금 돌이켜 보면 가령 아이들 식사는 때로 인스턴트식품이나 냉동 피자로 때웠지만 아버지가 집에 있을 때는 전력을 다해 요리 솜씨를 발휘한 여자였던 어머니는 꽤 훌륭했다고 생각한다.

그런 기억을 떠올린 것은 리에가 집에 들어와 보니, 웬일로 아직 잠자리에 들지 않은 가오루 씨와 다미코가 부엌에서 팽팽하게 맞서고 있었기 때문이다.

"뭐야? 이번에는 또 무슨 일인데?"

얼마 전에도 백화점에 가느니 마느니 하며 두 사람이 투닥거렸기 때문에 리에는 그렇게 물었다.

"아무 일도 아니야. 다미코가 또 괜한 소리를 해서."

가오루 씨의 대답은 며칠 전과 똑같았다.

"괜한 소리요?"

리에가 그렇게 되물은 것도.

다미코는 말없이 의자에 앉아 있었고, 옆에 서 있는 가오루 씨는 목욕을 하고 나온 듯 헐렁헐렁한 원피스 같은 면 잠옷 차림이다. 원래가 체구가 작은 여자인 데다 나이를 감안하면 놀랄 것도 없지만, 온몸에서 살이란 살이 모두 깎여 나간 듯한 체형의 가오루 씨는 잠옷을 입으면 정말 무방비해 보인다. 리에는 이렇듯 나약해 보이는 사람에게 어떻게 다미코가 어린아이처럼 인상을 찌푸릴 수 있는지 이해가 안 되었다.

뒷일은 맡기겠다는 듯이 가오루 씨가 침실로 들어가, 리에는 와인을 따고서(최소한 그 정도 포상은 있어야 할 것이다) 다미코 얘기를 들어 주게 되었는데, 듣고 보니 마도카와 리쿠토 씨가 각기 모녀에게 결혼을 놓고 의논을 했다는 정말 '괜한 일'이라 어이가 없었다.

"왜 남의 일에 두 사람이 투닥거리는데?"

"투닥거린 거 아니야."

"그랬으면서 뭐."

모녀의 거리가 너무 가까워서 그럴 것이라고 리에는 생각한다. 리에 자신은 어머니와 말다툼을 한 기억이 없다. 심지어 사춘기라 불리는 시기에도. 아버지와도 그렇다. 말다툼을 할 수 있는 가까운 거리감에 땅을 산 사촌을 부러워하는 듯한 마음이 조금도 없다고 하면 거짓말일 수도 있지만, 그래도 솔직히 자신은 역시나 노 땡큐라고 생각한다. 어쩌면 그런 면은 리에도 엄마를 닮아 냉정한지도 모르겠다.

"그보다, 내 얘기 좀 들어 봐."

화제를 바꾸려고 리에가 말했다.

"오늘, 오랜만에 가슴이 좀 설렜어."

깊이 사귈 마음은 없지만, 남녀 사이의 가벼운 로맨스는 없는 것보다 있는 편이 좋다.

"쉰일곱 살, 어린이집 원장, 돌싱. 어때?"

오늘 낮의 설렘이 달짝지근하게 되살아나 그만 표정이 무너지고 웃음이 흐른다. 적극적이라는 점에서는 남 못지않은 리에마저 당황하리만큼 직설적으로 접근해 왔다.

"저녁 약속이 있었는데, 나 취소했어. 둘이 빠져나왔다고 해야 하나?"

말로 하고 나니 새삼스럽게 기분이 들뜬다.

"어떻게 생각해?"

"어떻게 생각하기는."

오래 알고 지내는 사이인 만큼 다미코는 그리 놀라지 않는다.

"어린이집 원장과 리에, 좀 미스 매치인 것 같은데."

다미코는 조심스럽게 그렇게만 대답했는데, 리에에게는 '미

스 매치'라는 말이 '신선한 조합'으로 변환되어,

"그렇지."

하고 싱글거리면서 아무 거부감 없이 대답했다.

11

고사카 도시오와의 만남에 대해서 리에는 말바시아를 마시면서 얘기했다. 예전 상사의 부탁으로 어느 경제 세미나에서 강연을 했다는 것(강사료가 의외로 높아, 얼마 전에 아르바이트 삼아 일했던 통역 및 가이드 때 사례금의 열 배나 되었으며 런던의 약삭빠른 금융계에서 수많은 역경에도 굴하지 않고 긴 세월 일해서 다행이었다고 생각했다는 것도 잊지 않고 덧붙였다), 참가자 중에 머리 색이 다른 남자가 한 명 있었는데 포니테일에 라이더 재킷을 입고 있었다는 것, 강연 중에 유난히 그 남자와 눈이 마주쳤는데 그 눈길이 무례하지도 불쾌하지도 않았으며 오히려 어떤 유의 안심감과 상황에 맞지 않는 친근감을 느꼈다는 것.

"아."

다미코 입에서 이상한 소리가 나왔는데도 리에는 개의치 않고 말을 이어갔다. 강연이 끝나고 남자가 똑바로 다가와서 질문할 게 있나 보다 했는데, 그게 아니라 불쑥 식사를 같이 하자고 했다는 것, 일단 거절했지만 왠지 헤어지기가 아쉬웠다는 것.

"결국, 명함만 받고 헤어졌지만."

하는 리에 말을 가로막으며 다미코는,

"아, 네네."

하고 의미를 알 수 없는 맞장구를 쳤다.

"아, 네네가 뭐야."

하고 리에가 물었다.

"그다음은 듣지 않아도 안다는 뜻."

다미코는 뻔하지 않느냐는 표정이다.

"대기실로 돌아가 주최자 측에서 준비한 차나 커피를 마시면서 수고하셨습니다 하는 소리를 듣는 중에 거절한 걸 후회했겠지, 안 그래?"

바로 그랬다.

"그래서, 그러지 않을 이유를 기를 쓰고 찾았지만 찾아지지 않아서, 리에 네가 전화를 걸었다."

"와, 놀랍네. 어떻게 그렇게 잘 알아?"

리에는 감탄한다. 과연 40년을 알고 지낸 친구답다.

"그래서, 어땠는데?"

다미코가 묻자, 리에의 입가가 벌어졌다.

"즐거웠어. 오랜만에 설렜고."

그가 데려간 곳은 귀여운 비스트로였는데, 우선 그게 의외였다. 카운터 자리만 있는 세련된 스시 가게 아니면 시끌벅적한 선술집을 좋아하는 남자로 보였기 때문이다. 파테, 라페, 타블레 같은 서양 요리를 이것저것 안주 삼아 레드와인을 마셨다. 고사카는 금융 시장에 대해 박식했다. 시장의 동향보다 역사에 관심이 있다면서 19세기 초엽의 빌 브로커가 딜러로 변천한 과정, 오브렌드 거니 상사에 대해서 등, 강사인 리에보다 훨씬 지식이 풍부했다. 그러나 물론 현장은 잘 모르는 사람이라, 강연 중에 리에가 흘린 비하인드 스토리를 흥미로워하거나, 화폐의 개념에 대한 소박한 의문을 말하기도 하고, 머천트 뱅커가 대두한 이후의 유로커런시와 그 중심지인 도시의 역할(및 근미래에 대한 전망)에 대해서 알고 싶어 했다.

리에가 그런 얘기를 줄줄이 늘어놓아 따분해진 다미코는 그만 거실에 이부자리를 깔기 시작했다.

"금융 얘기만 한 건 아니야. 그 사람이 하는 일 얘기도 하고, 결혼 이력이 두 번 있다는 얘기도 들었고."

그렇게 말해 보았지만 다미코의 관심을 끌지는 못했다.

"아직은 내가 몰라도 괜찮은 정보네."

"메인 디쉬는 어린 양고기였는데, 맛있었어."

리에는 그 말로 이제 얘기를 마무리하려 했다. 그런데,

"한 가지만 물을게."

하고 다미코가 말했다.

"그 비스트로에 갔다가, 또 어디 갔어?"

"뭐?"

귀를 의심했다.

"날 뭐로 보는 거야? 처음 만나는 남자와 어딜 가겠어. 집에 들어온 시간을 보면 알 수 있잖아?"

이건 명예의 문제다. 그런 생각에 단호하게 항의했지만, 다미코는,

"그래?"

하고 되물었다.

"너는 몇 번이나 전과가 있잖아. 헤어질 수가 없었다면서, 조금 전에 만났는데 그대로 돌진했잖아."

아닌 게 아니라 그런 일도 한 번이 아니었다. 남자와 여자 사이는 타이밍이 모든 것, 까지는 아니어도 그에 가깝다고 리에는 생각한다. 타이밍을 놓치지 않고 돌진했던 과거를 후회는 하지 않는다. 하지만.

"그런 건, 다 옛날 일이잖아."

그렇게 반박하지 않을 수 없었다.

"그야 내가 행동이 좀 빠른 여자지. 그래서 타인이 어떻게 생각하든 별 신경 쓰지 않지만, 너는 다르잖아. 안 그래? 다른 사람도 아니고 다미코 너에게 암캐 취급을 받다니, 한심해서 눈물이 나오려고 한다."

"알았어, 알았어. 내가 잘못했어."

다미코는 그렇게 말하고, 마치 어린아이를 달래듯 리에 머리를 토닥토닥한다.

"그래도, 내가 언제 암캐 취급을 했다고 그래. 이번에도 신속하게 행동했는지 물었을 뿐인데."

"뭐, 그건 그렇지만."

리에는 인정하고,

"이번에는 그런 분위기가 아니었어."

하고 설명했다.

"식사를 하고, 초면 맞나 싶을 정도로 말이 잘 통해서 즐거웠어. 그것으로 만족했고. 연락처 교환하고, 서로가 조만간 또 만나자고 했지만 그게 언제가 될지는 몰라. 실현될지 어떨지도 모르고."

하고 솔직하게.

"그렇구나."

하면서 다미코는 미소 지었다. 그런데 그 미소 지은 얼굴이 몹시 노인네 같아 보여 리에는 당황한다. 이 사람이 대체 언제부터 이런 표정을 짓게 되었을까. '쓰리 걸스' 중에서도 환경, 체형, 복장, 그 외에도 여러 가지로 가장 변화가 없어 줄곧 학창 시절 그대로인 사람이라고 생각하고 있었는데.

"미안해. 목욕하고 자려고 했지? 어서 목욕해."

리에는 그렇게 말하면서 일어섰다.

"나는 위에 올라가서 조금 더 마실 거니까, 목욕 천천히 하고."

리에가 와인병을 들어 보이자, 다미코는 손을 살랑살랑 흔들었다.

물론 다미코 방이지만, 자기 방에 들어가면 리에는 제일 먼저 거울을 본다. 우선은 멀리서, 그리고 점점 다가가 바로 앞에서. 그러면 생각했던 대로 평소보다 빛나는, 혹은 생기가 도는 자신이 거기에 있어 리에는 만족한다. 다미코가 갑자기 나이를 먹은 게 아니라, 말하자면 리에가 갑자기 젊음을 되찾은 것이다. 오늘 밤은 즐거웠고, 고사카는 두말할 것도 없이 자신에게 관심을 갖고 있었다. 그렇게 생각하면서 와인을 한 모금 머금자, 발포성이 없는 그 액체가 찬동과 축복을 표명해 주는 듯했다.

'또 나는 남 얘기를 듣고 있네.'

오후의 카페에서 다미코는 생각했다. 먼저 마도카의 '의논'이 있었고, 그다음에는 리에의 연애 보고, 그리고 이번에는 사키다. 리에는 또 만날 수 있을지 없을지 모른다고 했으면서 다음 날 바로 연락을 주고받더니 그 후로 그 남자를 자주 만나고 있다. 사키는 첫째 가이가 결혼을 하게 되었다는데, 아무도 반대하는 자기 의견을 들어 주지 않는다면서 화가 나서 못살겠다는 듯이 투덜투덜 말을 늘어놓았다.

"만난 지 이제 반년이래."

하거나,

“글쎄 아무도 모르게, 같이 살고 있더라니까.”

하면서. 화가 나기보다 허망함이 엿보여 다미코는 연민을 느꼈지만, 가이가 스스로 결정한 일이라면 어쩔 수 없다고도 생각한다.

“버는 돈도 그렇고, 포용력도 아직 한참 멀었는데 졸속하기 짝이 없잖아.”

“상대 아가씨도 일을 한다면서?”

다미코는 그렇게 말해 보았다.

“경제적인 건, 둘이서 일하면 어떻게든 되지 않을까? 포용력도, 그녀에게는 한껏 발휘할지도 모르는 일이고.”

사키가 원망스러운 눈빛으로 쳐다봐,

“잘은 모르겠지만.”

하고 다미코는 덧붙인다.

“여자도 그렇지.”

사키는 공격의 화살을 돌렸다.

“지난주에 처음 만났는데, 얼마나 천연덕스럽던지. 부엌에도 쑥쑥 들어오질 않나, 아직 결혼도 하지 않았는데 아주 아내인 것처럼 행세하더라니까.”

"뭐, 그거야."

"술은 또 얼마나 잘 마시는지. 우리 남편은 어떤 줄 아니? 잔을 주고받으면서 흐뭇한 표정이더라니까."

"그랬구나."

달리 무슨 말을 하면 좋을지 몰랐다. 창밖에서는 비가 내리고, 테이블에는 홍차 포트 두 개가 놓여 있다. 어제저녁, 누구에게든 말이라도 하지 않으면 머리가 터질 것 같다고 전화가 걸려 왔다. 사키가 전화를 거는 건 흔한 일이 아니라, 그녀가 제안하는 대로 후타코타마가와에 있는 카페에서 만나기로 했다. 근처에 사키가 다니는 영어 교실이 있고, 오늘은 저녁때 수업이 있다고 한다. 다미코는 여기까지 버스를 타고 왔다. 사키가 이렇게 친구를 불러내는 일은 좀처럼 없다. 기본적으로 조심성이 많은 사람이다. 하기야 반대로 나오라고 해도 나오지 않는 일이 많아, 리에는 때로 '무슨 친구가 그러냐' 하며 화를 내지만.

"가이가 지금 몇 살인지 아니? 겨우 스물셋이야."

얘기가 다시 처음으로 돌아간다.

"세상에 여자가 얼마나 많은데. 좀 더 시간을 두고 이런저런 여자와 알고 지내다 결정해도 되잖아."

"그야 뭐 그렇지."

알 수 없는 것이라고 다미코는 생각한다. 만난 지 반년 만에 결혼을 결정하는 커플도 있고, 마도카와 리쿠토처럼 몇 년이나 사귀고 있는데 결혼에 이르지 못하는 커플도 있다. 어머니가 리쿠토에게 서두를 거 없다고 한 말은 적절한 조언이었다고 생각한다. 지금의 사키라면 백 번 고개를 끄덕이겠지만, 너무 신중하게 처신하면 평생 독신으로 지내게 될 수도 있다고 생각한다. 실제로 다미코 자신이 좋은 예이다.

만약 사토미가 살아 있다면 지금 마도카에게 어떤 조언을 할까, 하고 생각한다. 부모를 안심시키기 위해 결혼하다니, 내가 허락할 것 같으냐고 말했던 사토미가 '부모를 안심시키기 위해서'가 아니라 딸이 결혼하고 싶어 한다는 걸 알면. 아마 웃으면서 "그럼 네가 프러포즈하면 되잖아" 하고 말할 것 같다고 다미코는 상상한다. "그래도 안 되면, 그런 남자는 포기해" 하거나.

"우리 마도카, 잘 부탁할게."

시간이 얼마 남지 않았을 무렵, 다미코는 사토미에게 그런 말을 들은 적이 있다.

"그 아이, 옛날부터 너를 잘 따랐으니까, 간간이 응석도 받아 주고."

병을 앓기 전부터 사토미는 마도카에게 형제가 없어 훗날 부모가 다 떠났을 때 힘을 합해 살아갈 사람이 없다는 걸 걱정하곤 했다. 외동인 다미코는 사토미의 그런 심정을 충분히 이해할 수 있었다. 사토미에게는 터울이 많지 않은 오빠와 남동생이 있어, 다미코 자신이 가족 중에 같은 세대 형제가 있다는 걸 때로 부러워했기 때문이다.

"내가 할 수 있는 일은 뭐든 할 테니까, 걱정 마."

그때 다미코는 그렇게 대답했다. 달리 대답할 수 있는 말이 없었다. 그러나 현실적으로는 때로 어떻게 '응석을 받아' 줘야 하는지 다미코는 잘 몰랐다.

"가이는 어려서부터 비밀이 많았어."

사키는 무척이나 서운한 듯이 말했다.

"이쿠미는 미주알고주알 다 털어놓는 성격이라, 중학 시절에 벌써 여자 친구를 집에 데려왔는데."

사토미 생각을 하고 있었던 탓에, 살아서 결혼하는 아들 모습을 볼 수 있는 것만 해도 행복하지 않을까 여겼는데, 죽은 사람과 견주는 것은 사키에게 공평하지 않겠다고 생각을 바꾸고,

"리에가 그러는데."

하고 다미코는 말했다.

"결혼은, 기본적으로 아이들이 하는 거래."

스물셋이든 서른이든 지금의 우리 눈에는 모두 어린아이니까, 아직 젊다는 이유로 결혼을 반대하는 것은 난센스일지도 모른다는 뜻으로 말했는데, 사키는 그렇게 받아들이지 않고,

"그런 말이나 하니까 두 번이나 이혼을 한 거지."

하고 대번에 반박했다.

옛날에는 자식의 결혼에 주로 신부 아버지가 반대하거나 동요했던 것 같은데, 요즘은 아들의 엄마가 그러는지도 모르겠다. 그렇게 생각하자, 사키에게는 좀 미안하지만 우스웠다.

"영어 수업 시간, 아직 괜찮니?"

다미코가 묻자, 사키는 손목시계를 슬쩍 보고는,

"괜찮아, 아직 멀었어."

하고 대답한다.

"오늘 선생은 저녁때만 수업하는데, 인기가 많아서 바로 예약이 마감돼. 조안나라고 하는 미국 사람이야."

다미코는 손목시계를 보는 사키의 몸짓에 뭔지 모를 위

화감을 느꼈지만, 그게 뭔지 알 듯하면서도 알 수 없었는데,

"아 참."

하면서 사키가 다시 말을 시작해, 사키의 몸짓에 대해서는 이내 잊고 말았다.

"이걸 보여 주려고 했는데."

휴대전화를 꺼내 만지작거리면서 사키가 말했다.

"오래전에 찾았는데, 만나면 다미코와 리에에게 보여 줘야지 하다가도, 만나면 정신없이 수다 떠느라 늘 잊어버려서."

사키가 화면에 띄운 것은 다미코도 어디선가 본 적 있는, 브랜드 이름은 잘 몰라도 수건처럼 두툼하고 꽤 유명한 손수건 사진이었다.

"이게 뭔데?"

다미코는 사키가 왜 이 사진을 자신와 리에에게 보여 주려 했는지 알 수 없었다.

"뭘 거 같아?"

사키가 되물어,

"손수건이잖아."

하고 대답했다. 한때 유행했던 것 같은데, 다미코 자신은 별로 갖고 싶지 않았지만 색감이 선명한 장미 무늬나 강아

지 무늬가 있는 손수건으로, 젊지 않은 여성들이 즐겨 갖고 다닌다는 인상이었다.

"셔닐."

사키가 말한다. 그 말을 이해하는 데 시간이 걸렸는데, 사고가 기억을 따라잡자 다미코는 자기도 모르게 소리를 지르고 말았다.

"셔닐? 이게?"

믿을 수 없었다. 아니, 솔직히 말해서 실망했다. 셔닐은 학창 시절의 '쓰리 걸스'에게 정체를 알 수 없어 상상과 동경을 부추겼던 특별한 단어였기 때문이다.

"응. 의외지?"

다미코의 반응에 만족했는지, 사키가 미소 지으며 고개를 끄덕인다.

"그리고."

사키는 또 화면을 터치해 다른 사진을 띄웠다.

"이게 포크파이 해트."

포크파이 해트. 사진이 아니라 그 단어의 울림에 먼 옛날의 강의실이 떠오른다. 독서 동아리 '워터십 다운'이 사용했던 신관 2층의 구석 강의실. 창문 너머로 교정이 내려다 보였다.

"리에가 칠판에 그림 그렸던 거 기억해?"

사키가 물어서, 다미코는 기억난다고 대답했다. 리에는 다른 동아리 활동을 했는데, 툭하면 강의실에 나타나 그 자리에서 책을 후루룩 대충 읽고는 하고 싶은 말을 했다. 언젠가 어떤 책 속에서 그 말을 보고는, 포크파이 해트는 어떤 모자인가? 하고 모두에게 질문을 던지더니 자신이 생각하는 그 모자 그림을 칠판에 당당하게 그렸다. 어떤 그림이었는지, 그것까지는 기억나지 않지만 지금 보고 있는 사진과 비슷하지 않았던 것만은 분명하다.

당시 포크파이 해트와 셔닐은 세 사람 사이에서 일종의 은어였다. 전자는 기묘한 것이나 정체를 알 수 없는 것을 가리켰고, 후자는 멋진 것을 가리킬 때 사용했다.

"저 사람 포크파이 해트네."

"그거 셔닐 소동 아니니."

영어책 속에 등장하는 수많은 미지의 것들, 그것들에 대해 지칠 줄 모르고 얼마든지 얘기할 수 있었다.

"포크파이 해트는 그렇다 치고, 셔닐은 충격이네."

다미코가 말했다.

"난 좀 더 섬세한 천을 상상했어. 색깔은 하양이나 아이보리. 왜 소설에 등장하는 셔닐이 대개 침대 덮개였잖아. 그것도 할머니의 유품이라느니 해서, 앤티크하고 로맨틱한 느낌이었는데."

사키는 고개를 끄덕이며,

"인터넷이 정말 편리하더라. 뭐든 조사할 수 있으니 말이야. 그 시절에도 인터넷이 있었다면, 포크파이 해트도 셔닐도 바로 검색해서 알 수 있었겠지만, 그렇지 않아서 오히려 다행이다 싶기도 해. 안 그래? 정체를 알 수 없어서, 그래서 이렇게 시간이 오래 지나도록 기억하리만큼 인상적이었던 거잖아."

하고 말했다.

"하긴 지금은 뭐든 조사해서 바로 알아 버리니까."

하고서 다미코는 감탄한다.

"너, 옛날에도 열심히 공부하더니 지금도 그렇구나."

그래서 그렇게 말했다.

셔닐이 그렇게 화려한 색감에 도톰한 파일 천이라는 것은 알고 싶지 않았지만.

12

리에는 아이에게 관심이 없다. 아이가 있었으면 했던 적이 없지는 않지만, 그건 어디까지나 자신과 사랑하는 남자의 아이지, 타인의 아이는 단언컨대 아무 관심 없다. 물론 사쿠는 예외다. 사쿠가 아닌 아이들과는 얽히고 싶지 않고, 지인이 자기 아이나 손자 사진을 보여 주면 어떻게 반응해야 좋을지 난감하다. 그런데도, 그런데도 그랬다. 리에는 계속 웃었다. 고사카가 얘기하는 원아들의 행동이 리에의 상상을 초월했다. 엉뚱하고 대범하고 기발해서 '메이'니 '소라'니 '고시로'라는 만난 적도 없는 아이들 모습이 눈앞에 선하게 그려진다. 그뿐만 아니라,

"잠깐잠깐. 가나데 군이 누구 오빠라고 했더라?"

하거나,

"어린이집을 졸업하고 나서도 보통 그렇게 자주 놀러 와?"

하고, 질문까지 하곤 한다.

비가 꽤 심하게 내려서, 이탈리안 레스토랑의 테라스 자리에는 손님이 리에와 고사카밖에 없다. 주인이 두 번이나 나와 안으로 자리를 옮기는 게 어떻겠느냐고 권했는데, 첫 번째는 고사카가, 두 번째에는 리에가 그냥 여기 있고 싶다고 대답했다. 와인으로 달아오른 피부에 밤의 싸늘함이 상쾌하고, 머리 위를 가리고 있는 차양에 쏟아지는 빗소리는 경쾌했다.

"서너 살 때 기억이 전혀 없는데, 나는."

리에가 말했다.

"나한테 그런 시대가 있었다는 느낌이 안 들어."

"있기는 틀림없이 있었죠."

우습다는 듯이 고사카가 대답한다.

"다른 생명체였는지도 모르지만."

"다른 생명체?"

빵을 뜯는 고사카의 손은 몽글몽글 살이 올랐다. 손등에 꼬불꼬불한 털이 돋아 있는 것도, 리에는 왠지 바람직하게 여겨졌다.

"난 말이죠, 어린아이는 다른 생명체라고 생각해요. 다들 어른이나 아이나 똑같은 인간이라고 말하고 싶어 하는데, 그야 물론 그렇죠. 그러나 같은 인간이지만 다른 생명체라고 생각할 수도 있지 않을까 해요."

말투가 느긋하고 여유로워 고사카는 자기 전문 분야에 대해 얘기하고 있다기보다, 바다나 공룡 등 미지의 것을 상상하며 얘기하는 사람 같았다.

"그렇구나."

그렇게 생각하자 리에도 이해가 갔다. 어린아이들이 다가오면 본능적으로 공포를 느끼는 것은 그들이 다른 생명체였기 때문이었나. 그렇다면 동물로서 자신의 반응은 타당하다.

"시간 되면 다음에 한번 놀러 오시죠. 재미있습니다."

고사카가 싱글거리며 말해서, 리에는 퍼뜩 정신을 차렸다.

"어우, 안 돼, 안 돼, 안 돼요. 나 아이들, 별로라서."

어린이집이라니, 자신이 가장 싫어하는 장소다.

"왜요?"

"대답할 것도 없어요. 그냥 안 되는 건 안 되는 거."

그렇게 대답하고, 리에는 왠지 동요해서 "그게" 하면서 말을 계속한다.

"그게, 알지도 못하는 사람을 어린이집에 들여놓으면 안 되지 않나? 학부모들이 위기관리 능력을 의심할 텐데. 아이들이 있는 장소는 최대한의 리스크 매니징이 요구되는 게 당연한데, 타인을 불러들이다니 규정 위반이잖아? 음, 있겠죠, 어린이집에도 그런 규정이."

따지거나 질책하려는 뜻은 없었다. 그런데, 아차 싶었을 때는 이미 그렇게 말을 다 늘어놓은 다음이었다.

"끝났어요?"

고사카가 물어서,

"부족한가?"

하고 되묻자, 고사카는 환하게 웃으면서 디저트를 주문하려고 직원을 불렀다.

"세이케 씨, 재미있네요."

며칠이나 계속 추적추적 내리던 비가 그치고, 오랜만에 파란 하늘이 보인 토요일 낮, 마도카는 최악의 기분으로 침대 안에 있었다. 너무 울어서 굳이 거울을 보지 않아도 눈은 물론 얼굴 전체가 퉁퉁 부었다는 것을 알 수 있었다. 머리도 무겁고, 코가 막힌 게 아니라 머리 전체가 코가 되고

만 느낌이었다.

일단 일어나 창문을 열었지만, 마도카는 다시 침대에 엎어지고 만다. 침대가 있어 다행이라고 생각한다. 적어도 침대만은 오로지 마도카를 위한 것이다. 소녀 취향일 수도 있지만, 곰과 강아지와 양 인형이 나란히 놓여 있다. 그 인형들이 어제까지와는 다른 친근함으로 눈에 들어와, 마도카는 깨닫는다. 또 혼자가 되었다. 어제까지는 리쿠토가 있었다. 이 방에 혼자 있을 때나 회사에서 일을 할 때나, 자신은 리쿠토에게 속해 있다고 느낄 수 있었고, 그래서 혼자 있어도 혼자가 아니라는 든든한 기분이었다. 그러나 오늘부터는 다르다. 아직 현실감은 없지만.

어제 그 일은 현실이었을까. 마도카는 벌떡 일어나 휴대전화를 체크한다.

'안녕! 잘 잤어?'

'지금 출근하려고. 오늘 아침은 바나나.'

여느 아침처럼 문자가 와 있을 것 같아서. 그러나 이제 그런 것은 없다는 걸, 마음속으로는 알고 있었을 것이다. 리쿠토 이름에 아무 숫자도, 아무 표시도 없는 것을 보고서 '역시' 하고 생각했을 뿐이니까.

마도카는 방문을 빼꼼 열어 아버지가 부엌에 없는 걸 확인한 다음 방에서 나왔다. 마도카의 방은 욕실에서도 가깝지만 부엌에서도 가깝다. 아침에 걱정하며 방을 들여다본 아버지에게는 숙취라고 둘러댔는데, 만약 그 말을 믿었어도 지금 얼굴을 마주하면 거짓말이었다는 걸 알게 될 것이다. 마도카는 샤워만 할 게 아니라 목욕을 하기로 하고, 욕조에 물을 받았다.

어제 저녁, 예전에 약속했던 인디 밴드의 라이브를 보려고 리쿠토와 만났다. 최근에 관계가 삐거덕거리는 건 알고 있었지만, 규슈를 중심으로 활동하는 그 밴드가 도쿄에서 공연하는 건 흔치 않은 일이었고, 티켓도 샀기 때문에 놓치고 싶지 않았다. 리쿠토는 내내 시큰둥한 표정이었다. 원래 음악에는 그리 관심이 없다. 하지만 예전에는 마도카가 좋아하는 밴드의 좋은 점을 알고 싶어 했고, 인터넷에서 신곡 정보를 찾아 알려 주기도 했다. 아무튼 어젯밤 리쿠토는 기분이 좋지 않은 표정이었고, 공연장에 도착해서도 덥다느니 답답하다느니 투덜거렸고, 티켓 할인으로 살 수 있는 맥주 브랜드에 대해서도 구시렁거렸다. 연주가 시작한 후에도 별 재미없다는 분위기를 풀풀 풍겨, 마도카는 그게 신경이 쓰여서

라이브는 뒷전이었다. 이제 다 끝났는지도 모르겠다고 벌써 몇 번이나 했던 생각을 또 했다. 그때 '봄'이라는 곡이 시작되었다. 마도카가 좋아하는 곡이었다. 질주하는 보컬의 목소리를 들으면서 조금 울었다. 대체 언제부터 이렇게 되었을까, 하고 생각했다. 옆에 있는 남자의 기분을 신경 쓰느라 조마조마해서, 좋아하는 뮤지션이 만들어 내는 좋아하는 소리에도 집중할 수 없다니.

내내 그런 식이어서, 공연이 끝나자 거의 각오를 하고 근처에 있는 선술집에 들어갔다. 오늘은 담판을 짓자고 생각했다. 결혼을 못 해도 괜찮았다. 같이 살자든지, 계속 함께 하고 싶다든지, 아무튼 마음을 명확하게 표명해 주면 그것으로 충분했다. 그런 말조차 해 줄 수 없다면 "이제 그만 끝내자" 하고 말할 생각이었다. "나를 리쿠토 없이는 아무것도 못 하는 여자로 알고 있겠지만, 그렇지 않아" 하고.

"저 말이야, 내가 좀 생각해 봤는데, 우리 당분간 거리를 좀 두면 어떨까?"

물티슈로 손을 닦으면서 리쿠토가 불쑥 그렇게 말할 줄은 꿈에도 몰랐다.

따뜻한 물이 욕조에 거의 넘치도록 찰랑거린다. 마도카는 수도꼭지를 잠그고, 천천히 잠옷을 벗었다. 어젯밤 리쿠토 앞에서 울지 않아 그나마 다행이라고 전체가 코가 된 머리로 생각한다. 사실은 너무 놀라서 눈물도 나오지 않았지만.

"그러고 싶은 거야?"

냉정한 목소리로 물었다.

"그러고 싶다고 할지, 제안?"

왠지 리쿠토가 말꼬리를 올려 대답했다.

"제안?"

하고 되묻자

"결론?"

또 말꼬리가 올라갔다. 그리고 그건 결정적인 대답이었다. 결론. 욕조에 몸을 담갔다. 물이 콸콸 넘쳐흘렀다. 이제 다 끝난 거네, 하고 마도카는 생각했다. '당분간'이 아니잖아, 하고.

"이제 됐어."

마도카는 그렇게 말했다. 더 이상 마음을 어지럽히고 싶지 않았다. 이제 됐다.

같은 토요일, 세이케 사쿠는 경정장에 있었다. 관람석이

통유리창으로 되어 있어, 앞줄에 앉아 있으려니 온실에 있는 것처럼 덥고 눈이 부시다. 아버지를 따라 간간이 오는 아이리와 달리, 사쿠는 경정을 처음 구경한다. 전부 여섯 보트가 경쟁한다. 1호정부터 순서대로 하양, 검정, 빨강, 파랑, 노랑, 초록으로 선수들의 옷 색깔이 정해져 있어, 어린 시절에 보았던 텔레비전의 슈퍼히어로물 프로그램이 떠올랐다. 미성년이라서 주권을 살 수는 없지만(아이리는 간혹 몰래 산다. 자동판매기가 있어서 가능하다), 구경만 해도 충분히 재미있었다. 모터 소리, 호쾌하게 퍼지는 물방울, 각각의 위치에서 스타트 라인까지 시간에 딱 맞도록, 그리고 최대한 감속하지 않도록 하면서 질주하는 선수들.

"정말?"

한 경주가 펼쳐질 때마다 사쿠는 눈을 부릅떴다.

아이리는 경기 용어를 잘 알았다. 인코스 선수가 턴하면서 앞서 나가는 것을 '인빠지기'라고 하고, 아웃코스 선수가 인코스 선수를 압박하면서 턴을 하는 동시에 앞서 나가는 것을 '휘감기'라고 한다고 가르쳐 주기도 하고, 선수는 엔진 조정을 직접 해야 하기 때문에 모두 선수이며 엔지니어이기도 하다는 설명도 해 주었다. 입구 앞에서 산 전용 신문(경주와 선수에 관한 자료가 실려 있는 듯하다)을 열심히 읽는 옆얼굴은 지금껏 본 적 없으리만큼 진지했고, 살짝 벌어진 입술은 귀엽고, 유리창으로 비치는 햇빛이 닿은 머리도 예뻐, 사쿠는 그만 넋을 잃었다. 시끌시끌한 경정장의 관람석에서 아이리 혼자만 외국의 어느 도서관에 있는 듯한 그림이었다.

주권을 사지 않는 경우에도 아이리는 모든 경주를 예상했다.

"4, 1, 2일 거야" 하거나 "1, 5, 3이려나" 하고.

사쿠로서는 어느 보트가 이기든 아무 상관 없었지만, 아이리가 예상한 번호를 응원했다. 맞아떨어지면 아이리가 무척이나 기쁜 표정을 짓기 때문이다.

"배고프니?"

아이리가 다섯 경주가 끝났을 때 물었다.

"응, 조금. 하지만 안 먹어도 괜찮아."

관전을 방해하고 싶지 않아 그렇게 대답했는데, 아이리가,

"다음 경주에는 좋아하는 선수가 한 명도 없어. 그러니까 안 봐도 돼."

라고 해서, 장내에 있는 식당에서 사쿠는 카레라이스를, 아이리는 우동을 먹었다. 보지 않아도 되는 경주라더니 우

동을 먹으면서 아이리는,

"6, 1, 4가 겨루게 되면 재미있을 텐데, 아마 6은 안 될 거야."

하고 또 예상을 해서, 사쿠는 감탄하고 말았다.

"정말 좋아하나 보다, 경정을."

"응."

부끄러운 듯 대답한 아이리가,

"놀랐어?"

하고 묻는다.

"음, 조금은."

"그런데, 감동 아니니? 스피드나 뭐 그런 게. 진짜 놀랍잖아."

응, 하고 대답하면서 사쿠는 오히려 아이리의 표정에 감동한다. 눈을 크게 뜨고 유독 생기발랄하게, 말이 입에서 통통 튀는 것처럼 나온다.

"나는 스타트할 때가 가장 감동이야. 아, 사쿠에게 A급 선수들 경기도 보여 주고 싶은데. A1이나 A2급 선수들은 스타트 지점에도 정확하게 일직선으로 정렬해. 판정 비디오 보면 소름이 돋는다니까."

무슨 말을 하는 건지 거의 몰랐지만, 문제는 내용이 아니었다. 아이리의 표정, 그리고 통통 튀는 말투. 넋을 놓고 있자니,

“관둘래?”

하고 물었다.

“응?”

“경정 좋아하는 여자랑 사귀는 거.”

설마, 하고 사쿠는 대답했다. 왜 그런 식으로 생각하는지 알 수 없었다. 하지만 지금까지 몰랐던 아이리의 한 면을 볼 수 있어 기뻤다.

식당에서 나온 다음에는 2층 관람석이 아니라 1층 스탠드석에서 관전했다. 옥외라서 물 냄새가 나고, 모터 소리는 박력 있고, 바람도 상쾌했다. 아이리의 예상이 주권을 사지 않은 경주 때면 오히려 딱딱 맞아떨어져, 둘이서 아쉬워했다. 맞았을 때 아쉬워하게 되니, 그럼 맞지 않아야 하나? 하는 의문이 생겼지만, 빗나가는 것보다는 맞는 게 훨씬 신나니까 적어도 사쿠로서는 맞아서 아쉬워하는 것도 나름 즐거웠다.

마지막 경주까지 보고 경정장에서 나왔을 때, 사쿠의 눈에 아이리는 예전보다 한결 흥미로운 여자로 비쳤다.

사키가 사진을 보여 준 후로 다미코는 문득문득 셔닐 손수건과 그에 대한 실망이 떠오르곤 한다. 셋이 뭘 모르고 오해했을 뿐인데, 왠지 배신당한 듯한 기분이 드는 것이다. 검색도 해 보았지만, 화면에 뜨는 사진은 사키가 보여 준 것과 같은 스타일의 손수건이나 앞치마와 핸드백뿐이라, 다른 종류의 셔닐이 존재할 가능성은 없어 보였다. 셔닐을 설명하는 문구에는 18세기 말에 스코틀랜드에서 생겨난 직물이며 두 번의 제조 공정을 거쳐 만들어지고 앞과 뒤의 색감과 무늬가 똑같은 점이 특징이라는 것 외에 셔닐이 프랑스어로 송충이를 뜻하는 말이라고 쓰여 있어, 벌레를 싫어하는 다미코는 소름이 끼쳤다.

"송충이라고. 송충이 천이라는 이름, 누가 생각해도 불쾌하잖아."

다미코가 그렇게 투덜거리자, 리에는 웃으면서,

"그래도 이 사진 속 천에는 딱이잖아."

하고 말했다.

"도톰하고, 털이 약간 길면서 부드럽고, 색깔은 화려하고."

밤 10시, 웬일로 외출하지 않은 리에는 벌써 잠옷 차림이고, 이제는 정위치가 되어 버린 다미코의 방 독서용 안락의자에 앉아 있다. 최근의 리에는 낮에는 집을 찾아다니고, 밤에는 고사카라는 남자와 데이트하느라 바빠서, 사키가 '머리가 터질 것 같다'는 첫째 아들의 결혼 문제와, 그 얘기를 들은 날 후타코타마가와의 카페에서 본 사진에 대해 다미코는 이제야 겨우 얘기할 수 있게 되었다.

"어머, 상상했던 거랑 전혀 다르네."

사진을 보면서 리에는 그렇게 반응했을 뿐, 그리 놀란 표정은 아니었다. 하물며 충격을 받은 눈치도 없었다. 새로운 교우 관계로 마음이 강해졌는지도 모르겠다고 다미코는 생각한다.

"난 말이지, 캔털루프 멜론이 더 충격이었어."

고사카라는 남자에게 받았다는 쌀과자에 크림치즈를 바르면서 리에가 말했다. 다미코가 알기로, 쌀과자를 주는 남자는 리에의 상대로서 신종이다.

"캔털루프 멜론?"

다미코가 되묻자,

"설마, 잊었어?"

하면서 리에는 갑자기 얼굴을 찡그린다.

"그렇게 얘기를 많이 했는데? 거의 토론을 벌이다시피 했다고. 우부카타 교수에게 묻기까지 했는데."

기억나지 않았다.

"그랬어?"

"그래. 캔털루프 멜론과 네틀 수프. 둘 다 뭔지 몰라 수수께끼였는데, 우부카타 교수가 네틀은 쐐기풀의 일종이라고 가르쳐 줘서, 풀을 수프로 만들면 무슨 맛이 날지 상상하고 그랬잖아."

리에는 그렇게 말한다. 쌀과자를 오독오독 씹어 화이트와인과 함께 넘길 때만 조용하다.

"나, 캔털루프 멜론은 똑똑히 기억하는데, 참외처럼 표면이 매끈할 거라고 우리 셋의 의견이 일치했어. 단순하게 생겼고, 기품 있는 맛일 거라고 말이야. 그런데 사키와 다미코는 과육은 초록색일 것 같다고 했고, 나는 노란색일 거라고 했어. 왜 살이 노란 수박도 있잖아? 그래서, 속살이 노란 멜론도 있지 않을까 생각했던 거지. 초록은 너무 평범하다고 생각했는지도 모르고. 내가 왜 좀 비범한 데가 있잖아."

비범이라는 단어를 잘못 사용한 듯한 느낌이 들었지만, 잠자코 있었다.

"그런데, 그게 언제였더라. 캐나다의 슈퍼마켓에서 실물을 봤지 뭐야. 이 얘기, 안 했던가?"

안 했어, 하고 다미코는 대답한다.

"정말? 한 것 같은데. 됐고, 아무튼. 그런데 그건 속살이 빨간 머스크 멜론이었어. 사서 먹어 봤는데, 맛이 질더라고. 띵했지. 매끈한 표면도 아니고, 속살의 색깔도 그렇고, 기품 있는 맛과도 정반대였어."

얘기를 끝까지 다 듣고서도 다미코는 캔털루프 멜론에 대해 셋이 거의 토론을 벌이다시피 한 기억은 나지 않았다. 서양 소설에 등장하는 음식과 옷, 가구와 습관에 대해서 당시 셋이 관심이 많았다는 건 기억나지만.

"독서 동아리라는 게 원래 작가의 문체나 등장인물의 심리 같은 걸 얘기하는 장소일 텐데, 그런 얘기를 했다고? 기억이 전혀 없는데."

다미코는 그렇게 말했다. 그리고 말한 순간, 어쩌면, 하고 생각했다. 어쩌면, 우리 셋이 아닌 다른 회원이 그런 얘기를 했을지도 모른다고.

"캔털루프 멜론도 그렇고 셔닐도 그렇고."

리에는 자기 잔에 콸콸 소리 나게 와인을 따른다.

"우리, 참 오해가 많았던 인생이네."

그리고 남자에게 받은 쌀과자를 또 오도독 씹었다.

13

가오루는 하루 중에 아침을 가장 좋아한다. 아침에는 아직 시작되지 않은 하루를 모두가 고루 소유하고 있다고 느낄 수 있다. 가오루는 어렸을 때부터 아침에 일찍 일어났고, 학교에 가지 않는 날에는 평소보다 더 일찍 잠이 깨, 어머니가 제발 부탁이니까 잠을 좀 더 자라고 애원했을 정도였다. L자형 널찍한 툇마루가 있었던 그 집. 가오루의 방은 툇마루 모퉁이를 돌아 오른쪽에 있었다. 볕도 잘 들지 않고 마당도 보이지 않았지만 조용하고, 밤에 손님이 있어도 술자리의 소리가 들리지 않았다.

이른 아침에 눈을 뜨면 가오루는 귀를 쫑긋 세우고 파도 소리를 들으려고 했다. 이렇게 조용하니까, 들릴 거라고 생각했다. 실제로 들렸던 것 같은 때도 있었지만, 거리로 봐서 아마 착각이었을 것이다. 서늘한 하얀색 장지문과, 천장에 매달린 동그랗고 커다란 전등 갓 역시 서늘한 하얀색이었다.

어머니가 일어나 툇마루의 덧문을 열기 전에는 일어나면 안 되었지만, 기다리다 못해 때로는 살금살금 집안을 돌아다니기도 했다. 뒷마당과 마주한 쪽의 부엌과 창고와 욕실과 앉은뱅이책상이 있는 작은 방에는 덧문이 없어 어스름하고, 시간에 따라서는 부엌 창문으로 뒷마당에 있는 참새와 고양이가 보였다. 가족이 모두 자고 있는 고요한 집안이 마치 낯선 장소인 것처럼 서먹해서, 가오루는 오히려 재미있었다. 어머니의 슬리퍼를 신고 뒷마당에 나가 가까이 가면 안 되는 우물을 만져 보기도 하고, 쌓여 있는 빈 병을 세어 보기도 하고, 쓰레기통 안을 별 뜻 없이 확인하기도 했다. 가오루가 태어나고 자란 그 집에는 부모님과 할머니 할아버지가 있었고, 그 외에도 삼촌이나 큰이모라고 불리는 사람이 때로 같이 살았다. 그 시절의 그 집을 아는 사람은 이미 이 세상에 아무도 없다.

그런 생각을 하고 있는데, 리에가 부엌에 나타났다.

"잘 주무셨어요?"

"그래, 잘 잤니?"

대답하고는, 딸의 옛 친구에게서 눈을 떼지 못한다. 짧은 바지 차림이었기 때문이다. 빨강과 하양, 파랑이 섞인 줄무늬 짧은 바지에 몸에 딱 달라붙는 파란 티셔츠를 입었다. 그런 차림은 어린아이들이나 화보 속 여자들이나 하는 줄 알았는데, 어째 요즘은 달라진 듯하다. 아니면 이 아이가 특별한 것일까. 가오루는 어느 쪽인지 알 수 없었다.

"와, 아침부터 좋은 냄새가 나네요. 이거 뭐예요?"

습관적으로 주로 밤에 일하는 다미코는 아침에 늦게 일어나기 때문에, 오래전부터 가오루는 아침을 혼자 먹는다. 요즘은 리에와 둘이 먹는다. 음식을 가리지 않고 또 많이 잘 먹는 리에가 있으니 요리할 맛이 나서, 오늘 아침에는 호박 수프를 끓였다. 발사믹 식초를 뿌린 토마토샐러드도. 그리고 채소와 계란 요리를 하려고 시금치를 데쳐 놓았다. 데친 시금치를 버터에 볶은 다음 가운데를 동그랗게 비우고 그 자리에 계란프라이를 올린 요리는 죽은 남편이 좋아했다. 남편은 굴 소스를 뿌려 먹었다. 그냥 계란프라이는 소금을 뿌려 먹는 게 맛있지만, 이건 굴 소스가 최고라고 말하곤 했다.

"어머니, 이거 진짜 맛있네요."

수프를 한 모금 먹고 리에가 말한다. 뭘 만들어도 칭찬하니 공치사라고는 생각하지만, 정말 맛있게 먹어 준다. "아!" 하거나 "입에서 녹네" 하고 한 입 먹을 때마다 감탄의 소리를 흘리면서.

목소리만이 아니다. 리에는 말을 많이 하기 때문에 다미코에 관해 가오루가 몰랐던 정보가 슬쩍슬쩍 흘러나오기도 한다. 오늘도 그랬다. 최근에 알게 된 남자에 대해,

"체구가 작아서 어린 곰 같아요. 취미는 정말 놀라울 만큼 다양하고."

그렇게 묘사한 다음, 어쩌다 모모치 씨 얘기가 나왔다. 모모치 씨는 가오루도 몇 번 만난 적이 있지만, 다미코와 친한 편집자라고밖에 생각지 않았다. 그런데 리에는,

"그런데 말이죠, 헤어진 이유가 두 사람 다 기억나지 않는대요. 얼마나 웃기던지."

하고 말했다.

"정말 그 사람들답다고 할지. 저는 다른 건 다 잊어버려도, 상대방의 싫었던 점은 기억하고, 상대방에게 들은 심한 말은 오기가 나서라도 기억하는데."

가오루는 기억을 더듬어 본다. 큰 키에 마른 몸, 반백의 머

리, 안경, 예의 바르지만 존재감이 그다지 없는 남자. 그 정도밖에 기억나지 않는다. 가오루가 처음 만난 것은, 재봉실로 사용하던 방을 다미코 서재로 개조했을 때니까 10년 전쯤이다. 그 얼마 전에 남편이 죽어, 가오루는 하루하루가 삭막하던 시절. 불필요한 것을 처분하고 가구와 책을 옮기는 걸 도와주러 온 편집자 몇 명 중에 그도 있었다. 그전에도 젊은 사람들이 미팅을 하러 찾아오거나 출간된 책을 전하러 찾아오곤 했지만, 모모치 씨는 처음이라 그들의 상사인 줄 알았다. 그 후에도 가오루가 그를 본 것은 다른 여러 사람과 함께였다. 다미코가 문학상을 받던 때의 파티 자리, 해마다 다미코가 데려가 주는 벚꽃놀이 자리(올해는 발목을 삐어 못 갔지만)에서.

"모모치 씨와 다미코가 사귀는 사이였어?"

가오루가 묻자, 리에는 잠시 말이 없다가,

"에?"

하고 말했다. 눈을 크게 뜨고, 가여울 정도로 당황해서,

"아, 저는 다미코가 어머니 앞에서 모모치 씨가 만든 오코노미야키 얘기도 하고, 모모치 씨도 어머니 얘기를 하기에, 아시는 줄 알았어요."

하고 말을 후르르 쏟아낸다.

"아, 죄송해요. 제가 그만."

"괜찮아, 괜찮아. 신경 안 써도 돼."

가오루는 그녀를 안심시킨다.

"노인네는 돌아서면 다 잊어버리니까. 지금 무슨 소리를 들었는지도 벌써 잊었어."

그런데도 리에는 안심하지 못한 듯,

"아주 옛날 일이에요, 학창 시절."

하고 마치 그 말이 가오루에게 위로가 될 것처럼 덧붙였다. 가오루는 더욱이 놀란다. 학창 시절. 그렇다면 10년 전에 만난 사람도 아닌 셈이다.

"이건, 굴 소스 뿌려서 먹으면 맛있어."

시금치 계란 요리 접시를 테이블에 내놓으면서 슬쩍 물어본다.

"모모치 씨란 사람, 편집자 아니야?"

"아니에요. 그 녀석은 광고 기획사. 지금은 퇴직해서 핑핑 놀고 있지만."

"아, 그래."

대답은 했지만, '그 녀석'과 '핑핑 논다'란 말에 가오루는 가벼운 충격을 받는다. 외국에서 오래 산 리에조차 그 녀석이라고 할 만큼 친한 사이인 것 같은데, 그런 사람이 '핑핑 놀게' 되도록 자기만 아무것도 몰랐다니.

당황스러움이 이제 잦아든 듯 리에는 굴 소스를 살짝 뿌린 시금치로 노른자를 휘감아 입에 넣고는,

"음. 진짜 맛있네."

하고 말했다.

낮에는 날씨가 개었는데, 저녁 하늘은 붉은 기를 품은 회색이라 금방이라도 비가 내릴 것 같았다. 그렇게 생각한 순간 번개가 치더니 잠시 후에 구르릉 하는 큰 소리가 들렸다. 창가에 있던 사키는 놀라서 목을 움츠리고는 바로 뒤돌아 확인했지만 침대 속 시어머니는 겁을 먹기는커녕 즐거운 표정으로 남편에게 자기 얘기를 하고 있다. 내가 이래 뵈어도, 이제 곧 아흔이에요, 하지를 않나, 이런 꼴을 하고 있어서 죄송합니다, 하기도 하고. 시어머니가 당신 아들을 얼마나 인식하고 있는지는 참 미묘하다. 남편이 방에 들어서자마자, "어머니, 저 왔어요" 하고 말했을 때는, "역시, 그럴 줄 알았다" 하고 대답했는데, 이내 눈동자가 허공을 맴돌았다. 시어머니는

요즘 들어 모르면서도 아는 척할 때가 있다.

그 후 잠시 아무 말 않고 상황을 살폈고, 당신 '꼴'에 대해 몇 번이나 사과하고는,

"지금은 이런 곳에 있지만, 곧 돌아갈 수 있어요."

하는 거짓말로 허세를 부려서 남편은 아무 대꾸도 하지 못했다. 그런가 하면 "도오루" 하고 불쑥 남편 이름을 불러 놓고, "살이 많이 쪘구나" 하거나 "미사토 씨는 잘 지내니?" 하고 묻는 등, 돌발적으로 잠깐씩 정신이 돌아오기도 했다.

미사토 씨가 도오루의 옛날 애인 이름이란 것을 아는 사키는, 아무튼 시어머니 기분이 좋은 것 같아 안도했다. 기분이 안 좋을 때는 한마디도 하지 않기 때문이다.

"나, 세탁실에 좀 다녀올게."

사키가 말하자, 남편은 불안한 표정을 지었다.

구르릉, 하고 또 천둥소리가 울렸다. 비는 내리지 않는데, 하늘 여기저기에서 번개만 번쩍거린다.

"어머니, 언제부터 계속 누워 지내는 거야?"

돌아오는 차 안에서 남편이 물어, 사키는 좀 놀란다.

"계속 누워만 있는 건 아니야. 오늘도 식당까지 걸어 가셨잖아."

방으로 가져다 달라고 할 수도 있는데, 오늘 시어머니는 3시의 간식을 식당에서 먹었다. 간식은 포도 젤리였고, 단맛이 더 필요한 사람을 위해 조그만 봉투에 든 잼이 옆에 놓여 있었다.

"방에 있을 때는 계속 침대에 누워 계셨잖아, 거기 입주했을 때부터."

"그렇지 않았다고."

남편이 말했다.

"1층 담화실에서 면회한 적도 있잖아."

사키는 어이가 없다.

"그건, 3년 전에 딱 한 번이었어."

그때는 같은 방을 사용하는 하마모토 씨 가족에게 불행한 일이 있어 방에서 심각한 얘기가 오갔기 때문에 자리를 피해 준 것이었다. 담화실은 넓은 데다 예약을 할 수 있어서, 지금도 사용하려면 얼마든지 사용할 수 있다. 그런데 시어머니가 담화실에 있는 검은 소파와 벽화를 보면 기분이 울적해진다고 싫어해서 사용하지 않을 뿐이다. 그 얘기는 예전에도 했는데.

앞 유리창에 첫 빗방울이 떨어졌나 싶더니, 순식간에 비가 쏟아지기 시작했다. 장마철에 내리는 비가 아니라, 한여름에 불쑥 내리는 소나기 같다. 또는 가을에 몰려온 태풍.

집에 돌아온 사키를 현관에서 강아지가 맞아 주었다. 강아지와 가이와 그의 연인 나가미네 가온. 예고도 없이 나타난 둘은 만면에 미소를 띠고 있고, 강아지는 사키에게 주는 선물이란다. 까맣고, 조그맣고, 털이 복슬복슬한 강아지. 사키는 의미를 알 수 없었다.

리쿠토와 헤어졌다는 사실을 존 이모에게는 알려야 한다고 생각하지만, 마도카는 아직 그러지 못하고 있다. 존 이모도 그렇고 지금은 아무도 만나고 싶지 않은 탓도 있지만, 누군가에게 말하고 나면 헤어졌다는 게 현실이 될 것만 같아서, 아니 이미 현실이지만 돌이킬 수 없는 현실이 될 것만 같아서, 마도카는 그게 두려웠다. 아무에게도 얘기하지 않은 지금은 그래도 아직 리쿠토가 그 말을 철회할 여지가 있을 듯한 기분인 것이다.

전철 안에서 보이는 하늘은 호러 영화처럼 스산한 색이다. 비는 내리지 않는데, 간간이 번개가 번쩍거린다. 습기 때문에 안개가 엷게 껴서 그런지, 어째 불꽃놀이 같다고 마도카는 생각한다. 소리가 빛보다 늦게 들리는 것도, 공기가 부옇게 보이는 것도.

직장이 있는 고탄다역에서 집이 있는 오오카야마역까지는 전철을 한 번 갈아타야 하는데, 밖이 보이지 않는 지하철에서 밖이 보이는 민영 전철로 바꿔 탄 순간 생활권으로 돌아온 느낌이 들면서 원래의 자신으로 돌아가는 탓에 피로가 몰려온다. 아무도 만나고 싶지 않아도 회사에는 가야 하고, 가면 또 그런대로 사람들과 얘기도 하고 웃기도 하지만, 생활권으로 돌아와 원래 자신으로 돌아간 순간이면 리쿠토의 부재가 엄습한다.

안 그럴 수 없다. 8년. 열아홉 살 때부터 8년을 마도카는 리쿠토와 함께 했다. 지금까지 살아온 인생의 삼분의 일에서 1년이 모자랄 뿐이다. 거의 삼분의 일. 그렇게 생각하면, 뭘 어째야 좋을지 알 수 없어진다.

전철에서 내리자, 기다렸다는 듯이 비가 내리기 시작했다. 개찰구에서 나와 가방에서 꺼낸 접이식 우산을 펼친다. 리쿠토와 헤어졌다는, 보다 정확하게 말하면 리쿠토에게 차였다는 사실을 공표하자니 내키지 않지만, 그 집에는 리쿠토가 드나들고 가오루 씨는 리쿠토가 일하는 스포츠 센터에 다니고 있으니, 얘기가 먼저 전해지는 것도 불편하다. 헤어졌다는 사실만 간단히 문자로 보고하자고 결정하고, 마도카는 집을 향해 낯익은 길을 걸어간다. 낯익은, 그러나 지난주와는 모든 것이 달라 보이는 길을.

"안 돼."

사키는 말했다.

"절대 안 돼."

하고 단호하게.

"왜. 엄마, 강아지 엄청 좋아하잖아. 옛날에 랄프가 죽었을 때는 며칠이나 울고, 밥도 잘 못 먹어서 깡말랐잖아."

거실에 우뚝 선 채 가이가 말한다. 조금 전까지 강아지와 놀아 주다가, 놀다 지친 강아지가 잠이 들자 나가미네 가온은 바닥에 납죽 앉아 홍차를 마시고 있다. 소파에 나란히 앉아 있는 남편과 둘째는 아무 말 않고 거북한 표정으로 상황을 지켜보고 있다.

"그래서 그렇다고. 그렇게 슬픈 일은 두 번 다시 겪고 싶지 않아."

골든 레트리버 랄프는 그때껏 사키가 키운(랄프 외에는 친정에서 키웠다는 의미이다) 몇 마리나 되는 개 중에서 특히 영리하고, 또 특히 온순했다. 랄프를 잃은 아픔이 너무 커서 사키는 두 번 다시 동물을 키우지 않기로 마음먹었다.

"게다가 개를 키우려면 체력도 기력도 필요하다고."

"그런 건 충분히 있잖아."

여전히 우뚝 선 채 가이는 말한다. 강아지는 생후 2개월 된 토이푸들, 첫 예방접종도 마이크로칩 등록도 이미 다 했다고 한다.

"아무튼 안 돼. 너희들이 키우든지, 산 곳에 되돌려 줘."

죄 없는 강아지를 최대한 보지 않으려 애쓰면서 사키는 말했다.

"왜 이런 생각을 했는지 모르겠네."

하고 다시 말을 이었지만, 사실은 쉬이 짐작이 갔다. 아마도 가온이 제안했을 것이다. 얼마 전에 만나고서 알았는데, 가이는 벌써 가온에게 꽉 잡혀 있었다. 아들이 완전히 독립하는 셈이니까 어머니가 무척 허전할 거다, 그러니 그 빈자리를 메울 것이 필요하다는 둥 하고. 어이가 없다. 이 집에는 손이 많이 가는 남자가 둘이나 있고, 보살펴야 하고 보살핀 만큼 풍요롭게 답해 주는 마당도 있다. 그런데다 시설에 있기는 하지만, 늙은 시어머니도 보살펴야 한다. 그런데 뭐가 부족하다는 것인지. 요는 둘이서 사키의 마음을 다른 데로 돌리려는 속셈이다. 그렇게 생각하자 화가 났다. 분개하는 선을 넘어 피가 거꾸로 치솟을 것 같은데, 그건 사키의 방식이 아니다. 그래서,

"사양하겠어."

하고 냉정하게 말했다. 그런데, 옆에서 남편이 끼어들었다.

"그래도 소형견이라서 랄프보다 키우기도 쉬울 것 같은데. 한번 키워 보는 것도 괜찮지 않겠어?"

하고, 아주 점잖게.

"맞아. 이렇게 데려왔는데."

둘째까지 합세한다.

"문제는 가이와 가온 씨가 무슨 생각으로 이 강아지를 데려왔느냐, 그거지."

사키는 그렇게 말했는데,

"아까 말했잖아, 선물이라고."

하는 가이의 대답으로 사키의 말은 김이 빠지고 말았다.

"이름 짓자, 이름."

둘째가 호들갑을 떤다. 그때 가온이 가이를 슬쩍 쳐다보

며 '그것 봐' 하는 식으로 미소 지어, 사키는 화가 치밀어 죽을 것만 같았다.

다미코가 일 때문에 바빠서 오늘은 밤중에 와인을 같이 마실 수 없다고 해서, 리에는 혼자 마시고 있다. 오늘 딴 와인은 이름이 파더즈 아이즈라서 미국이나 호주 와인일 줄 알았는데, 라벨을 보니 이탈리아산 샤르도네였다. 안줏거리를 찾으려고 냉장고를 뒤져 보았지만 마땅한 게 보이지 않았다. 유일하게 눈에 띈 락교와 빨강과 검정 통후추를 안주 삼아 마시고 있다. 한밤의 타인의 집은 참 고요하다. 에어컨이 돌아가는 소리밖에 들리지 않는다. 리에는 고사카를 생각하고 있다. 아니, 고사카보다는 고사카에 대한 자신의 마음을.

가벼운 마음이었다. 재미있고 해가 없는 남자로 여겨졌고, 가끔 만나 식사를 하거나 술을 마시는 상대로 좋은 사람이라고 생각했다. 실제로도 그랬다. 다음 주에도 또 만나기로 약속했다. 그러나 리에는 그런 자신이 마음에 들지 않았다. 이럴 게 아니었다고 생각한다. 이래서는 안 된다고 생각한다. 어린 소녀도 아닌데 자기도 모르게 고사카를 생각하고 있고, 전화기가 진동할 때마다 기대하곤 하다니. 리에로서는 상대가 자기에게 푹 빠지게 하고 싶지, 자신이 푹 빠지고 싶은 게 아니다.

"말이 안 되지."

그만 말로 나오고 말았다. 원래 누군가에게 말하면서 머리를 정리하는 스타일의 인간이다. 사키에게 전화를 걸어 볼까 생각한다. 그러나 시간이 벌써 12시에 가깝다. 마당을 손질하기 위해 일찍 일어나고, 날마다 둘째 도시락을 싸는 모범 주부인 그녀에게 전화를 걸 시간이 아니다. 런던에 있는 누군가를 떠올린다. 시차가 있으니 그쪽은 대낮이다. 그러나 운 좋게 누군가와 전화가 이어졌다 해도 어색한 대화가 될 게 뻔하다. 오랜만이네, 잘 지내? 잘 지내지, 그쪽은? 그쪽은 어때? 양쪽 다 이내 할 말이 없어져, 보고 싶네, 네가 없어서 모두가 허전해하고 있어, 그런 무난한 대화만 이어질 것이다. 일본에 오면 연락해, 그럼 당연히 연락해야지.

결국은, 연락처를 계속 밀어 내리면서 리에는 생각한다. 결국은, 내가 속을 터놓고 얘기할 수 있는 사람은 다미코와 사키뿐이네. 연락처에 이렇게 많은 사람 이름이 등록되어 있는데, 그중에는 과거 한때 친밀했던 사람도 있는데.

14

아스팔트에서 아지랑이가 피어오른다. 7월이 되었고, 햇살은 한여름처럼 쨍쨍하다. 가오루는 양산을 쓰고 걸으면서, 다미코를 생각하고 있다. 다미코와 모모치 생각을. 어떤 관계인 걸까. 학창 시절에 사귀다가 헤어진 후에도 우정이 계속되고 있는 것일까. 가오루가 그 이름을 듣게 된 때는 10년 전쯤이었으니, 그 무렵에 재회했는지도 모른다. 우체국 앞을 지나고 쌀가게 앞을 지난다. 슈퍼마켓까지는 걸어서 20분 거리다.

딸의 지금까지의 인생에서 모모치 씨 외에도 연인이랄 수 있는 남자가 물론 있었을 텐데, 가오루는 한 사람도 모른다. 아예 타인인 리에는 학창 시절부터 지금에 이르는 사이에 만난 여러 남자 얘기를 재미나게 때로는 불평을 섞어 가며 들려 주고, 최근에는 리쿠토 군도 가오루를 믿고 이성에 관한 상담을 청하는데.

하기야 가오루 자신도 젊은 시절에 어머니에게 모든 것을 털어놓은 것은 아니었으니까, 그 업보인지도 모르겠다.

슈퍼마켓 안은 춥다 싶으리만큼 냉방이 들어오고 있다. 이 슈퍼마켓에는 65세 이상의 고객이 산 상품을 무료로 집까지 배달해 주는 서비스가 있어서 안심하고 장을 볼 수 있다. 식료품은 정말 무겁기 때문에 예순다섯 살 전의 자신이 배달 서비스 없이 어떻게 장을 봤는지, 지금은 상상이 되지 않는다. 카트를 밀면서 가오루는 천천히 통로를 나아간다.

당연한 일이지만, 다미코가 누구를 사귀든 사귀지 않든 아무 상관 없었다. 하지만 누구든 옆에 있어 주는 사람이 있는지 없는지는 신경이 쓰였다. 리에나 사키 같은 여자 친구가 아닌 누군가가.

카트에 양상추를 담고 오이를 담는다. 강낭콩을 담고, 토마토를 담는다. '골드 러시'와 '달콤한 아가씨'라는 두 종류의 옥수수를 보고서 망설이다가, 결국 양쪽이 한 개씩 들어 있는 '맛보기 세트'를 집었다. 고구마도 담고, 양배추도 담는다.

내가 죽으면 다미코는 그 집에 혼자 살게 된다, 하고 가오루는 생각한다. 집을 팔고 다른 곳으로 이사할 수도 있지만, 혼자인 것은 변함없다. 혼자서 살아갈 수 있을까. 그 아이는 아마 양배추 값도 양파 값도, 다짐육 값도 모를 텐데(오늘 저녁은 양배추롤을 만들려고 한다). 그런 것도 모르면서 소설을 쓸 수 있으랴 싶은데, 쓰는 것 같으니 알 수 없는 노릇이다.

만약 다미코에게 다소나마 글재주가 있다면, 그건 그 아이가 어렸을 때부터 책을 좋아하고 또 많이 읽었기 때문에 키워진 재주일 것이다. 그리고 가오루는 남몰래, 다미코가 책을 좋아하는 것은 자기에게서 물려받은 유전이 틀림없다고 확신하고 있다. 가오루도 옛날에는 문학소녀였다. 그래서 사고가 보수적인 아버지는, 그렇게 책만 읽고 지혜가 많아지면 데려갈 남자가 없어진다고 위협하곤 했다. 죽은 남편은 전문서적만 읽었지 소설은 읽지 않는 사람이었다. 남편의 친가에는 책장에 멋들어진 문학 전집이 꽂혀 있었지만, 누가 읽은 흔적은 없었으니 어떻게 생각해도 자기 쪽 피일 것이다.

하야마에서 마음에 쏙 드는 물건을 발견하고서, 확약은 할 수 없다는 부동산 사람과 일전을 치러 일주일 동안은 다른 손님에게 보여 주지 않는다는 유예 기간까지 얻어낸 리에는 신나게 도쿄로 돌아왔다. 제3게이힌도로는 텅 비어 있었다. 차창 밖 햇살은 눈부시고, 그런 것까지 그 집을 꼭 사야 한다는 암시로 느껴진다. 다마가와에서 고속도로를 빠져나와 늦은 점심을 먹으려고 가게를 찾고 있는데 전화가 울렸다. 사쿠였다. 지금 경찰서에 있다고 했다. 보호자가 데리러 오지 않으면 돌려보내 줄 수 없다고 하는데, 미안하지만 와 줄 수 있겠느냐고 한다.

"어, 왜 무슨 일이야? 괜찮아?"

사고라도 당했나 하고 당황했는데, 그런 게 아니라 친구와 주권을 사다가 들켰다고 설명했다. 리에는 두말 않고 곧바로 가겠다고 대답했다. 경찰서의 주소를 물어 내비게이션에 입력한다. 주권이 뭔지는 몰랐지만, 대학 시절에 리에도 몇 번 사거나 판 적이 있는 파티 입장권 같은 것일까 하고 상상했다.

경찰서는 모던한 건물이었다. 차콜 그레이 색에 그런대로 높은 건물이고, 각 층에 창문이 가지런히 정렬해 있다. 안내 창구의 남자에게 용건을 말하자, 엘리베이터를 타고 3층으로 가라고 안내해 주었다. 취조실 같은 곳에 잡혀 있나 했는데, 사쿠와 여자 친구는 전혀 다른 곳에 있었다. 엘리베이터에서 내리자 바로 보이는 로비 같은 장소에 둘이서 캔 콜라를 손에 들고 있었다. 다가가자,

"어머니세요?"

하고 옆에 있는 피부색이 검은 남자가 물었다.

"큰고모예요."

하고 리에는 대답한다.

"빨리 왔네."

사쿠가 그렇게 말해서,

"막 밟았지."

하고 대답한 리에는 움찔한다. 시속 몇 킬로미터였느냐고 물으면 어쩌지, 하는 생각이 나서였는데, 남자는 아무 질문 없이 다른 방으로 안내했다.

피부색이 검은 남자는 불법 도박 단속반의 가가미라고 자신을 밝히고, 경정장에서 교복 차림으로 주권을 사는 장면을 어쩌다 목격, 놀라서 말을 걸었다고 했다.

"경정장?"

리에는 놀란다.

"네, 도박입니다."

가가미가 반응을 살피듯 리에를 본다. 눈이 꽤 큰데, 눈 밑에 처진 살은 눈보다 더 컸다.

"평일 대낮에."

하고 덧붙인다.

"저런."

하는 소리가 나오고 말았다. 그렇다면 사쿠는 학교를 땡땡이치고 여자 친구와 도박을 했다는 얘기다.

"저."

여자아이가 나섰다.

"아까도 말했지만, 제가 가자고 했어요. 주권을 산 것도 주로 저였고."

사쿠를 감싸려고 하다니 정말 착한 아이네, 하고 리에는 생각한다. 겁먹지 않는 당당한 태도도 훌륭하다.

"그런 건 문제가 아니라는 거, 알잖아? 미성년자는 도박을 하면 안 돼. 법률에 그렇게 정해져 있다고. 그러니까 너희들은 오늘 법률을 위반했어. 법률에 위반되는 짓을 범죄라고 한다. 알겠어?"

끈끈한 말투는 마음에 들지 않았지만, 가가미가 하는 말에 일리가 없는 것은 아니었다.

"아이들이 그런 잘못을 해서 정말 죄송합니다."

리에는 그렇게 말하고 머리를 깊이 숙였다.

"이런 일이 두 번 다시 없도록 잘 타이를게요."

리에는 둘에게 사과하라고 일렀다.

"원래는 학교에도 연락해야 하지만, 이번이 처음 일인 듯하고, 아이들이 착실해 보이기도 해서……."

집요하게 계속되는 가가미의 말을 얌전히 듣고 있자니 엔도 아이리(여자아이 이름이다)의 아버지가 도착(그야말로 바람처럼 방으로 뛰어 들어왔다), 사건에 대한 설명이 또 한차례 시작된다. 아이리의 아버지는 처음부터 허리를 굽실거리며 사과했다. 딸이 경정에 관심을 갖게 된 것은 자기 탓이고, 이번 일도 모두 자신의 감독이 미치지 못한 탓이라고 몇 번이나 말했다. 서둘러 온 탓인지, 땀을 뻘뻘 흘리고 있다. 고등학생 딸이 있는 아빠치고는 젊어 보이는 남자였다. 티셔츠에 청바지를 입은 차림으로 봐도 회사에 다니는 보통 회사원 같지 않다. 리에는 무슨 일을 하는지 묻고 싶어 입이 근질근질했다.

오후 4시가 넘어서야 서류에 서명하고 해방되었다. 경찰서 건물에서 나오자 아이리의 아빠는 리에에게도 사과했다.

"죄송합니다. 어디로 튈지 모르는 딸이라."

그렇게 말했는데, 사과하는 말치고는 목소리가 자랑스럽게 들려, 리에는 흐뭇해진다. 아버지에게 직업을 물어, 음식점을 하고 있다는 것을 알았다. 여름날의 늦은 오후, 아직 햇살이 환하다. 구류되었던 것도 아닌데 바깥 공기가 반가워 리에는 숨을 크게 들이쉬었다.

"자, 이제 어떻게 된 일인지 설명해 봐."

엔도 부녀와 헤어진 다음 주차장으로 가면서 리에가 말한 탓에, 차에 오르자마자 경정의 재미를 역설하는 사쿠의 장광설을 듣는 신세가 되었다.

"이게 그냥 이기고 지는 문제가 아니라, 레이서들끼리 경쟁하는 게 다 보인다는 게 재미있어. 고모도 꼭 봐야 한다고."

"전혀 반성하지 않는구나."

리에가 그렇게 말하자, 사쿠는 갑자기 조용해지더니,

"죄송합니다."

하고 말했지만.

부모가 아니라 리에에게 전화를 걸었다는 것은 사쿠가 오늘 일을 부모에게는 알리고 싶지 않다는 뜻이리라. 리에로서도 기분이 나쁘지는 않았다. 그러나 어른의 양식으로, 그들에게 아무 말 하지 않을 수는 없다.

그래서 그런 얘기를 하자,

"알아."

하고 사쿠는 짧게 대답했다.

"아이리, 재미있는 아이네."

리에는 화제를 바꿨다.

"귀엽고, 행동력도 있어 보이고. 조금은 그 옛날의 고모 같기도 하고."

"에에."

사쿠가 웃었다.

"안 닮았는데."

이렇게. 리에는 차를 몰면서 생각한다. 언제까지 이렇게, 사쿠가 나를 믿고 따라 줄까. 대학교에 입학할 때까지? 사회인이 될 때까지? 아니면 애인이 생길 때까지일까. 어느 때이든, 그리 멀지 않았을 것이다.

랄프가 강아지였을 때를 사키는 지금도 잘 기억하고 있다. 커서는 영리하고 온순하고 충실하고, 아이들에게도 착하게 구는 최고의 개였지만, 강아지 시절에는 개구쟁이에 한시도 가만히 있지 않았다. 몸은 조그만데 힘은 세고, 거실 스탠드나 화분의 식물 등 아무튼 서 있는 것은 쓰러뜨리는 것이라고 알고 있는 듯했다. 커튼을 물고 잡아당겨서 레일이 벽에서 떨어진 일도 있었고, 등나무 빨래 바구니를 물어뜯어 해체해 버린 일도 있었다. 침대에 뛰어올라서는 이불을 죄 찢어서 온 방에 깃털이 날린 일도 있었다. 그때는 정말 눈이 내린 것처럼 풍경이 아름답고, 한가운데 동그마니 앉아 있는 랄프가 귀여워 행복했던 날들의 추억으로 남아 있지만 사실은 하루하루가 대소동이었다. 랄프의 에너지는 끝이 없었고, 거기에 휘둘리는 사키는 당황스럽고 힘이 빠졌다.

검정 토이푸들은 랄프와 전혀 달랐다. 집에 와서 처음 며칠은 여기저기 탐색하듯 돌아다니더니 사흘이 지나자 차분해졌고, 그 후로는 믿기지 않을 정도로 얌전하게 지내고 있다. 첫 검진 날 수의사에게 혹시 어디가 좋지 않은 건 아니냐고 물었을 정도다. 의사는 아주 건강하다고 확인해 주었다.

동글이(얼굴이 동그랗다고 둘째가 지어 준 쉬운 이름)는 절대 짖지 않았고, 깨어 있을 때는 종일 사키 뒤를 졸졸 따라다녔다. 식욕은 좋아 일단 안심했지만, 장난감에는 조금도 관심을 보이지 않는다. 그래도 뭔가를 던져 주면 사키에게 의리를 지

키듯 마지못해 가지러 간다. 화장실 훈련도 바로 익혀서, 지금까지 실수한 적이 한 번밖에 없다.

놀라우리만큼 손이 안 가는 강아지다. 그리고 당황스러우리만큼 귀엽다. 사키는 자신이 강아지의 체온과 얇은 피부의 부드러움, 안았을 때 팔에 올려놓는 조그만 턱의 감촉, 발바닥의 토실토실하고 마른 느낌, 언어가 아니라 눈과 온몸으로 하는 말, 그런 모든 것을 이렇듯 원할 줄은 꿈에도 몰랐다.

이른 아침, 사키가 마당에 나가면 동글이도 따라 나온다. 지금은 마당에 있는 모든 틈새마다 잡초가 뻗어 나오는 계절, 뽑아야 하는 잡초와 남겨 두어도 괜찮은 잡초를 선별하는 데 시간이 걸린다. 나뭇가지에 구멍을 뚫는 하늘소 무리나 잎을 갉아 먹는 달팽이가 보이면 잡아 없애야 하고, 이파리 뒤에 정체불명의 까만 알이 붙어 있으면 칫솔로 문질러 일일이 떨궈 내야 한다. 그러는 동안 언제나 동글이는 사키 발치에 있다. 장난감에는 관심이 없으면서, 물을 뿌리는 호스를 가지고 장난치는 건 좋아한다는 것도 알았다. 손발이며 코며 흙투성이가 될 게 뻔해서 처음 며칠은 동글이를 집 안에 두고 사키 혼자 마당에 나갔다. 그럴 때마다 동글이는 마치 생이별이라도 하는 것처럼 애처롭게 울었다. 사키는 단단히 마음먹고 유리문을 닫고 나오지만, 동글이는 사키가 돌아올 때까지 그곳에서 한 발짝도 움직이지 않았다. 유리 너머로 빤히 쳐다보는 눈길을 견딜 수 없어 결국은 문을 열어 주게 되었다. 그리고 지금, 사키는 정신을 차리고 보면 작업을 하면서도 동글이에게 말을 걸고 있다. 누구의 간섭도 없이 혼자 식물과 지내는 시간을 좋아한다 여겼는데, 순식간에 동글이가 없는 시간은 생각도 할 수 없게 되었다.

베란다에서는 물론, 2층에 있는 욕실 창문에서도 산이 보인다. 리에는 그 점이 마음에 들었다. 역에서는 거리가 꽤 되지만 버스가 다니고, 차가 있다면 별문제가 안 될 것이고, 근처에는 비교적 연배의 어르신들이 많이 살지만 차분하게 생활하기 때문에 소음 등의 문제도 없을 것이며, 도보 권내에 있는 다른 주택지에는 젊은 가족도 많으니 앞으로 발전도 기대할 수 있을 것이라고 리에는 이미 들은 내용을 부동산 가게 아주머니가 고사카에게 설명하고 있다.

만난 지 얼마 되지 않은 고사카에게, 최종 결정을 하기 전에 같이 가서 집을 봐 줬으면 한다는 부탁을 하려니 꺼려졌다. 아니 솔직히 말하면 화가 났다. 마치 남자에게 기대지 않고는 아무것도 못 하는 여자 같기 때문이다. 그러나 집을 산다는 것은 리에에게 아주 중요한 일인데 혼자서 판단하기가 불안했다. 다미코나 가오루 씨에게 부탁할까 생각도 했지만, 그 두 사람은 이런 일에는 적합하지 않다고 할지, 주위 경치나 인테리어에 정신이 팔려 그저 멋지고 좋다고만 할 것 같았다.

"좋은데요."

집 안을 쭉 돌아본 고사카가 말했다.

"바람이 잘 통하게 창문의 위치를 고려한 점이 좋군요."

인테리어를 새로 한 중고물건이지만, 리에는 매입 후에 다시 손볼 생각이었다. 마음에 들지 않는 거실 바닥재를 교체하고, 조명 기구도 전체를 교체한다. 부엌 벽지도 다소 어두운 느낌이라 새로 바르고 싶었다.

"슬슬 올 때가 되었는데."

리에가 그 자리에서 이제 물러나려고 했을 때, 고사카가 그런 말을 했다.

"누구?"

놀라서 물어보니, 아는 부동산 감정사라고 대답했다. 사전에 말해 주지 않아 아무것도 몰랐던 리에는 화를 내야 할지 고마워해야 할지, 잠시 헷갈린다. 그리고 후자를 선택했다.

부엌 창문이 열려 있어 지저귀는 새소리가 잘 들린다. 삐추 삐추, 치르, 치르르 하는 통통 튀는 소리 사이로 휘파람새 소리도 들린다. 휘파람새 소리는 너무 또렷해서 다른 새로 착각할 수 없다. 가오루는 올해는 휘파람새가 꽤 늦게까지 운다고 생각하고는, 대량의 중국 산초 열매를 가지에서 훑어 내던 작업을 멈췄다. 작은 새가 우는 것은 구애와 둥지를 만들 때 필요한 위협 때문이라고 들은 적이 있다. 그렇다면 새의 세계에도 만혼이랄까, 뒤늦게 짝짓기를 하는 개체가 있다는 뜻일 것이다. 그렇게 생각하자 왠지 흐뭇해졌다.

중국 산초 열매는 해마다 와카야마에 있는 농가에서 택배로 보내 주고 있다. 소금물에 살짝 데친 다음 물기를 빼고 냉동하면 1년 내내 먹을 수 있다. 열매를 가지에서 훑어 내고 있자니 자신의 손가락에서 시원한 냄새가 피어올라, 아아 올해도 여름이 왔구나, 하고 느낀다. 산초 열매를 가오루의 남편은 '그 동그란 것'이라고 불렀다. 후추알도 동그랗고, 포도알도 완두콩도 동그란데 남편이 말하는 '그 동그란 것'은 언제나 산초 열매였다. 그는 산초 열매가 들어간 요리를 좋아했다. 그래서 가오루는 고기찜을 할 때도 넣고, 튀김 요리에도 사용하고, 밥을 지을 때도 섞곤 했다. 지금도 그렇게 하고 있고, 그럴 때마다 남편이 '오, 그 동그란 것이군' 하고 말하던 목소리와 그때 표정을 떠올린다. 절로 떠오르는 게 아니라 떠올리는 것이다. 그렇게 생각하고 가오루는 슬며시 웃는다. 남편은 이미 죽고 없지만, 자신은 언제든 그러고 싶을 때 그를 떠올릴 수 있고, 바로 옆에 있는 것처럼 그의 존재를 느낄 수 있다. 살아 있는 남자는 옆에 없었으면 할 때도 있고, 있었으면 할 때는 없기도 한다.

파릇파릇한 열매를 물이 펄펄 끓는 냄비에 와르르 쏟아 넣고, 다미코도 그렇지만 리에도 사키도 심지어 마도카도 살아 있는 남자를 상대해야 하니 참 힘들겠다고 가오루는 생각한다. 다미코에게 지금 그런 상대가 있는지 없는지는 모르겠지만.

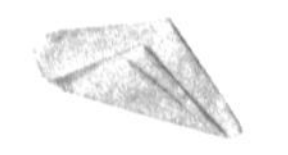

15

얼음물이 담긴 대야에 큼지막한 수박이 들어 있다. 살풍경한 방 한가운데에 그런 대야가 자리하고 있는 모습이 도무지 이상해서, 다미코는 그 자리에 우뚝 서고 말았다.

"선물이란 게, 이거야?"

"응."

모모치는 대답하고,

"너무 커서 냉장고에 들어갈 것 같지 않아 대야도 사 왔어. 운치 있지?"

라고 말한다. 서 있지 말고 앉으라는 말도.

"가가와현이 수박으로 유명하던가?"

"유명한지 어떤지는 모르겠지만 많이 팔더라고. 그리고 맛있어 보여서 택배로 보내 달라고 했지."

그러니 선물이라기보다 자기가 먹고 싶어서 산 게 맞을 테고, 날짜와 시간을 정해 놓고 오라고 한 것을 생각하면 참 일방적이라는 느낌이 들지 않는 것도 아니지만, 일부러 대야와 얼음을 준비해 연출한 성실함이랄까, 한가한 사람이나 차릴 수 있는 성의가 밉지는 않았다.

"내년도 달력이야?"

각도를 바꿔 가며 수박 사진을 몇 장이나 찍는 모모치에게 다미코가 물었다. 퇴직 후에 모모치가 시작한 몇 가지 활동 중에는 달력을 만드는 작업도 있다. 일기 대신 찍은 사진 가운데 잘 나온 것을 골라 몇 부 제작하는 그 달력을 모모치는 다미코에게도 보내 준다. 다미코 외에는 두 아들과 여동생에게만 보내 준다고 하는데, 가족처럼 허물없이 대해 주는 건가 싶으면 기쁘기도 한 반면, 그런 걸 받아 봐야 처치가 곤란할 뿐이라는 마음도 다미코에게는 없지 않다. 광고 기획사에 다녔던 전력이 있는 만큼 완성된 달력은 아름답지만, 사진을 보면 모모치의 나날을 엿보는 듯한 기분이 들어 민망해서 도저히 사용하고 싶지 않다. 옛날에는 모모치가 좀 더 눈치가 있지 않았나 싶은데, 그렇게 생각하면서도 자신은 없다. 어쩌면 옛날부터 이런 부분에서는 자기 멋에 살고 눈치 따위는 없는 남자였는지도 모르고, 젊은 다미코에게는 그게 보이지 않았을 가능성도 있다.

사진을 충분히 찍었는지 모모치가 칼과 도마를 가져와 수박을 잘라 준다.

"있다가 절반 가져가. 어머니와 리에 씨도 맛보게."

모모치가 인심 좋게 그런 말을 해서, 다미코는 눈치 운운했던 자신의 속마음을 미안하게 생각했다.

"그래서, 여행은 어땠는데?"

일본 여기저기를 목적 없이, 마음이 내킬 때 훌쩍 떠나는 스타일의 여행도 모모치가 퇴직한 후에 시작한 활동의 하나다.

"아주 좋았어. 데지마라는 섬이 특히 좋았어. 더웠지만."

수박을 먹으면서 모모치는 그 섬에 있다는 미술관에 대해 얘기했다. '물과 바람과 빛'을 체감할 수 있었고, '한없이 머물고 싶은 공간'이었다는 그 건축물에 대해서.

"콘크리트 건물인데, 아마 특수한 소재를 사용했겠지. 여기저기에서 물이 샘솟는데, 그 물이 어디로 배어들지 않고 또르르 구르거나 서로 스르륵 들러붙어. 아무 소리 없이."

그렇게 설명하지만 잘 이해가 가지 않았다.

"왜 어렸을 때, 유리창에 주르륵 흘러 떨어지는 빗방울을 가만히 쳐다본 적 있을 거 아냐. 그런 느낌. 그런데 바닥에서 그런다는 거지."

그렇게 설명하니, 보고 싶어졌다.

"천장에 두 군데, 커다랗고 둥그렇게 뚫려 있어. 내가 갔을 때는 날씨가 좋아서 빛이 쏟아졌는데, 비가 오는 날은 물이 쏟아지는 셈이잖아. 그것도 보고 싶어서 내일 비가 오면 또 와야지 했는데, 오지 않았어."

수박은 달콤하고 싱그러웠다. 모모치가 말한 그 건물 얘기(천장에 뚫린 구멍에 느슨하게 붙어 있는 투명한 테이프가 살랑살랑 흔들려 바람이 눈에 보이는 것 같다는)를 들으면서, 이건, 하고 다미코는 뜻하지 않은 감회에 젖는다. 그 감회는 먼 옛날에 막연하게 그렸던 노부부의 그림에 아주 가까운 것으로, 소녀적 자신이 노부부라는 것을 얼마나 표면적으로 상상했는지를 깨달았다. 툇마루에서 차를 마시거나(이 아파트에 툇마루는 물론 없지만), 여름이면 이렇게 마주 앉아 수박을 먹고, 평온한 일상이 있고, 그 안에서 그들이 하는 일이라고는 얘기를 나누는 것뿐, 육체적인 접촉은 오래전에 배제되어 있는. 당시의 다미코는 그런 이미지를 그렸었다. 모모치와 자신은 노부부는커녕 애당초 부부도 아니지만, 본의 아니게 이미지를 그대로 연출하고 있다고 생각하자 웃음이 나왔다.

"아 참, 얼마 전에 가르쳐 준 영화, 재미있었어."

여행과 미술관 얘기가 대충 마무리되자 다미코가 말했다. 각본가인 남자의 눈을 통해 보여지는 한 나이 든 여자(수수께끼가 많고 고집이 세고, 차에서 생활하는) 얘기로, 다미코는 틀림없이 좋아할 거니까 모모치가 보라고 권해서 본 영국 영화다. 헤어지고 이렇게나 긴 세월이 흘렀는데도 취향을 알아맞혀 짜증이 났지만, 영화 자체는 정말 좋았다.

"엄마한테도 보라고 했는데, 그렇게 청승맞은 영화는 보고 싶지 않다고 하더라."

다미코가 말하자, 하하하, 가오루 씨답네, 하면서 웃은 모모치가,

"그럼 〈고잉 인 스타일〉 보시라고 해 봐. 웃기기도 하고 좋은 영화니까."

하고 바로 다른 영화 제목을 말한다. '눈치' 문제는 있지만, 기억력과 순발력은 인정하지 않을 수 없다.

"그 영화도 넷플릭스?"

"응. 이쪽은 할아버지들이 나오는 신나는 미국 영화."

그러고는 모모치는 해설을 시작한다. 어느 어느 배우가 출연하고, 모험이 어떻고, 이렇게 되었다가, 저렇게 되었다가.

"그만해."

다미코는 손바닥을 앞으로 내미는 동작과 함께 말의 분출을 막는다.

"전부 얘기하면 어떡해. 보는 재미가 없어지잖아."

알았어, 하고 모모치는 순순히 대답하더니,

"하지만 이거 하나는 얘기하자."

하면서 마지막 장면을 얘기하기 시작한다. 그렇게 끝날 거라고 생각하게 해 놓더니, 실은 이렇게 끝났다고 자세하게.

정말 뭘 모르네, 하고 다미코는 생각한다. 모르고, 알려고도 하지 않는다. 다미코는 어이가 없는 동시에 웃고 싶어진다. 이 사람에게는 말을 해 봐야 소용없다고 생각하는 것 역시 노부부 같다고 여겨졌기 때문이다.

대체 볼링을 몇 년 만에 하는 것일까. 리에는 우선 레인 전체가 요염한 파란색으로 빛나 놀랐고, 각 부스에 설치된 텔레비전 화면 같은 것에 스코어가 자동으로 집계되는 것에도 놀랐다. 옛날에는 접수처에서 연필과 종이를 건네 주었다. 그런데 공을 던질 때 오른손과 오른발이 동시에 나간다고 고사카가 지적해 더욱 놀랐다. 고사카 말이, 오른손으로 던질 때는 왼발이 앞으로 나가는 것이 상식인 듯하다. 리에는 그런 상식은 들어 본 적이 없었지만, 그래서 놀란 게 아니라 자신의 몰상식한 폼을 지금까지 아무도 지적해 주지 않았다는 사실 때문에 놀랐다. 이래 봬도 옛날에는 친구들과, 다미코나 사키가 아니라 그때그때의 연인이나 다른 대학교 학생, 고등학교 시절 친구들, 또는 유학했던 캐나다의 시골 동네에서도 사교적 유흥의 하나로 볼링을 즐겼었는데.

"정말 알 수가 없네. 왜 모두들 가르쳐 주지 않았을까."

리에는 분개했다.

"내 폼이 이상한 걸 보고서도 못 본 척했다는 말이잖아? 그거, 매정한 거 아니야?"

"어어, 그렇게 흥분하지 말고."

고사카가 말하고,

"독특한 폼을 세이케 씨의 개성으로 존중해 준 게 아닐까 하는데."

하고 위로해 주었다.

그러나 결국, 왼발을 앞으로 내밀려고 의식하면 보폭이 이상해져서 던지는 타이밍을 놓치고 만다는 것이 판명되기까지 그리 오래 걸리지 않았다. 어색하게 던진 바람에 공이 3회 연속 옆으로 굴러가자 리에는 짜증이 나서 '상식'에 구애받지 말고 그냥 던지자고 마음먹는다. 고사카는 그래도 아무 상관 없다고 말해 주었다.

리에는 옛날에 비해 볼링장의 음향이 좋아졌다는 것도 알았다. 어떤 시스템인지는 몰라도, 공이 굴러가는 소리나 핀이 쓰러지는 소리가 더 극적으로 들린다.

"고사카 씨는 정말 뭐든 잘하네."

리에는 몇 번이나 그렇게 중얼거렸다. 계속해서 손쉽게 스트라이크와 스페어 처리도 잘 터뜨리는 남자를 직접 보고 말한 솔직한 감상이었는데, 자기 말투에 미묘하게 가시가 있어 당황한다. 이건 대체 무슨 가시일까.

다섯 게임을 치고 나자 힘에 부쳐서 볼링장에서 나왔다. 덥다. 오후 6시의 하늘은 푸른 기가 감도는 하얀색으로 아직 환하고, 거리에는 대낮처럼 사람들이 많아서 리에는 현실감이 흔들리는 것을 느낀다. 요염한 파란색 불빛으로 어슴푸레하고, 추울 정도로 서늘하고, 여기저기서 공 소리가 울리던 그 장소에, 조금 전까지 자신들이 정말 있었던 것일까.

나팔꽃, 밀짚모자, 해바라기, 불꽃놀이. 가오루는 미리 사 놓은 갖가지 문양이 있는 엽서에서 상대의 이미지에 어울리는 것을 골라 여름 문안 엽서의 답장을 쓰고 있다. 옛날에는 엽서도 편지도 거의 매일같이 자주 썼는데, 언제부터인가 뜸해지면서 연하장이든 여름 문안 엽서든 보내 준 사람에게만 답장을 보내게 되었다. 스스로는 보내지 않으면서 그래도 받으면 반갑고 기쁘니, 사람 속이란 참 알 수 없는 것이라 생각하며 가오루는 씁쓸히 웃는다.

오래 사용해서 손에 익은 만년필로 쓰는 게 가장 편해서 만년필로 쓰게 되는데, 다미코는 그럴 때마다 잔소리를 한다. 비에 젖으면 잉크가 번져서 읽을 수 없는 데다 요즘은 우체국에서 비닐 봉투에 넣어 배달하기도 하지만, 그렇게 수고를 끼치는 것도 미안하고 환경에도 안 좋다고 하면서. 이해는 되지만 몇십 년이나 만년필로 엽서를 써 온 가오루로서는 지금까지 아무런 문제가 없었는데 왜 잔소리를 들어야 하는지 불합리하게 느껴진다. 다미코는 요즘 들어 툭하면 화를 낸다.

얼마 전에는 대문등과 현관등, 그리고 화단 속에 있는 전등까지 해서 세 개를 리쿠토 군이 LED 전구로 바꿔 주었다고 얘기하자, 사용하던 전구가 나가면 바꾸는 게 맞고, 애당초 리쿠토 씨는 아무 일이나 막 시킬 수 있는 심부름꾼이 아니잖아, 하고 화를 냈다.

"이제 마도카의 남자 친구도 아닌데."

하고.

그러나 가오루로서는 말이 안 되는 소리다. 가오루 눈에는 원래대로 돌아갈 듯 보이지만 아무튼, 마도카와 리쿠토 군의 관계가 변했다고 해서, 왜 가오루와 리쿠토 군의 관계(관계라고 할 만한 관계도 아니지만)까지 변할 필요가 있는지 알 수 없었다. 게다가 전구 세 개 중에 두 개는 이미 나간 상태였다. 가는 김에 이쪽도 갈죠, 하면 보통 그러는 편이 좋겠다고 생각하지 않나. 대문등과 현관등은 사다리가 없으면 바꿔 끼울 수 없는 위치에 있고, 화단 속 전등도 갓을 벗기느라 늘 고생했는데.

가오루는 몰랐는데, LED 전구는 보통 전구보다 훨씬 오래 간다고 한다. 색깔도 고를 수 있다고 해서, 망설이지 않고 옛날 같은 전구 색을 청했다.

그동안, 격조했습니다. 가오루는 엽서에 만년필로 써 나간다. 또는 엽신, 기쁘게 받아 보았습니다. 날씨에 대해서, 일상에 대해서, 추억에 대해서. 그때의 이런저런 일이 그립게 떠오르는군요. 그러다 오늘 회신을 쓴 다섯 명 중에 네 명이 남편을 통해 알게 된 사람이라는 것을 알고 조금 놀랐다. 남편 친구의 미망인, 남편의 옛 제자가 둘(그중 한 명은 남편과 가오루가 중매를 섰다), 그리고 남편 조카. 나머지 한 사람은 가오루의 고등학교 시절 친구인데, 각별히 친했던 것도 아니지만 연하장과 여름 문안 인사장은 계속 주고받고 있다. 받은 엽서에서 얻은 정보에 따르면 그녀는 십여 년 전부터 남편과 둘이 건강관리 시설을 갖춘 실버타운에 살고 있다. 이제는 만나도 서로의 얼굴을 몰라볼 테지만, 어느 쪽이나 상대가 오래 살아 있어 주기를 바라는 마음과 격려를 친근감이 묻어나는 글귀에 담아 주고받고 있다.

짜잔, 하면서 일하는 방으로 들어온 리에가 오늘 집을 샀다고 발표했을 때, 다미코는 제일 먼저 이제 그 무수한 종이 상자가 없어지겠구나 하고 생각했다. 리에의 장기 체류는 다미코 스스로도 의외일 만큼 거슬리지 않는 정도가 아니라 오히려 즐겁고, 어머니를 상대해 주니 도움도 많이 된다. 하지만 다미코 침실에 다 들어가지 못해 복도며 거실에 죽 놓여 있는 그 종이 상자(리에가 때로 필요한 것을 꺼내기 때문에 뚜껑이 열려 있는 것도 있다)는 너무 거치적거려서 바닥 청소를 할 때마다 한숨이 나온다. 그런 것들이 없어진다니, 솔직히 반가웠다.

오늘 계약했다는 그 집에 대해서 휴대전화로 찍은 사진을 보여 주면서 리에는 열변을 토했다. 볕이 잘 들고 바람도 잘 통하고, 토대가 튼튼하고, 바다도 산도 가깝다고. 현관 분위기가 마음에 들고, 욕실 타일이 아름답다고. 정종을 너무 마셔서 목이 마른다는 리에는 웬일로 와인이 아니라 맥주 캔을 손에 들고 있다. 짙은 화장에 에밀리오 푸치 원피스.

"부엌은 있지, 좀 대대적으로 손을 보려고 해. 지금은 분위기가 너무 어둡거든. 냉장고도 두 대는 놓고 싶으니까 구조도 좀 바꾸고."

리에가 말해서, 다미코는 놀란다.

"냉장고 두 대? 혼자 사는데?"

"응. 꿈이었어, 대형 냉장고가 두 대 있는 집."

다미코는 아무 말도 하지 않았다. 정말 필요한지 어떤지는 둘째 치고, 꿈이었다면 어쩔 수 없다고 생각했기 때문이다. 꿈이었다고 하면, 반론의 여지가 없다.

"그 외에도 여기저기 수리도 좀 하고 바꿀 거라서, 아직 당분간은 여기서 신세를 져야겠어."

리에가 머리를 숙이자, 다미코는,

"물론, 얼마든지."

하고 대답했지만, 스트레스가 없는 바닥 청소를 기대했던 마음이 단박 쪼그라드는 것을 느꼈다.

"하야마라고. 홋카이도의 어쩌고 하는 동네보다 가까워서 다행이네."

다미코는 농담 삼아 그렇게 말했는데,

"아, 히가시카와초."

하고 대답한 리에는 진지한 표정으로,

"거기 사실은, 정말 좋겠다고 생각했어. 나 왜 스키 꽤 잘 타잖아, 자랑할 건 못 되지만."

하고 말을 잇는다.

"집 안에 벽난로가 있으면 멋지겠다, 북유럽의 집처럼 구두나 코트를 말리는 작은 방도 만들면 좋겠다, 하고 말이야."

다미코는 리에가 스키를 '꽤' 잘 탔던 기억은 없지만, 그렇다고 하기로 한다. 집 앞에 쌓인 눈은 어떻게 치울 것이며 지붕에 쌓인 눈은 또 어떻게 처리할 것이냐, 하이힐도 신을 수 없고, 친구도 쉽게 만날 수 없게 된다는 말도 하지 않는다. 이 나이가 되어서도 온 힘을 다해 꿈을 꾸는 리에를 바람직하게 생각한다.

"맥주, 아직 남았어?"

다미코는 아직 있다고 대답했지만, 리에는 캔이 비었는지 가지러 나갔다. 돌아와서 캔을 따고는 바로 고사카 얘기를 시작한다. 오늘 리에는 집을 계약한 다음에 고사카를 만나 볼링을 친 듯하다. 그리고 꼬치구이 집에 가서 정종을 마음껏 마셨다고 한다.

"그게 또 세련된 가게였어. 음, 그리고 나, 이런 패턴 처음이야."

리에는 캔 맥주와 함께 가져온, 저녁때 먹다 남은 삶은 누에콩 껍질을 깐다.

"성적인 교류 없이 이렇게 몇 번이나 만나는 거."

후후후, 하고 웃으며 누에콩을 입에 넣는다.

"아, 그러세요."

다미코는 피식 웃는다. 다미코의 인생에는 그런 일이 흔했기 때문이지만, 리에에게는 신선할지도 모르겠다.

"오늘도 그래. 손만 잡았는데도 심장이 벌렁거리더라니까."

리에의 말이 너무도 놀라웠다.

"뭐?"

그만 큰 소리가 나오고 말았다. 자신이 왜 그렇게 놀랐는지 모른다. 고사카와 잤다고 말했다면 이렇게 놀라지 않았으리라고 다미코는 생각한다. 손을 잡는다는 행위는 자는 것보다 한결 친밀하게 느껴진다.

"즐거웠나 보네. 좋겠어."

달리 뭐라고 말하면 좋을지 몰랐다.

"그렇다니까. 좋아요, 좋아."

리에는 더없이 당당하다.

"이게 만약 노년의 순정이라면, 노년의 순정 비바지, 최고야."

하고는, 그 이유로 양쪽 다 마음대로 쓸 수 있는 시간이 많다는 것을 꼽았다. 고사카는 현역이지만 실제로는 대부분의 업무를 딸에게 물렸다고 한다. 그 외에도 우수한 선생들이 있어 자기가 없어도 아무 문제가 없다고 호언하는 듯하다.

"노년의 순정이라."

다미코는 자신들이 그렇게까지 나이가 들었다는 실감이 없는데, 고사카에게는 손자도 있는 듯하니 충분히 노년에 해당하는지도 모른다.

"취미가 많은 사람이야. 아마추어 체스 대회에도 나가고, 친구들이랑 오토바이 투어링도 하고, 자유롭게 여러 가지를 하고 있어. 자기 세계를 갖고 있는 남자, 좋잖아. 왜 흔히들 말하잖아? 남편이 정년퇴직한 후에 할 일이 없어 매일 집 안에서 뒹굴면 아내는 그게 큰 스트레스라고. 이렇게 말하기 뭐하지만, 사키네는 곧 그렇게 될 것 같잖아."

"음, 글쎄."

다미코는 뭐라고 말하기 껄끄러웠다.

젊은 시절에는 언젠가 자기 앞에 생활을 함께할 남자가 나타날 것이라고 생각했다. 모모치와 헤어진 후에도 다미코는 몇몇 남자와 간간이 만나 식사도 하고 그 후에는 잠자리를 같이하기도 했다. 각기 매력적인 남자들이었지만, 기혼자거나 안 그러면 피차 일시적으로 만나는 동안 만족하면 그만이었다. 집에 돌아가면 부모님(도중에 어머니만 남았지만)이 있고, 중요한 일도 있었다. 그런데도 언젠가 자신에게도 그런 남자들과 다른 상대가 나타나 가정을 꾸리게 될 것이라는 근거 없는 생각을 했으니, 지금 돌이켜 보면 이상한 일이다. 그리고 어느 시기부터는 그런 남자는 나타나지 않을 것이라고 생각하게 되었다. 그때 허탈함이 없었던 것은 아니지만 그보다 안도감이 컸던 것을 기억하고 있다. 에이, 뭐야, 그런 거였어. 자욱하던 안개가 걷혀 시야가 깨끗해진 듯한, 그런 안도감이었다.

"저기, 듣고 있는 거야?"

리에가 얼굴을 들여다보아, 다미코는 화들짝 놀란다.

"미안, 뭐라고 했는데?"

"손을 마주 잡은 정도로 그렇게 가슴이 뛰다니, 나, 소녀처럼 귀엽다고 했어."

리에는 천연덕스럽게 그렇게 말하고는 빈 캔을 와작 찌그러트렸다.

16

세이케 사쿠는 지금 나가이 고우의 〈데빌 맨〉 전 5권, 53화에 푹 빠져 있다. 고모가 권해서 읽기 시작했는데, 정말 어마어마한 이야기였다. 인간이 데몬과 합체한다는 설정도 무시무시하지만, 주인공의 친구인 아스카 료의 생각지도 못한 출생에도 몸이 떨렸다. 사이코 제니가 "모시러 왔습니다" 하고 말하는 장면을 읽었을 때는 정말 소름이 쫙 끼쳤다.

자기 방 침대에 누워 3권의 페이지를 팔락팔락 넘긴다. 1권과 2권은 아이리에게 빌려주었다. 고모는 초등학생 때 이 만화를 정신없이 읽었다고 한다. 그렇게 먼 옛날에 이런 만화를 그린 사람이 있었다는 사실에 사쿠는 경악한다.

방문을 노크하는 소리가 났다.

"들어간다."

아빠 목소리가 들렸다. 사쿠는 만화책을 덮고 몸을 일으킨다.

"무슨 일이야?"

들어온 아빠는 아무 말도 하지 않는다. 어색하게 그냥 서 있기만 하는 것은 옳지 않다고 사쿠는 생각했다. 나쁜 짓을 하나도 하지 않았는데, 나쁜 짓을 한 것만 같은 기분이 들게 하기 때문이다.

"앉아."

그래서 그렇게 말했다. 아빠는 "고맙다" 하고 대답하고는 침대에 걸터앉았다. 방구석에 세워 놓은 스케이트보드를 보면서,

"요즘은 안 타니?"

하고 물어서,

"응. 별로 안 타."

하고 사쿠는 솔직하게 대답했다.

"그렇구나."

그리고 잠시 후,

"도박하는 아이랑 사귀어도, 아빠는 괜찮다고 생각한다."

하고 불쑥 화제를 바꿨다.

"아이리."

사쿠는 아빠의 호칭을 정정했다.

"도박하는 아이가 뭐야, 그렇게 말하지 마."

경정장에서 경찰에 잡혔다는 말을 듣자, 예상한 일이었지만 엄마는 완전 난리였다. 그 결과 사쿠는 '도박하는 아이'와 교제하는 걸 금지당했지만, 애당초 따를 마음이 없었던 터라 아무 상관 없었다.

"응, 그렇지. 아이리."

아빠가 말을 이었다. 사귀는 건 괜찮지만 본격적인 남녀 교제를 하기에는 아직 이르다, 여장을 하는 것도 건전치 못하다, 남자 친구들도 소중하게 여겼으면 한다.

"아이리랑, 아니지 아무와도 본격적인 남녀 교제는 하고 있지 않고, 화장을 하는 것도 치마를 입는 것도 올해가 마지막이라고 생각하니까 조만간 그만둘 거야. 그리고 남자 친구들과도 잘 놀고 있어."

사쿠는 그렇게 말해 아빠를 안심시켰다.

"그러냐."

아빠는 정말 안심한 듯한 표정을 지었다. 그러고는,

"아, 그 미야모토는 잘 지내니?"

하고 물어 사쿠를 슬프게 한다. 아들의 친구 이름이 그 외에는 떠오르지 않았겠지만, 중학교 1학년 때 사이좋게 지냈던 미야모토와는 중2 때 반이 갈리고부터 소원해졌고, 각자 다른 고등학교에 입학한 후로는 한 번도 만난 적이 없다.

"잘 지내."

하지만 그렇게 대답했다. 뭐, 아마, 잘 지내겠지.

그렇구나, 하면서 미소 지었지만 아빠는 침대에서 일어날 기색이 없다. 아직 또 뭐가 남은 것일까 싶어 사쿠는 불안해진다.

"뭔데?"

사쿠가 묻자, 아빠는 말하기 껄끄럽다는 듯이,

"고모 말인데."

하고 말했다.

"경찰에 잡혔을 때, 너, 엄마가 아니라 고모에게 연락했잖아? 엄마는, 그게 충격이었던 모양이야."

라고.

"고모는 아빠의 누나이고, 속은 아주 진지하고 좋은 사람이란 걸 아빠는 잘 알지만, 그게 뭐랄까, 너무 자유롭고, 애당초 고모와 엄마가 잘 맞는 사이라고는 할 수 없으니까."

"알아."

하고 사쿠는 대답했다.

"알아. 그런데 두 사람이 맞지 않는 게 나랑 무슨 관계가 있는데?"

"하긴, 그렇지."

아빠의 말에 사쿠는 답답해진다. 엄마가 아빠에게 리에 고모에 대한 불만을 늘어놓는 걸 사쿠는 몇 번이나 들었다. "그 사람 자기가 뭐라도 된 줄 안다니까" 하거나 "몰상식하다"고 하거나 "사쿠에게 나쁜 영향을 미친다"고 하거나 "자기 멋대로"라고 하거나, "우리가 어머니 임종을 지켰는데, 마치 자기 집을 빼앗긴 것처럼 생각하고 있다" 하거나. 그런 때 아빠는 아무 대꾸도 하지 않고 그저 "응" 하거나 "알아" 하고 맥없이 중얼거릴 뿐이다. 하지만 그런 때야말로, "그렇게 말하지 말라"고 해야 하지 않을까.

아빠는 아직도 뭐라고 말하고 있다. 벽에 붙어 있는 극장 포스터가 어쩌고, 엄마도 질투를 할 수 있지. 뭐야, 또 그 말은, 하고 사쿠는 생각한다. 엄마가 질투? 사양하고 싶다.

"아빠가 무슨 말을 하고 싶은지는 알았어."

지금은 그냥 아빠가 방에서 나가 주면 싶었다.

오전 11시, 사키는 조안나와 소파에 나란히 앉아 있다. 테이블에는 책과 커피와 쿠키. 책은 영어 교실에서 사용하는 텍스트가 아니라 소설과 시가 실린 페이퍼백으로, 질문하고 싶은 곳에 포스트잇이 붙어 있다. 지금까지 영어 교실에서만 만났던 미국인 영어 강사가 자기 집 거실에 있어, 사키는 기분이 무척 묘했다. 현실감이 없다고 할까, 가공의 인물이 불쑥 눈앞에 나타난 느낌이랄까.

창밖은 화창한 여름날, 90분인 수업 시간이 이제 30분 남았다.

"다른 질문은?"

하고 조안나가 물어서, 사키는 "노"라고 대답한다. 실제로 오늘은 이 정도로 충분했다. immigrate와 migrate가 어떻게 다른지, nice talking to you라는 말에는 왜 me too가 아니라 you too라고 대답해야 하는지, 원서를 읽거나 드라마를 보면서 의문스러웠던 점을 질문할 수 있었고, 소설에서 전혀 의미를 파악할 수 없었던 문장을 한 줄씩 함께 읽고 해석하기도 했다.

사키는 영어 공부를 좋아하는데, 지금 다니는 교실은 개인 수업에서도 텍스트 위주로 진행하기 때문에 텍스트와 무관한 질문을 할 시간이 몇 분 없다는 어려움이 있었다. 강사에 따라서는 그 몇 분조차 할애하지 않는다. 조금 더 자유롭게 공부할 수 있는 교실을 찾아볼까 어쩔까 하던 참에, 조안나가 개인 수업도 병행하고 있다는 소문을 들었다. 온라인으로만 수업을 진행한다는데, 컴퓨터를 잘 모르는 사키가 혹시나 하면서 부탁하자, 오전이면 가능하다면서 방문 수업을 승낙해 주었다.

남은 30분은 잡담을 하며 보냈지만, 잡담도 영어로 해야 하니 나름 진이 빠져 교실에서 하는 공부보다 충실한 수업이었다고 사키는 생각한다. 조안나가 개를 좋아한다는 것(동글이가 후반에는 줄곧 조안나 무릎에 앉아 있었다)도, 일본에 온 지 2년이 되었고 그전에는 상하이에서 살았다는 것도 알았다. 한군데에 오래 머물지 못하는 성격이라 다음에는 서울에서 살아 볼까 한단다. 사키가 용감하다고 말하자, 그냥 Wanderer일 뿐이라고 대답해서, 떠돌이 방랑자를 영어로 '원더러'라고 한다는 것을 배웠다. 가족여행조차 떠나기 직전에 귀찮아지는 자신과는 인연이 먼 말이지만.

조안나를 보내고 장 볼 식료품 목록(예전에는 그런 것 없이도 슈퍼마켓에 갔지만, 지금은 메모가 없으면 뭔가를 빠뜨린다)을 정리하고 있는데, 리에에게 전화가 걸려 왔다. 드디어 집을 샀다고 한다. 근처에 멋진 레스토랑이 있으니까 집도 구경할 겸 드라이브를 하자고 하는데, 날짜를 정하고도 얘기가 끝나지 않았다. 설치하고 싶은 시스템 키친의 크기가 맞지 않는다는 둥, 외국에다 조명 기구를 주문했는데 국제 배송에 시간이 걸린다는 둥, 배선 때문에 냉난방 기구를 희망하는 위치에 설치할 수 없다는 둥, 고민인지 불평인지 자랑인지 모를 얘기를 30분 가까이 들었다.

"남은 인생을 살 집인데 타협하고 싶지 않아서."

라고 하는데도 사키는,

"그야 그렇겠지."

라고 밖에 대답할 말이 없다.

"내가 왜, 옛날부터 미의식의 사람이잖아."

부정할 수 없는 말이기는 하지만, 미의식의 사람이 어떤 의미인지 사키는 알 수 없었다.

"그래도 다행이네, 마음에 드는 집을 찾아서."

남의 집에서 지내려니 면목도 없어 불편하기도 하겠다고

사키는 생각하지만, 그건 보통 감각을 지닌 사람 얘기지 리에에게는 해당되지 않을지도 모른다.

"그렇지 뭐. 토대가 튼튼하고 상태가 좋은 집이라는 건, 부동산 감정사가 확인해 줬으니까."

리에가 밝게 말했다.

"그 감정사, 그 사람이 데려왔는데, 글쎄 옛날에 어린이집 다니던 아이였대. 놀랍지 않니? 어른이 되어서도 자기가 다녔던 어린이집 선생이랑 교류하는 거, 보통 일 아니잖아."

자기 질문에 스스로 대답하고는 리에는 또 말을 계속한다.

"그 사람에게 인덕이 있다는 거지. 초등학생이 된 아이들도 종종 어린이집에 놀러 오나 봐. 다들 그 사람을 좋아하는 것 같아, 학부모들의 신뢰도 두텁고. 얼마 전에도 전화가 왔는데, 학부모가 무슨 의논을 하려고 건 거더라고."

'그 사람'의 인덕에 대해 자랑스럽게 얘기하는 리에의 목소리를 들으면서, 이 사람은 에너지가 마냥 샘솟는 것일까 싶어 사키는 놀란다. 어떤 식으로 만남을 이어가고 있는지는 모르지만, 리에는 완전히 연애 모드인 듯하다. 두 번의 결혼과 이혼(비슷한 것)을 겪었는데도 남자에게 그런 모드가 될 수 있다니 그저 놀라울 따름이었다. 사키는 이제 절대 그럴 수 없을 것 같고, 그러고 싶지도 않다. 자신의 몸과 마음은 오로지 자기만의 것으로 하고 싶었다.

겨우 3주. 마도카는 자신의 회복력에 감탄한다. 리쿠토의 부재에 얼이 빠져 어쩔 줄을 모르고 좀비처럼 지내던 날들이 갑자기, 그리고 신기할 정도로 자연스럽게 끝났다. 끝나고 보니, 리쿠토에게 그렇듯 집착했던 자신이 이상하게 생각되었다. 만나기 전에도 리쿠토 없이 충분히 잘 살았다. 그 시절의 자신을 되찾은 것이 반가웠다.

자잘한 거품이 뽀글뽀글 오르는 탕에 여자 친구와 나란히 몸을 담그고 있는 마도카는 거의 행복하다고 해도 좋을 기분이다. 화이트 이온 배스라는 이름의 이 욕탕은 사람 눈치 보지 않고 몸을 쭉 뻗을 수 있도록 가장자리를 따라 칸이 하나씩 나뉘어 있다.

"아, 어제의 근육통이 풀린다!"

옆에서 후즈키가 말해서,

"그러게, 정말 그러네."

하고 마도카는 대꾸한다. 사흘 연휴 첫날인 어제, 마도카는 학창 시절 여자 친구 넷과 다이유산에 다녀왔다. 녹음이 울창한 산길을 걸었고, 정신이 아득해지리만큼 긴 돌계단도 올랐다. 그리고 오늘은 넷 가운데 한 명인 후즈키와 도쿄에 있는 스파에 왔다. 마도카는 핀란드식 사우나와 가마솥탕이 있는 이 시설에 처음 와 보는데, 후즈키는 단골인지 할인권을 몇 장이나 갖고 있었다.

"진짜 맛있더라, 어제 그 정어리."

후즈키가 말한다.

"응, 정말 맛있었어."

마도카도 대답한다. 돌아오는 길에 들른 오다와라의 선술집에서 기본 안주로 정어리회가 수북하게 나왔던 것이다. 신나게 먹었네, 웃기도 많이 웃고, 따끈한 물속에서 두런두런 얘기한 다음,

"역시 학창 시절 친구가 최고야, 나한테는."

하고 후즈키가 말해서, 마도카는 몇 년 동안이나 자신의 마음이 오직 리쿠토에게만 점령되었던 결과 친구를 소홀히 하고 말았다는 사실에 죄책감을 느낀다. 리쿠토를 만난 후, 마도카에게 최우선 순위는 언제나 리쿠토였다.

"존 이모네 집에 지금 리에 씨라는 친구가 같이 살고 있어."

마도카는 그렇게 말해 본다. 오래 알고 지내는 후즈키는

존 이모가 누구이고, 마도카에게 어떤 존재인지 알고 있다.

"그 두 사람도 학창 시절 친구인데, 옆에서 보다 보면 거의 친척 같아. 존 이모는 우리 엄마랑 나이가 같으니까, 음, 올해 쉰일곱이나 쉰여섯? 그런 나이. 그 말은 즉 40년 가까이 알고 지내는 사이라는 거잖아? 정말 놀랍지. 우리 네 명도 그렇게 될까."

"글쎄. 상상이 안 되네. 하지만, 그렇게 되지 않겠어? 살아 있으면."

살아 있으면. 정말 그렇다고 마도카도 생각한다. 실제로 마도카의 어머니는 존 이모와 나이가 같은데도 이미 없다.

첨벙, 물소리를 내며 후즈키가 일어선다.

"그만 나가야겠다."

둥그렇고 커다란 시계를 가리키며 말했다. 마사지 예약 시간이 거의 다 되었다.

저녁 6시. 멋없는 실내복 차림으로 마도카는 후즈키와 맥주를 마시고 있다. 사우나, 욕탕, 마사지, 저녁. 반나절을 한껏 즐기면서 입장료가 2천 850엔이면 싼 셈이라고 마도카는 생각한다. 데려와 준 후즈키에게 고맙다고 하자,

"에이, 뭐 이런 걸 가지고. 여기 말고도 재미있는 장소는

얼마든지 있어."

하고 후즈키는 말했다. 지금까지 리쿠토와 지내느라 여자 친구들이 어디를 가자고 해도 대부분 거절했던 마도카를 외계인 취급한다. 정보통인 후즈키는 네 명을 제외한 동창생들 소식을 "애 낳았어" 하거나 "풀코스 마라톤에 출전했어", "이상한 종교에 빠진 것 같아", "아주 세련된 사모님이 되었더라고" 하고 대충 가르쳐 주었다. 이틀을 계속 만나고 있는데 화제가 끝이 없어 신기했다. 마도카는 후즈키가 회사 선배 흉내를 냈을 때 제일 많이 웃었다. 그 선배 사원(마흔여덟 살의 부장 대리, 여성)은 사내에서 누가 말을 걸거나 컴퓨터가 뜻대로 작동하지 않을 때면 "먀?" 하고 고양이 언어가 튀어나온다고 한다. 심각한 표정으로 고개를 약간 갸웃하고서 "먀?" 하는 후즈키 모습이 너무 웃겨서, 마도카는 배가 아플 정도로 웃었다.

이렇게 여자 친구와 만날 때, 얼마 전까지만 해도 마도카는 리쿠토의 연락을 놓칠까 봐 대화에 집중하지 못했다. 집에 돌아가면 반드시 잘 들어왔다고 연락해야 했고, 그래서 언제 어디를 가든 목적이 그 연락처럼 되곤 했다. 지금 마도카는 리쿠토가 아니라 자신에게 화가 난다. 어쩌면 그렇게 건전치 못했을까. 몇 년 동안이나 리쿠토의 눈을 통해 세상을 보고 있었다니. 리쿠토의 눈을 통해 보면 후즈키는 '말을 너무 분명하게 해서 무서운' 여자가 되고, 다른 친구들도 '나다니며 놀 것' 같거나 '말이 통하지 않는다' 하는 이유로 다들 '별로'로 분류된다. 생각해 보면, 지금까지 마도카가 소개한 여자들 중에서 리쿠토가 호감을 보인 사람은 존 이모와 가오루 할머니뿐이다. 그 두 사람도 언젠가 좋아하는 이유를 물었을 때 리쿠토는 "여자 같은 느낌이 안 들어서 편하다" 하는 무례한 말을 했다.

"나, 지금까지 눈이 멀었었나 봐."

마도카가 솔직하게 털어놓자, 눈치가 빠른 후즈키는 바로 무슨 말인지 알아채고는,

"그래."

하며 힘주어 고개를 끄덕였다. 리쿠토에게 차인 전말은 어제 다이유산의 싱그러운 공기 속에서 모두에게 다 보고했다.

"먀."

이번에는 마도카가 그렇게 말하고, 웃어 보인다.

마감 날에 하루 늦게 단편소설 하나를 완성하고 이부자리

에 누웠을 때, 밖에서는 새들이 지저귀기 시작했다. 장시간 집중해서 글을 쓴 다음이면 늘 그렇듯, 피곤한데도 머릿속이 깨어 있어서 잠을 이루지 못한다. 그러다 어머니가 일어나 부엌에서 일하는 기척이 느껴질 때면 선잠에 빠졌다가도 잡다한 소리와 커피 냄새에 반응해 또 눈을 뜨게 된다. 오늘도 그러기를 몇 번이나 반복하고 있자니,

"잘 주무셨어요!"

하는 리에 목소리가 들렸다. 그런데도 어떻게든 잠을 자려고 다미코는 눈을 꼭 감고 있었는데, 쿠르럭 쿠르럭 하는 커다란 기계 소리에 놀라서 벌떡 일어나고 말았다. 쿠르럭, 쿠르럭.

"무슨 소리야?"

잠을 포기하고 부엌에 가서 묻자,

"어머, 일어났어?"

하고 어머니와 리에가 동시에 말했다. 시계를 보니 일곱 시 반, 토막잠이었지만 그래도 몇 시간은 잤는지도 모른다.

"매일 밤늦게까지 마시는데도 빨리 일어나네."

다미코가 말하자, 맨얼굴인데도 아침부터 표정이 발랄한 리에는,

"나이잖아, 그럴 나이."

하고 반사운동 같은 투로 말한다.

"술을 많이 마실수록 잠이 일찍 깬다니까."

기계 소리는 업소용이 아닐까 싶을 만큼 거대한 주서기에서 나는 소리라는 것도 알았다.

"어떻게 된 거야, 그건?"

피처를 들고 눅진한 초록색 액체를 잔에 따르고 있는 리에에게 묻자,

"샀지. 새집에서 사용하려고."

하는 대답이 돌아왔다.

"저것도."

하면서 시선으로 가리킨 곳에는 새로운 종이 상자가 있었다. 인쇄된 그림으로 보아 안에 토스터가 들어 있는 모양이다. 이사한 다음에 사도 되는데, 하는 말을 다미코는 꿀꺽 삼킨다.

"커피 좀 줘."

대신 그렇게 중얼거렸는데 어머니가 준비한 커피가 이미 테이블에 놓여 있었다. 잠옷 차림으로 커피를 마시면서, 볼륨감 넘치는 아침을 먹는 두 사람 모습을 지켜본다. 요구르

트, 자두, 치즈참치샌드위치, 어제 저녁에 먹다 남은 찐 고구마. 아침부터 참 잘도 먹는다 싶어 다미코는 감탄한다.

"있잖아. 사쿠가 얼마나 귀여운지 모르겠어."

리에가 달뜬 목소리로 말한다.

"어제, 전자제품 사는데 사쿠를 짐꾼으로 데려갔거든. 그런데 돌아오는 차 안에서 그 아이가 뭐랬는지 알아?"

말을 끊고서, 마치 데이트의 전말을 얘기하는 젊은 여자처럼 "꺄!" 하면서 두 손으로 얼굴을 덮는다.

"뭐라고 했는데?"

묻자, 바로 두 손을 얼굴에서 내리고,

"대학에 들어가면 고모 집에서 하숙하고 싶대."

하고 작은 소리로 말했다.

"뭐라고?"

잘 알아듣지 못했는지 가오루가 몸을 앞으로 내밀었다.

"대학에 들어가면 우리 집에서 하숙하면서 학교에 다니고 싶대요."

말꼬리가 좀 달랐지만, 아끼는 조카에게 그런 말을 들었으니 리에가 흥분하는 것도 무리는 아니었다.

"그런데 사쿠네 집은 스기나미고, 너의 새집은 하야마잖아? 대학에 다니는 거 힘들지 않겠어?"

"나도 그렇게 말했어."

온 얼굴에 희색을 띠고 리에가 고개를 끄덕인다.

"그랬더니 글쎄, 요코하마 시립대학을 지망하겠대."

또 "꺄!" 하는 소리를 들으면서 다미코는 뭐라 대답하면 좋을지 모른다.

17

누운 채 샴푸를 하는 손길에 머리를 맡기고 가오루는 미용실이라는 장소에 대해 생각하고 있다. 자기 같은 노인도 이렇게 오고 다미코처럼 귀찮아하는 여자도 한 달에 한 번은 다니는 것 같으니, 미용실의 수요는 주는 일이 없을 것이다. 옷이나 구두를 사지 않는 선택지는 있어도 머리 손질을 아예 하지 않는 선택지는 없기 때문이다. 새롭게 고객이 되는 젊은 사람도 있는 한편, 평균 수명이 길어진 탓에 자기처럼 오래전부터 다니는 손님도 줄지 않으니, 그렇다면 언젠가는 수요를 다 감당하기가 어려워지지 않을까. 그런 생각을 하는 사이에 샴푸가 끝난 듯하다. 얼굴을 덮고 있던 수건이 걷히고, 의자 등받이가 세워졌다. 실내에는 가오루 외에 손님이 한 명밖에 없어 한산하다.

"단차 조심하세요."

하얀색과 거울로 이루어진 공간을, 그런 말을 들으며 걸어가 의자에 앉는다.

나이를 먹었다고 느낀 시점부터니까, 한 20년 이상 가오루의 머리는 줄곧 단발이다. 염색도 하지 않고 펌도 하지 않는다. 그래도 정기적으로 잘라 주지 않으면 너저분한 인상을 주니 성가시기도 하다. 옛날 사람들은, 하고 가오루는 자신의 어머니와 할머니를 떠올리며 생각한다. 옛날 사람들은 기본적으로 머리를 제 손으로 틀어 올렸다. 거울 앞에 앉아 어깨에 수건이나 천을 올려놓고, 긴 머리카락에 기름을 바르고 빗으로 꼼꼼하게 빗어 내린 다음 한데 모아서 U자형 핀으로 고정하던 모습을 기억하고 있다.

"앞머리, 이 정도로 자를까요?"

하고 미용사가 물어서,

"음, 좋아요."

하고 가오루는 대답한다. 거울 속 자신의 머리는 어머니나 할머니 머리보다 훨씬 짧고(딱 턱까지 오는 길이다), 훨씬 간결하고 가볍다.

"드라이하고 다시 손봐 드릴게요."

미용사가 말하자, 양쪽에서 둘이 드라이어로 머리를 말린다. 짧고 숱도 많지 않은데 둘이서 하는 건 좀 과하지 않나, 하고 생각했지만 미용실이라는 장소에서는 그저 맡기는 수밖에 없다.

오전에 있었던 일을 생각한다. 리에 씨에게 부탁해 차를 타고 원예점에 갔는데, 거기서 우연히 리쿠토 군과 마주쳤다. 가오루는 좀 큰 화분과 부엽토를 사려고 간 것이었다. 별 기대 없이 조그만 화분에 고나쓰(뉴 서머 오렌지, 일본 재래종, 감귤류의 일종, 상큼한 맛_옮긴이) 씨를 심었는데 싹이 트다 못해 제법 잘 자라서, 짙푸른 이파리가 답답해 보여 화분 갈이를 해 줘야겠다고 생각했던 것이다. 흙도 화분도 무거워서 그런데 부탁할 수 있겠느냐고 하자, 리에는 흔쾌히 응해 주었다. 리쿠토 군은 상사와 함께 와 있었다. 스포츠 센터 유니폼인 폴로셔츠를 입은 모습으로, 그러나 평소와는 달리 다소 굳은 표정으로. 가오루를 보자 웃으면서 인사는 했지만, 상사 앞이라 그런지 말투가 딱딱했는데, 그 탓에 놀란 나머지 가오루가 지른 "리쿠토 군! 아니 이런 곳에는 웬일이야?" 하는 환성이 부자연스러우리만큼 살갑게 울렸다. 대화를 나눌 수 있는 분위기는 아니어서, 슬그머니(물론 사려던 화분과 부엽토는 샀지만) 가게에서 나왔는데, 가오루는 자신이 리쿠토 군에게 누를 끼친 것만 같아 마음이 좋지 않았다. 우연히 마주쳐서 놀라 소리를 질렀을 뿐인데.

"어떠세요?"

뒤에서 미용사가 거울을 들고 물었다.

"네, 고마워요. 시원하네."

가오루는 고개를 저어 머리칼을 흔들어 보이며 미소 지었다.

사쿠가 말한 대로 경정은 아닌 게 아니라 재미있었다. 처음에만 경주와 경주 사이에 틈이 꽤 있네, 하고 생각했지, 엔도 씨에게 예상하는 법과 주권 사는 법을 배운 후에는 예상, 결정, 용지 기입, 구입, 맞추면 환급의 사이클이 분주하게 돌아가서 시간이 모자랄 정도였다. 사쿠가 예상한 것까지 리에가 기입해서 주권을 사야 하는 탓에 더욱 분주해서, 계단이 많은 좌석과 발매소 사이를 오가기만 해도 운동이 될 듯했다.

고등학교가 여름방학에 들어가, 리에는 사쿠의 부탁으로

아이리와 그녀 아빠와 헤이와지마 경정장에 와 있다. 아이리의 아빠인 엔도 씨는 아들이 태어나면 경정 선수로 만들고 싶었다고 할 정도의 경정 마니아였다. 아들은 태어나지 않았지만 아이리가 태어나 어렸을 때부터 경정장에 데려와서 경주 보는 방법을 가르쳐 주었는데, 아이리는 지금 아빠 못지않은 경정 마니아가 된 듯하다.

"여자 선수도 있는데, 딸을 레이서로 만들겠다는 생각은 안 하셨어요?"

리에가 묻자,

"생각이야 했죠. 그런데 아내가 반대해서."

라고 대답했는데,

"전 아내지."

하고 아이리가 정정했다.

"게다가 나는 운동이 적성에 맞지 않고."

사쿠에게 사전에 들은 정보에 따르면, 아이리의 부모는 이혼을 했고, 그래서 오늘은 리에가 사쿠와 데이트하는 날인 것처럼 엔도 씨와 딸도 데이트하는 날(혹은 면회 날)이다.

유리창 너머에서 비치는 햇살이 눈부시다. 그 탓에 더워서 대부분의 관람객들이 피하는 이 제일 앞줄을 아이리는 좋아하는 듯하다.

"그 사람, 혹시 오늘도 있는 거 아닐까."

리에가 주위를 돌아보면서 중얼거리자,

"누구요?"

하고 엔도 씨가 물었다.

"누구기는, 뻔하죠. 그 왜 말투가 끈끈한 경찰. 이름은 잊었지만 얼굴은 똑똑히 기억나네."

"가가미."

사쿠가 가르쳐 준다.

"맞아! 가가미. 있으면 좋겠네. 오늘은 보호자가 있으니까 아무 말도 못 하겠지. 여름방학이니까 학교를 빼먹은 것도 아니고."

"그래도."

엔도 씨가 씁쓸하게 웃는다.

"그래도 나는 두 번 다시 만나고 싶지 않은데요."

"에이, 소심하게."

느슨한 음악 소리가 울리고, 전광판에 마감 3분 전을 알리는 글자가 떴다. 앞으로 3분 지나면 일곱 번째 경기가 시작된다. 주권은 이미 샀다. 리에는 '어디, 두고 보자고' 하는 식으로 자세를 가다듬는다. 초짜의 행운인지 뭔지 모르겠지만, 지금까지 진행된 여섯 경기 중에서 세 경기를 맞췄다. 엔도 씨가 가르쳐 준 대로 신문에 실린 전적 자료와 엔진 정보를 참고한 것이 아니라, 그 옆에 실린 선수의 얼굴 사진(취향인지 아닌지)으로 정한 결과이기는 하지만.

리에는 몸에 딱 달라붙는 원피스에 하이힐을 신은 자신의 차림새가 경정장이라는 장소에서 몹시 튄다는 것을 알고 있다. 그러나 이다음 고사카와 클래식 콘서트에 가는 약속이 있는 터라 어쩔 수 없다.

런던 집을 떠날 때, 스스로 결정한 일이기는 하지만 이곳을 그리워할 것이라고 생각했다. 집은 물론 직장도 펍도 슈퍼마켓도 친구들도, 도시 자체도 라이프 스타일도. 헤어진 남자만큼은 그리워하지 않을 자신이 있었지만, 그래도 그와 함께 지냈던 날들은 그립고 애틋하게 떠오를 테고, 자주 갔던 레스토랑이나 산책하던 공원에는 또 가고 싶어서 어쩌면 일본으로 귀국한 후에도 런던을 자주 들락거릴지 모른다고 생각했다. 그런데 그런 감상에 젖을 틈조차 없는 이 분주함은 과연 무엇일까. 리에는 자신의 적응 능력에 스스로 감탄한다. 집 한 채를 찾는 것도 그 집을 자기 취향대로 리모델링하는 것도 큰일인데, 순조롭게 진행되고 있을 뿐만 아니라 세미나 강사라는 아르바이트 자리까지 얻었다. 그곳에서 고사카라는 사람을 만나기도 했다. 파이낸셜 플래너 1급, IT 전략가, 증권 애널리스트 등 딸 수 있는 한 자격증을 많이 따둔 덕분이다. 더구나 오늘은 이런 장소에서 도박까지 하고 있다. 자신이 경정을 구경하는 날이 오다니, 런던에 있을 때는 상상도 못 했다.

리에는 해마다 7월이면 런던 교외에서 열렸던 조정 경기를 떠올린다. 템스강의 버킹엄 쪽과 버크셔 쪽의 두 레인으로 나뉘어 속도를 겨룬다. 물론 그 경기는 도박이 아니고 여름의 풍물시적인 스포츠 이벤트이지만, 보트 경기인 점은 똑같다.

팡파르가 울리고 제7경기가 시작된다. 여섯 정의 보트가 개라지(라고 하는지 잘 모르겠지만)에서 튀어나와 마크를 돌아 각각의 위치에 정지한다.

"인이 조금 깊은데."

엔도 씨가 중얼거리는 말의 의미를 몰랐지만, 물을 틈은 없었다. 엔진 소리가 울리면서 보트들이 출발했기 때문이다. 숨죽이고 지켜본다. 엔도 부녀는 "고 고!", "좋았어!", "틈을 노려!", "아!" 하고 시끌시끌하다. 리에가 소리를 지를 수 있는 것은 마지막 직선 코스 때뿐이다. 그전까지는 경기 과정을 눈으로 좇느라 벅차 목소리조차 나오지 않는데, 마지막에는 외친다. "다카하시!" 하거나 "핫토리!" 하고 자신이 주권을 산 선수 이름을.

"봤어? 봤어?"

또 예상이 맞아떨어져, 골인 후의 시끌벅적함 속에서 리에는 사쿠와 하이 파이브를 하며 기뻐한다. 그것만으로는 모자라 그 자리에서 슬쩍 춤을 추었다. 내가 경정에 좀 재능이 있는지도 모르겠네, 하고 생각한다. 그리고 오늘 보고 들은 새로운 것-입장료가 겨우 백 엔이라는 것, 친절하게도 여기저기 스크린이 설치되어 있다는 것, 경주의 속도, 어느 한 보트가 전복되었을 때의 충격, 맞춘 주권을 넣기만 하면 기계에서 배당금이 쑥 나온다는 것-을 어서 고사카에게 얘기하고 싶다고 생각했다. 틀림없이 놀라고, 흥미로워하리라.

어머니와 둘이 저녁 식사를 끝낸 다미코가 리에 방으로 변한 자기 방에서 옛 앨범을 펼친 것은 어쩌다 문득, 그러니까 그냥 생각이 나서였다. 쓰리 걸스라 불렸던 자신들의 모습을 눈으로 보고 싶어진 것이다. 가족사진에서 불필요한 부분을 잘라내고 앨범에 붙였던 꼼꼼한 아버지와 달리, 다미코는 학창 시절 사진 대부분을 당시 사진점에서 서비스로 준 싸구려 앨범에 넣어 두었다. 나머지는 필름과 함께 봉투에 그대로 보관하고 있다. 비닐이 삭아 안에 든 사진이 흐릿했지만 그래도 분위기는 충분히 느낄 수 있어, 자신들이 젊다기보다 너무 어려서 다미코는 놀라고 만다. 입학식과 졸업식, 여행, 놀이공원, 축제, 캠프, 꽃놀이(를 빙자한 술자리), 스키. 지금과 달라 스마트폰은 당연히 없었으니, 일상을 찍은 스냅은 별로 없다. 사진은 거의 이벤트를 기록하고 있다. 정말 이랬을까. 다미코는 기억력에는 자신이 있다 여겼는데, 몇 장은 언제 사진인지 전혀 기억나지 않았다.

"아이들이네."

다미코는 소리 내어 중얼거린다. 학창 시절, 스스로는 다 큰 어른이라 생각했는데 사진 속 자신(들)은 어린아이들이라 고박에 할 수 없을 정도로 천진하다. 일자로 자른 긴 머리에 굵은 눈썹, 빨간 립스틱을 바르고, 당시 '하마토라'(Yokohama traditional, 요코하마를 중심으로 유행했던 컨서버티브 패션으로 폴로셔츠에 조끼, 카디건, 체크무늬 치마, 하이삭스, 당시의 여대생들 사이에서 유행했고, 여중고생들에게도 큰 영향을 미쳤다_옮긴이)라 불렸던 이십 대 초반의 젊은 여자 차림인 리에도, 지금보다 훨씬 오동통했던 사키도, 화장기도 없고 어느 사진에서나 감색이나 갈색 옷을 입고 있는 소탈 그 자체인 다미코 자신도.

마치 처음 보는 것처럼 계속 놀라면서 다미코는 옛 사진들을 바라본다. 셋 다 지금과는 전혀 다른 인간 같은데, 리에는 틀림없는 리에이고, 사키 역시 고집스러우리만큼 사키이고, 자신도 보나 마나 그럴 것이라고 생각하자, 왠지 으스스 소름이 끼쳤다.

다미코는 앨범을 상자에 다시 집어넣고 책장 꼭대기 칸에 올려놓는다. 보기 전에는 나중에 리에에게도 보여 줘야지 했는데, 그리움이 아니라 끔찍함을 느끼고 만 지금은 제자리에 돌려놓는 편이 무난하지 싶었다.

여름 감기에 걸렸는지 미열이 있어서 한동안 집 밖을 나가지 못한 탓에 오랜만에 스포츠 센터에 가고 있다. 구름 한 점 없는 하늘은 한없이 파랗다. 병이 나았을 때 특유의 가뿐함과 세상과 재회한 듯한 해방감에 가오루는 걸으면서 후후후 웃는다. 버스를 타고, 낯선 사람들과 얼굴을 마주하는 것마저 즐겁다.

어젯밤 목욕을 하고 있는데, 유리문을 빼꼼 열고 얼굴을 들이민 다미코가 "괜찮아?" 하고 물었다. 괜찮다고 대답했는데도 다미코는 또 "병원에 안 가도 되겠어?" 하고 걱정스러운 듯이 물었다. 열도 내리고, 조금이지만 밥도 먹고, 목욕을 하고 있는 때가 되어서야. 가오루는 그만 웃고 말았다. 정말이지 다미코답다고 생각했기 때문이다. 무슨 일이든 한참이 지나서야 알아차린다.

"병원은 무슨."

하고 가오루는 다미코를 안심시켰다.

"그냥 감기야. 이제 다 나았다."

하고. 그건 사실이었고. 가오루는 애당초 병원에 갈 마음이 없었다. 그런데 다미코의 사고 혹은 행동이 한발 늦는 것도 사실이라, 그런 점이 다미코 자신의 인생에(예를 들어 아이가 없는 것과 모모치 씨와의 관계 등에) 영향을 미치고 있을지도 모른다고 생각하자 가슴이 아팠다. 부모가 너무 느긋한 아이로 키웠는지도 모른다. 이제 예순 가까운 자식을 두고 그렇게 생각하는 것도 이상한 일이라는 건 알지만, 그런데도 간혹 그런 생각이 머리를 스친다.

스포츠 센터 접수창구에 리쿠토 군이 있었다. 여느 때처럼 "안녕!"이라 인사하고 탈의실로 가려는데, 그가 불렀다.

"저번에는 죄송합니다. 회사 사람과 함께 있는데, 너무 친숙하게 대하는 것도 안 되지 싶어 그만 어색해졌어요."

"나야말로 미안하지. 깜짝 놀라서 아무 생각 없이 불렀어."

빈정거린 것은 아닌데, 가오루의 대답은 빈정거림처럼 울린다. 회사 사람이 알아서 안 될 게 뭐가 있다고, 하고 본의 아니게 생각하는 반면, 회사원인 리쿠토 군에게는 회사원으로서의 사정이 있다는 것도 이해는 되었다.

이 스포츠 센터에 있는 모든 관엽식물은 그 원예점에서 대여한 것이라고 리쿠토 군은 설명했다. 화분은 정기적으로 업자가 트럭에 실어 반입하고 교환하고 또 철수해 가지만, 담당자와 거래하는 창구는 필요하고 그 창구를 다음 달부터 리쿠토 군이 맡게 되었다는 것도.

"그런 일도 하네."

가오루는 감탄한다. 코치 같은 선생으로 일하고 있다고만 여겼다.

"그러게. 화분이 정말 많네."

지금까지 관심 있게 보지 않았는데, 둘러보는 순간 몇 개나 눈에 띄었다. 그러고 보니 탈의실에도 있었고, 가오루는 간 적이 없지만 머신 트레이닝 홀이나 스쿼시 코트가 있는 층에도 여기저기 화분이 놓여 있을 듯하다.

"새 일에 적응될 때까지는 좀 힘들겠네. 열심히 해요."

가오루가 그렇게 말하자, "고맙습니다" 하는 소리와 함께 리쿠토 군이 환하게 웃는다.

"저."

그리고 물었다.

"가오루 씨, 최근에 마도카 만난 적 있으세요?"

하고 웃음기가 가신 진지한 표정으로.

"아니. 다미코에게는 종종 연락하는 모양이던데."

왜? 하고 묻자,

"아니 그냥, 잘 있나 해서요."

"화해 안 해?"

하고 물어본다. 두 사람이 잘되는 편이 가오루와 다미코의 일상이 평화롭다는 일방적인 이유도 있지만, 물론 그게 전부는 아니다. 두 사람을 오래 지켜본 사람으로서, 리쿠토 군과 마도카는 잘 어울리는 남녀라고 생각하기 때문이다.

"뭐, 언젠가는 하려고 하는데요."

하는 리쿠토 군의 대답으로 보아, 서로가 오기를 부리고 있을 뿐 결정적으로 헤어진 것은 아닌 듯하다.

"하려고 하는데요?"

되묻자, 잠시 후에 리쿠토 군이 허리춤에 두 손을 대고 농담처럼 말했다.

"좀 더 어른이 되어야죠."

마치 선생 같은 말투다.

"결혼으로 뭔가가 해결되는 것도 아니고, 마도카는 좀 응석받이 같은 구석이 있어서 말입니다."

"그렇구나."

적당히 맞장구를 치고 끝낼 수도 있었는데, 가오루는,

"그래도."

하고 말을 잇고 만다.

"어른이 되어서도 응석받이는 응석받이야. 다미코나 리에 씨, 두 사람이 아니더라도 주위를 돌아보면 알 수 있을 텐데."

하고. 그러고는,

"여든 된 할미 말을 믿는 편이 좋을 거야. 응석은 아이들만 부리는 게 아니라고."

하는 말까지 하고서야, 젊은 사람을 상대로 왜 이렇게까지 곧이곧대로 말하는 걸까 싶어 부끄러워졌다. 그거 보라니까,

하고 가오루는 마음속으로 스스로를 꾸짖는다. 리쿠토 군이 난처해하잖아, 하고.

"아무튼, 리쿠토 군은 마도카가 좀 더 성장했으면 좋겠다는 말이네."

가오루는 사태를 수습하려 애썼다.

"걱정 말아요. 젊은 사람은 쑥쑥 성장하니까."

하는 어정쩡한 말로.

18

사키로서는 의외였다. 외관이 차분하고 고전적인 집이었다. 목조 2층짜리 건물을 다정큼나무 울타리가 빙 두르고 있다. 부부가 이곳에서 아이들을 키우고, 그 아이들이 성장해서 이미 독립한, 그런 인상을 주는 집이다. 지은 지 35년이라고 하니, 사실 그런 경위를 거쳤을지도 모른다.

"멋지네."

사키는 솔직하게 감상을 말했다.

"리에 너라서 좀 더 기발하고 존재감이 확실한 집일 줄 알았는데."

"그러게 말이야."

하면서 다미코도 고개를 끄덕인다. 리에는,

"뭔 소리야. 둘 다 나를 전혀 모르네."

하고 비죽거린다.

이게 바로 여름 날씨지 하는 식으로 하늘은 파랗고, 차에서 내려 몇 분 지나지 않았는데 정수리가 벌써 뜨끈하다. '좋은 레스토랑이 있으니까 드라이브도 할 겸'이라는 리에 말에 따라나선 사키와 다미코는 지금 리에의 새집을 밖에서 바라보고 있다. 안은 공사 중이라서 들어갈 수 없다고 한다.

"조용한 곳이네."

하고 다미코가 말하고,

"저기 좀 봐, 솔개."

하면서 하늘을 가리켰다. 셋은 나란히 고개를 쳐든다.

"와, 이런 주택가에 솔개가 있네. 근처 숲에 사는 새인가 했는데."

"바로 저기가 산이잖아."

리에가 말한다.

"꽤 크다."

"날갯짓을 하지 않는데 어떻게 떨어지지 않을까."

"갈색 새인 줄 알았는데, 밑에서 보니까 날개 안쪽이 하얗구나."

그런 말을 주고받다, 너무 오래 고개를 쳐들고 있어 목이 아파졌다.

"참, 한가롭다."

"공기가 다르네."

사키는 다미코와 그런 말로 환경을 칭찬하면서, 이런 곳에 혼자 살면 불안하지 않을까 생각한다. 밤에는 캄캄할 테고, 근처에 아는 사람도 없고, 만약 무슨 일이 생겼을 때 사키나 다미코가 달려오려고 해도 시간이 걸린다.

"잠깐 기다리고 있어."

리에가 차 트렁크에서 커다란 종이봉투를 꺼내오더니 바로 집 안으로 들어간다.

"로스트비프 도시락."

다미코가 작은 소리로 사키에게 가르쳐 준다.

"아는 셰프에게 만들어 달라고 억지를 부렸나 봐. 너 데리러 가기 전에 픽업했어."

하고 정말 이상하다는 듯이.

"아는 셰프가 만든 로스트비프 도시락?"

"그래."

"백화점 지하나 뭐 그런 데서 사면 안 된대?"

어이없어하며 묻는 사키에게,

"그럼. 안 되지, 리에인데."

다미코는 그렇게 대답했다. 조금도 어이없어하지 않는 다미코의 그저 유쾌한 말투에 사키는 어리둥절하다.

"다미코 너, 보살님이구나."

그래서 그렇게 말했다.

"진짜 대단하다. 리에 같은 사람을 몇 달 동안이나 떠안고 있다니. 아무나 할 수 있는 일이 아닌데."

솔개는 이제 사라졌다. 사키는 다미코와 멀거니 집 앞에 서 있다.

"덥다."

다미코가 중얼거리면서 손으로 얼굴을 가린다. 그런다고 시원해지는 것도 아닌데.

"미안, 미안. 우리도 점심 먹으러 가자."

일하는 사람들과 얘기를 나누고 돌아와 그런지 리에는 조금 전보다 목소리 톤이 높아졌다.

"자, 얼른 타."

사키와 다미코는 각자 뒷좌석과 조수석 문을 열고 순순히 차에 올라탄다.

레스토랑은 해변에 있었고, 리에는 창가 자리를 예약해 놓은 듯했다. 바로 앞이 모래사장이다. 모래 위에 점점이 파라솔이 서 있고, 수영복 차림의 가족들, 젊은이들이 드문드문 보인다.

바다도 햇살도 바로 눈앞에 있는데, 가게 안은 냉방이 잘 되어 있어 시원하고, 하얀 식탁보를 씌운 테이블은 완벽하게 세팅되어 있었다. 바다를 몇 년 만에 보는 것일까, 하고 사키는 생각한다. 첫째 아들이 초등학교 다닐 때 후로 처음이니까, 십몇 년이나 지났을 것이다. 그런 말을 하자,

"그렇게 오래됐어?"

하며 둘 다 놀랐다. 다미코는 작년에 오키나와에 다녀왔다고 한다.

"아 그 후에 취재 때문에 갔던 도야마에서도 바다를 봤네. 하얀 모래사장에서 느긋하게 시간을 보내고 싶은 고장이었어."

리에는 런던에 있을 때 바다를 보러 브라이턴까지 자주 다녀왔다는 얘기를 했다.

"관광지인데 귀여운 도시야. 아주 멋진 부두의 흔적도 있고."

"멋진 부두의 흔적?"

다미코가 대뜸 되묻는다.

"그 멋진이라는 말, 부두를 말하는 거야? 흔적을 말하는 거야?"

"그게...... 양쪽 다."

리에가 대답한 참에 각자의 음료가 나왔다. 이 가게는 좋은 와인이 많으니까 꼭 마셔 봐야 한다고 리에가 열심히 권하는 탓에 사키는 그녀가 조금 안타까워진다. 만약 자신이 운전할 수 있다면 리에더러 마시라고 할 텐데.

"그 부두, 옛날에 불이 나서 골조만 남았거든. 그래서 다른 장소에 새 부두가 생겼는데, 그 골조를 그대로 남겨 두었어. 그게 얼마나 위엄 있고 멋진지 몰라."

종업원이 메뉴판을 나누어 주어, 셋이 동시에 가방에서 노안경을 꺼내 쓰면서 셋이 또 웃고 말았다. 메뉴는 전채와 파스타와 메인 디쉬를 각각 선택할 수 있는 코스였다. 선택지도 많고, 요리 이름 밑에 설명문도 길다. 읽고 있자니 다미코가,

"우리."

하고 말했다.

"우리, 옛날부터 메뉴 볼 때는 조용해지더라."

적당한 타이밍에 나오는 요리는 하나 같이 맛있고(사키는 전채로 차가운 수프를, 메인 디쉬는 생선 요리를 고르고, 파스타는 바질리코로 했다), 화제는 - 리에가 고사카 씨와 순조롭게 교제하고 있다는 것(콘서트홀에서 피아노 연주를 듣고, 밤의 거리에서 키스를 했단다), 동글이가 사키의 생활을 정말 윤택하게 해 주고 있다는 것(너, 절대 안 키운다고 했잖아, 안 된다고 그렇게 펄펄 날뛰더니, 며느리 술수에 보기 좋게 걸려들었네, 하고 사키는 놀림을 받았다), 다미코의 새 소설 내용(첫 SF 소설인 듯하다) 등등 - 끝없이 퍼져 나갔다.

내년에 수영복을 새로 살 생각이라고 리에가 말하고, 셋이 이 부근 바다에서 수영하자는 얘기가 나왔을 때, 사키는 반대는 하지 않았지만 바다에서 수영하는 자신의 모습을 상상할 수 없었다. 내년에 만약 그 계획이 실현된다면, 아마 자신은 모래사장에서 책이나 읽으며 헤엄치는 두 사람을 지켜볼 것이라고 상상한다. 10년도 더 전에 아들들을 보면서 그랬던 것처럼, 하고 생각한다. 나쁘지 않은 광경이다. 리에는 보나 마나 호들갑을 떨 테고, 다미코는 묵묵히 헤엄칠 것이다.

"무조건 비키니지."

리에가 말한다.

"유럽의 휴양지에서 여자는 다들 비키니야. 오십 대든 육십 대든, 이렇게 뚱뚱해서 엉덩이가 튀어나오든 뱃살이 흘러넘치든 상관 안 해. 그게 또 얼마나 당당하고 멋져 보이는지."

"하지만 여기는 유럽이 아니잖아."

하고 다미코가 말하든 말든,

"아저씨들은 또 얼마나 멋지다고. 다들 머리는 벗어지고 배도 불룩한데 화려한 수영 팬츠 입고, 가슴털 위에서는 번쩍거리는 금목걸이가 찰랑거리고, 바다사자처럼 누워 있는 비키니 차림의 아내에게 선 오일을 발라 주기도 하고."

하고 리에는 말을 계속한다.

"그쪽 사람들은 어른과 아이를 구별하니까, 나이를 먹으면 먹은 대로 박력 있는 육체를 바람직하다고 보는 거지. 그래서 깡마른 여자들은 비키니 안 입어, 빈약해 보인다고. 아, 물론 젊은 여자는 다르지."

"리에야 비키니든 뭐든 입으면 되지."

다미코가 그렇게 말해서 그 얘기는 그렇게 끝났는데, 사키는 젊을 때는, 하고 또 생각하고 만다. 젊을 때는 살을 조금만 더 빼면 비키니를 입을 수 있겠다고 생각했다. 지금 돌이켜 보면 말이 안 되는 생각이지만, 날씬하지 않으면 여자도 아니라는 풍조에 휘둘렸던 것이다. 그런데 정작 깡마르면 빈약해 보여서 비키니를 입을 수 없다니 아이러니다.

시계를 보니 2시 반이 넘었다. 가게에 들어선 시간이 12시였으니, 세 시간 가깝게 점심을 먹은 셈이다. 이 사람들과 함께 있으면 그만 시간을 잊어버린다고 사키가 생각했을 때, 옆에서 다미코가 "알았어" 하고 말했다.

"알았다고?"

되묻자, 다미코는 사키의 손목시계를 가리키고는, 그녀답지 않게 약간 흥분한 말투로,

"그 몸짓."

하고 말한다.

"우리 얼마 전에 후타코타마가와에서 둘이 차 마신 적 있잖아? 그때 사키가 손목시계를 보는 몸짓에서 무언가를 느꼈어. 그리움 같은 것. 아주 순간적이어서, 왜 그런 느낌이 들었는지 몰랐는데, 사키 너 지금도 시계를 안쪽으로 차는구나."

"어, 그러네."

리에 눈도 동그래진다. '천연기념물' 이라느니 '쇼와 시대의 숙녀'라느니, '어머니 세대' 하거나 '맞다 맞아, 가오루 씨도 그렇잖아' 하고 둘이 입을 모아 하는 말을 사키는 묘한 기분

으로 듣고 있다. 왜 그렇게 말이 많은지 알 수 없었다. 아버지가 중학교 1학년 때 처음 시계를 사 주면서, 여자는 시계를 안쪽으로 차는 법이라고 가르쳐 주었다. 그 후로 줄곧 그렇게 차고 있고, 다미코나 리에도 옛날에는 그렇게 찼을 텐데.

"커피 리필 해 달라고 할까?"

조금 전에 마지막 주문 시간이라는 말을 들었는데 리에는 그렇게 말한다.

"브레이크 타임일 텐데."

하며 다미코가 막는다.

"묻기라도 해 보지 뭐."

물론 리에는 포기하지 않는다.

햇살이 쨍쨍하다. 시부야에는 오늘도 사람이 많다. 아이리와 점심때 만나서 라면을 먹고, 목욕용품 가게와 옷 가게를 구경하고, 애플 스토어까지 구경하고 나니 할 일이 없었다. 여름방학, 시간은 느릿느릿 흐른다. 왠지 따분하다고 사쿠는 생각한다. 그렇다고 아이리와 헤어져 집으로 돌아가고 싶지도 않았다.

"이제 뭐 하지."

"음, 그러게."

그런 말을 주고받으면서 걷다 보니 역으로 돌아오고 말았다.

"플라네타리움에나 갈까? 아니면 노래방."

아이리가 말한다. 오늘 아이리는 빈티지 스타일의 티셔츠에 통이 펄럭거리는 아저씨 같은 스타일의 바지를 입었다. 가짜 안경은 쓰지 않았다. 사쿠가 이제 치마를 입지 않기로 해서 자기도 '변장'을 하지 않는다고 자기 입으로 말했지만, 꽤 어울렸던 터라 사쿠는 아쉽게 여긴다. 게다가 치마를 입고 가짜 안경을 끼는 편이 거리에서도 자신들답게 걸어 다녔던 것 같은 기분도 든다.

"아니면, 야마노테선 일주."

"야마노테선 일주?"

놀라서 되묻자,

"전철 타고 있으면 그래도 시원은 하잖아."

하고 아이리는 말했다.

"타고 가다가 도중에 내리고 싶으면 내리면 되고."

"음. 글쎄. 좀 답답할 것 같은데."

하고 대답하자, 아이리가 갑자기 등을 탁 쳤다.

"답답하다고? 같이 있는데?"

사쿠는 당황해서 아니라고 부정한다. 아이리와 같이 있어서 답답한 게 아니라, 아무 목적 없이 전철을 타고 있는 게 답답하다는 뜻이라고 설명했는데도 아이리는,

"같은 말이지 뭐."

하고 대꾸했다.

"같지 않지."

"같아요."

사쿠는 잠시 생각하고서,

"요요기 공원에 갈래?"

하고 제안해 보았다. 전에 갔을 때 빈티지 옷, 카세트테이프, 액세서리를 파는 플리 마켓 같은 것이 있어 아이리가 좋아했던 기억이 났기 때문이다.

"좋아."

하고 아이리는 대답은 했지만 표정은 불만스러워 보였다.

"답답하다니, 절대 있을 수 없어."

그렇게 선언하고는 혼자 앞서 걷기 시작한다. 공원 길 쪽을 향해 마침 파란 신호가 깜박거리는 건널목을 똑바로. 사쿠도 뒤따라 걸으면서 어쩔 수 없어서 "미안해" 하고 작은

소리로 사과한다. 자신이 뭔가 잘못했다는 생각은 없었지만, 달리 어떻게 하면 좋을지 몰랐다. 아이리는 걷는 속도를 늦추지 않는다. 세이부 백화점 앞을 지나고, 교회 앞을 지난다. 스쳐 지나가는 사람들이 너무 많아 좀처럼 옆에서 걸을 수 없었다.

그다음 신호 대기에서야 겨우 말이 없는 아이리 옆에 섰다. 놀랍게도, 옆에 서자 아이리가 먼저 손을 잡았다. 사쿠의 손가락에 손가락을 꼭 끼운다. 그 후에도 한참을 말없이 걸었다. 하지만 그것은 뭐라 말할 수 없이 안심되는 침묵이었다. 자신의 손안에 아이리의 손이 있다. 사쿠는 여자의 사고회로는 정말 모르겠다고 생각했지만, 그래도 아이리의 전부가 지금 여기 있다는 것은 실감할 수 있고 그것만으로도 충분하다는 기분이 든다. 아니, 충분하고도 남는다.

아주 노련한 손길이었다.

리에는 목욕을 하고 나와 침실에서 뷰티 기기로 얼굴을 마사지하면서 그 밤의 일을 떠올리고 있다. 그 밤 후로 자신도 모르게 몇 번이나 기억을 반추하고 있다. 노르웨이인 피아니스트의 연주를 들은 다음 고사카는 근처에 밤늦게까지 하는 좋은 비스트로가 있다고 했다. 정감이 넘치는 소리를 한껏 들은 후라 두 사람 마음도 고양되어 있었다. 아마 자신의 두 볼도 발갛게 달아 있었을 것이라고 생각한다. 런던에서도 극장에서 나오면 늘 볼이 상기되고 발걸음이 가벼웠다. 지금 막 보고 나온 연극이 몸속에 남아 있어서, 자신이 평소와 다른 인간이 된 듯한 기분이 들고, 런던이라는 도시가 한결 아름다워 보이곤 했다.

오랜만에 간 콘서트였다. 리에는 클래식 음악에 대해 잘 알지 못하지만, 그 노르웨이인 피아니스트의 연주가 따스함과 풍성함을 지니고 있다는 것은 알았다. 음 하나하나에 연주자의 감각이 살아 있고, 처음부터 끝까지 청중의 마음을 사로잡았다는 것도. 앙코르에 세 번이나 답했고, 세 번째에는 유머러스하게 왼손으로만 멋진 연주를 들려 주었으니 본인도 상당히 기분이 좋았던 것이리라.

그렇다 보니, 홀에서 나왔을 때 리에는 온몸이 음악으로 충만했다. 마찬가지로 음악에 온몸이 젖어 있던 고사카와 손을 잡고 걸었다. 비스트로는 빨간 초롱을 내건 가게와 스낵바가 줄지은 좁고 복잡한 골목 안에 있었다. 문을 열기 직전에 고사카가 리에를 끌어안았다. 갑작스러웠는데도 자연스럽고 힘 있게. 그 후의 입맞춤보다, 한 손으로 재빨리 끌어안아 자기도 모르게 그의 품에 안겼던 일련의 매끄러운 동작에 리에는 감명을 받았다.

그런 식으로 끌어안겼던 게 얼마 만일까. 1분에 8천 5백 번 진동하고, 마이너스 이온으로 미용 성분을 피부에 침투시킨다는 마사지기의 찌릿찌릿한 자극을 느끼면서 리에는 생각한다. 그러나 생각해도 기억나지 않았다.

마사지를 끝내고 리에는 침대에 가부좌를 틀고 앉아 노트북을 연다. 요즘 리에의 취미는 해외 사이트에서 가구와 조명 기구 사진을 보는 것이다. 아로마 양초를 피워 놓아 방 안에서는 파출리 향이 나고, 자기 얼굴을 손가락으로 톡톡 건드리니 피부가 탱글탱글하다.

사쿠는 좀처럼 잠이 오지 않았다. 침대에 누운 채 어둠을 노려보고 있다. 낮에 있었던 일이 머릿속을 맴돈다. 요요기 공원에 플리 마켓은 나와 있지 않았지만, 힙합을 추는 사람들을 구경하고, 식물에 대해 설명해 놓은 글을 읽으면서 아이리와 둘이 계속 걸었다. 같이 있어서 좋아야 하는데, 어떻게 된 일인지 걸으면 걸을수록 불안해졌다. 어디든 갈 장소는 없고, 조금씩 날은 저물어 가고.

집에 돌아가야 하는 시간이 정해져 있고, 신나게 즐길 만한 장소-예를 들면 디즈니랜드-에 가서 놀 수 있는 돈은 없고, 자칫 이상한 곳-예를 들면 경정장-에 갔다가는 경찰에게 잔소리를 듣는 자신들의 나이가 답답했다.

대학에 들어가면 하숙하고 싶다고 리에 고모에게 말했을 때, 그럴 수 있기를 바란 건 사실이지만 진심은 아니었다. 사쿠는 그저 고모를 기쁘게 해 주고 싶었을 뿐인데, 진짜 생각해 봐야 하는지도 모른다. 집을 떠나면 교우 관계로 잔소리를 듣는 일도, 아르바이트 금지도 없는 생활을 할 수 있을 것이다. 고모는 아이리를 마음에 들어 하니까, 집에 초대할 수도 있을 것이다.

부모는 보나 마나 반대할 것이다. 엄마는 리에 고모를 싫어하고, 아빠도 기껏 대학까지 무시험으로 올라갈 수 있는 학교에 들어갔는데, 왜 굳이 밖으로 나가려 하는지 이해하지 못할 것이다. 아이리의 반응도 걱정이었다. 서로 진로에 대해 얘기한 적은 없지만, 아마 이대로 같은 대학에 진학한다고 믿고 있을 테니까. 더 큰 문제는 입시를 위한 공부다. 다른 대학의 입학시험에 합격할 만한 힘과 실력이 자신에게 있을지, 그런 현실적인 문제도 있었다.

그래도.

윗몸을 일으키고 머리맡에 있는 스탠드를 켜고서 사쿠는 생각한다. 그래도 부딪쳐 볼 가치는 있지 않을까.

작년에 고모가 있는 런던에서 지냈던 날들을 떠올린다. 혼자서 지하철을 타고 박물관에 갔고, 슈퍼마켓에서 쇼핑도 했다. 알지도 못하는 영국 사람과 친구가 되기도 했다. 그저 거리를 어슬렁어슬렁 걷기만 해도 즐거웠고, 오늘과는 반대로 걸으면 걸을수록 자유롭게 느껴졌다. 날마다 아침에 눈을 뜨면 아직 시작되지 않은 하루가 온전히 눈앞에 있던 그 감각.

언젠가는 이 집을 떠날 테니, 그날이 1년 8개월 후면 안 될 이유가 있을까.

19

리에가 있는 동안만 다미코가 생활시간대를 낮으로 바꾼 것은 늦은 밤의 와인 때문이 아니라, 아침의 주서기 탓이었다. 당근과 우엉 같은 딱딱한 채소도 금방 부드럽게 변신한다고 리에가 자랑하는 그 독일제 주서기는 아무튼 소리가 시끄럽다. 술에 취해서 잠들기라도 하지 않는 한, 어쩔 수 없이 눈을 뜨게 된다. 그런데다 어머니가 식사를 준비하느라 아침부터 굽고 튀기는 소리와 냄새가 이어지고, 거기에 목소리를 죽이려 애쓰는 듯하지만 그래서 더욱이 귀 기울이게 되는 어머니와 리에의 말소리와 웃음소리가 겹치는 통에 더는 잠을 잘 수 없다.

그런데 정작 바꾸고 보니, 하루가 길다는 것에 다미코는 놀랐다. 전에는 새벽 네 시나 다섯 시에 자서 점심때쯤 일어나는 생활을 했다. 샤워를 하고 아침 겸 점심을 먹고, 청소를 하고 메일을 체크하고 우편물 정리 등 잡다한 일을 하다 보면 저녁때가 되었다.

편집자와의 미팅을 비롯해 외출할 일이 있으면 외출하고, 안 그러면 저녁을 간단히 먹고 밤 아홉 시 전후에 일을 시작했다. 머리가 작동하지 않을 때까지 쓰고, 하늘이 희붐하게 밝아올 무렵에 목욕을 하고, 일어난 어머니와 엇갈리듯 침실(요즘은 거실에 깐 손님용 이부자리)에 들어 잠을 잤다.

그런데 리에와 늦은 밤에 와인을 마시고 바로 잠들어, 주서기 소리와 함께 일어나는 생활을 하자 청소 등의 잡다한 일을 끝내도 오전이라, 일을 하든 외출을 하든 책을 읽든 밤에 리에와 또 와인을 마실 때까지 놀랄 만큼 오후 시간이 여유로웠다.

마도카에게 그런 얘기를 하자,

"무슨 말인지 알 것 같아요."

하고 말했다.

"실제로 해 보기 전에는 그런 변화를 절대 무리라고 생각하더라고요."

"그런가?"

"그래요. 나도 리쿠토 씨와 헤어지기 전에는 리쿠토 씨 없이 사는 건 절대 무리라고 생각했어요."

오랜만에 놀러 온 마도카는 건강해 보였다.

"그런데 지금은 반대로, 어떻게 그토록 건전치 못하게 지낼 수 있었는지, 그게 오히려 신기해요."

"그랬어? 건전하지 못했어?"

"네. 아주 불건전했어요."

마도카는 생글생글 웃고 있다. 이제 완전히 떨쳐 버린 것이리라. 그렇다면 다행이네, 하고 다미코는 생각한다. 만약 사토미가 살아 있었어도 틀림없이 그렇게 생각했을 것이고, 리쿠토 씨와 마도카 사이에 무슨 일이 있었든 다미코는 마도카를 응원할 수밖에 없으니까.

마도카는 여름휴가를 내서 여자 친구와 한국에 다녀왔다고 한다. 매콤하고 맛있는 음식을 신나게 먹고, 마사지도 즐겼다고.

"이건 존 이모에게. 그리고 이건 가오루 할머니에게."

마도카가 가방에서 뭔가를 꺼내 테이블에 놓는다.

눈앞에 놓인 것은 마스크 팩과 크림, 그리고 깻잎장아찌

캔이었다.

"오, 고마워. 잘 쓸게."

다미코는 무턱대고 좋아하는 자신에게 당황한다. 화장품은 굳이-이랄까, 전혀-필요치 않은데. 그리고 아주 오래전에도 비슷한 일이 있었던 기억이 났다. 수학여행이나 가족여행, 또는 체험학습. 마도카는 어렸을 때도 어딘가에 다녀올 때마다 약속이라도 한 것처럼 선물을 사 들고 왔다. 세 마리 원숭이 인형, 모래시계, 조개껍데기로 장식한 액자 같은 것을. 하나같이 조금도 실용적이지 않고 세련되지도 않았지만, 마도카가 존 이모를 위해 골랐다는 것이 고마워서 시간이 지나도 버릴 수 없었다.

"마도카가 옛날에 내게 인연 부적 사다 줬던 적도 있었는데."

기억이 떠올라 다미코는 그리움에 웃고 만다.

"에? 그랬어요?"

마도카도 웃으면서 그렇게 말했지만,

"아마 중학생 때였을 거예요. 수학여행으로 교토에 갔다 왔을 때."

하고 이어 말한 것을 보면 기억은 하고 있는 듯하다.

"그때는 아차 싶었어. 내가 어린아이한테까지 걱정을 끼쳤구나 하고 말이야."

옛날얘기를 하며 한껏 웃은 후에,

"저."

하면서 마도카가 선명한 노란색 봉투를 테이블에 내놓았다.

"안에 제 프로필이랄까, 자기소개서? 그런 게 들어 있어요. 좋은 남자 있으면, 소개해 주세요."

그렇게 말하면서 머리를 숙이는 마도카는 조금 전의 웃음기가 싹 사라진 진지한 표정이라, 다미코는 어안이 벙벙해진다.

"뭐? 그러니까 선을 보고 싶다는 말이야?"

"네."

거침없이 대답해서, 다미코는 속으로 놀란다.

"결혼으로 이어지지 않는 연애, 해 봐야 시간 낭비라는 걸 깨달았어요."

다미코가 뭐라고 말을 못 하자, 마도카는 설명을 덧붙였다.

"결혼정보회사나 단체 소개팅은 부정확한 요소가 많고 거짓말을 할 가능성도 있으니까, 역시 잘 아는 사람에게 소개

받는 편이 안전할까 싶어서요."

"음, 그 말, 진심으로 하는 거야?"

이 아이가 지금 결혼으로 이어지지 않는 연애는 해 봐야 시간 낭비라고 한 게 맞을까.

"그럼요, 진심이죠. 주변에도 꽤 많아요, 원래부터 중매결혼을 원했던 사람. 그런 시대라고 할지."

정말? 시간 낭비? 원래부터? 그런 시대? 다미코는 혼란스러웠다. 그것은 '존 이모'로서의 혼란이 아니라 연애소설을 쓰는 작가로서의 혼란이었다. 세상이 자신의 이해가 미치지 않는 방향으로 가고 있는지도 모른다는 공포이기도 했다.

충동적으로 안과의 문을 열었다. 적어도 오늘 안과에 들러 진료 받을 생각은 없었다. 얼마 전부터 사물이 이중으로 보이거나 밖에 나가면 심하게 눈이 부신 증상이 있었지만, 나이 탓이려니 했고 햇살이 눈 부신 여름이라 그러려니 하고 가오루는 괘념치 않았다. 때로 시야가 부옇게 흐려져서 성가셨지만 무슨 중대한 질환은 아닐까 하고 생각하면 두렵기도 해서, 아마 그래서 더욱이 생각지 않으려 했을 것이다.

슈퍼마켓에서 식료품을 사고 무료 배달을 신청해 놓고 돌아오는 길에 문득, 이 언저리에 안과가 있지 싶은 생각이 났다. 간판을 본 적만 있을 뿐 들어간 적은 없었고, 물론 예약도 하지 않았다. 그런데 들여다보기나 하자 싶어 문을 열어 보니, 널찍한 거실 같은 로비가 있고, 접수창구의 여직원이 아주 상냥하게 초진에 예약을 하지 않아도 아무 문제가 없다고 응대해 주었다.

벽을 따라 죽 놓인 의자에 노인도 아이도 앉아 있었다. 가오루도 의자 하나에 앉았다. 문진표의 글자가 작아서 잘 못 읽겠다고 생각한 찰나 간호사가 노안경을 내밀어 주지를 않나, 아무튼 더없이 친절했다.

공기 청정기가 작동되고 있는데도 창문이 조금 열려 있고, 그 창문으로 마당의 나무가 보였다. 기다리는 동안 긴장되고 불안한 한편 무슨 모험이라도 하는 듯한 설렘도 있었다. 가오루가 지금 다른 어르신과 아이들 사이에 섞여 여기 있다는 것을 다미코도 리에도 아무도 모른다. 그렇게 생각하자 자신이 자유롭고 홀가분해진 기분이 들어, 가오루는 슬쩍 미소 짓고 싶어진다.

의사는 젊은 남자였다. 그리고 놀랍게도 안구를 눈알이라고 했다.

"눈알이 깨끗하군요. 아직 탁해지지 않았어요."

"눈알을 좀 움직여 보시죠." 그렇게.

막 씻은 차가운 손으로 눈두덩을 잡아당기고 뒤집기도 했지만, 아프지 않았다. 몇 가지 기계 앞에 앉아 지시한 곳에 턱을 올려놓았다. 시력 검사를 하고, 안압 검사를 하고, 눈약을 넣고 눕기도 하고 의자에 앉기도 하는 그 모든 과정이 가오루는 흥미로웠다.

백내장이라는 진단이 내렸다. 수술 여부는 임의로 선택할 수 있지만 그냥 내버려 두면 증상이 악화된다고 해서, 가오루는 수술을 받겠노라고 대답했다. 오늘 수술할 수도 있고 다른 날에 할 수도 있다고 하는데, 오늘 바로 하겠다고 대답한 것은 이미 올라탄 배, 이왕 온 김에 하자는 생각에서였다.

반려동물용 사료와 시트, 생수 등 부피가 크고 무거운 것을 인터넷으로 살 수 있어 정말 편리하다. 사료와 시트를 사러 가려면 주말을 기다려 남편이 차를 운전해 주어야 한다.

배달된 종이 상자를 보면(또는 테이프를 뜯어내는 소리를 들으면), 왜 그런지 동글이는 흥분한다. 상자를 적으로 여기는 것처럼 낮게 으르렁거리기도 하고, 절대 닿지 않을 거리로 물러났다가 달려드는 자세를 취하기도 한다. 사키가 종이 상자를 찌그러뜨리면 그 흥분은 최고조에 달해, 경기 시작종이 울리기 직전의 복서처럼 사키 옆에서 콩콩 뛴다. 그 모습이 귀여워서,

"어머, 동글이. 엄마 도와주는 거야?"

하고 사키는 말했다.

배달된 물품 중에는 시어머니가 쓸 종이 기저귀도 있다. 사키는 우선 그것을 2층으로 들고 가 벽장에 밀어 넣는다. 가능하면 가족들 눈에 띄지 않도록 하기 위해서다. 사키 자신도 그 커다란 꾸러미를 보면 늘 가슴이 술렁거린다. 친정어머니가 이런 것을 사용하기 전에 세상을 떠난 것에 감사하고, 가능하면 사용하고 싶지 않을 시어머니도 딱하게 여긴다. 그리고 오늘은 거기에 새로운 요소가 더해진다. 맏이의 약혼자 얼굴이 떠오르는 요소다. 어쩌면 언젠가 그녀가 자신을 위해 이런 것을 살 날이 올지도 모른다. 그 생각이 너무도 충격적이어서, 사키는 이내 물리쳤다. 그런 일은 절대 일어나지 않는다, 하고 생각하기로 한다. 절대, 절대 일어나지 않는다.

거실로 돌아와 보니, 테이블에 놓인 휴대전화에 착신이 있

었다. 리에였다. 전화를 걸었지만, 현재 전화를 받을 수 없다는 메시지가 흘렀다. 또 엇갈렸네, 하면서 사키는 한숨을 쉰다. 어제 리에에게 전화를 걸어 조안나의 파티에 같이 가자고 말하려고 했다. 외국인들만 모이는 파티니까 영어 회화를 연습하는 실전의 기회는 되겠지만, 사키로서는 혼자 참석하기가 불안해서 영어에 익숙하고 사교적인 리에가 같이 가 주면 가장 좋겠다고 생각했다. 그런데 리에는 전화를 받지 않았고, 오늘 리에가 건 전화는 사키가 미처 몰라 받지 못했다. 그래서 다시 걸면 전화를 받지 않는 일이 계속되고 있다. 이런 때는 내가 늘 집에 있다는 것을 아니 집 전화로 걸어 주면 좋을 텐데, 하고 사키는 생각한다. 휴대전화는 당연히 편리하지만, 집 안에서 스물네 시간 손에 들고 있는 것은 아니다. 집 전화는 1층에도 있고 2층에도 있고, 소리가 커서 바로 받을 수 있다.

또 외국에서 온 손님의 조수로 불려 나가 리에는 시부야와 아사쿠사 거리를 걸었다. 영국의 장난감 회사 CEO 부부는 삼십 대의 젊은이로, 아무리 걸어도 지치지 않는 듯했다. 옛날처럼 여행 책자가 아니라 인터넷에서 정보를 수집해 와서는, 어디어디의 빙수가 먹고 싶다느니 어디어디의 골목길을 보고 싶다는 등 요청이 구체적이어서 편할까 했는데, 사진에서 본 풍경과 다르다, 어쩌면 다른 지역의 골목인지도 모르겠다, 하고 부부 사이에 의견이 갈려 골치 아팠다. 도쿄가 얼마나 넓은 도시인지를 이해하지 못하는 탓인지, 보고 싶고 먹고 싶다는 것이 있는 장소가 뚝뚝 떨어져 있어 이동에도 시간이 걸렸다. 마지막으로 긴자에서 스시를 먹고, 하이힐을 신고 나온 것을 후회하면서 너덜너덜 지쳐 집에 돌아오자 웬일로 다미코가 현관까지 나와,

"어서 와. 기다리고 있었어."

라고 말했다.

"나 오늘 정말 힘들었어."

하고 화가 나서 못 견디겠다는 듯이.

"좀 있다 천천히 들어 줄게. 옷부터 갈아입고."

리에는 아무튼 하이힐을 벗는다. 그 해방감이라니! 다미코는 가오루가 오늘 백내장 수술을 받았다고 말했다.

"한마디 말도 없이 갑자기. 그럴 수 있느냐고?"

그럴 수 있다. 백내장 수술은 최신 설비를 갖춘 병원에서 하면 15분 정도에 끝난다고 들은 적이 있다.

"장 보러 간다고 하면서 나갔는데 아무리 기다려도 오지 않아서, 교통사고라도 당했나 하고 나는 걱정이 돼서 미칠 것 같았는데."

다미코는 계속 분통을 터뜨리면서 같이 계단을 올라가 침실(원래는 다미코의 방이지만)까지 따라온다. 침대에 걸터앉아,

"슈퍼마켓에도 가 봤는데 없잖아. 집에 돌아와 보니까 식료품은 배달되어 있고. 도대체 어떻게 된 건지, 여우에게 홀린 기분이었다고."

하고 말한다.

"고개 돌리고 있을 테니까 어서 옷 갈아입어."

하는 말도.

리에는 외출용 옷을 벗고 편해서 집안에서 애용하는 짙은 갈색 긴 티셔츠를 입는다. 런던 대학의 로고가 찍혀 있지만 유학 시절에 산 것은 아니고, 4, 5년 전에 현지의 친구를 만나러 갔을 때 산 것이다.

"그랬더니 저녁때가 돼서야 전화가 걸려 와서, 뭐라는지 알아? 수술 끝났는데, 의사의 권유로 하룻밤 입원하기로 했으니까 잠옷이랑 칫솔 갖다 달라고 하잖아. 너무 어이가 없어서."

"에? 그럼 어머니 지금 집에 안 계시는 거야?"

"그래."

다미코는 설명을 계속한다. 나이를 감안해서 입원을 제안한 것이지, 수술 자체는 잘 끝났기 때문에 가오루는 집에 가고 싶어 했지만, 수술 끝나고 보호경을 끼고 걷는 것은 무서워한다는 말을 의사에게 들었다고 한다.

"어차피 내일 오전 중에 경과를 봐야 하니까, 그럼 차라리 하루 입원을 하는 게 어떻겠느냐, 그렇게 된 것 같아."

"흐음, 그렇구나."

눈에 문제가 있는 줄은 몰랐다고 다미코는 말한다.

"아무 말도 해 주지 않는데, 어떻게 알겠어."

"그래도 수술은 잘 끝났다며? 그럼 된 거 아니야."

리에는 그렇게 말하고,

"오늘은 여기서 마실까?"

하고 제안한다. 침대 위에서 연인들처럼, 하는 말까지 덧붙여.

"징그러운 소리 마."

다미코는 그렇게 응수한다.

"그럼 대학의 여대생 기숙사처럼."

리에는 그렇게 말하고 와인을 가지러 1층으로 내려간다.

복도도 계단도 부엌도, 가오루가 없는 집안이 휑하게 느껴져 다미코도 오늘 밤은 허전할 것이라고 생각했다.

아르헨티나산 레드와인을 골랐다. 냉장고를 열자 채소가 가득 들어 있어, 수술받기 전에 가오루 씨가 산 모양이라고 생각하자 리에는 왠지 웃음이 나왔다.

다시 2층으로 올라가, 음악이 듣고 싶어(여대생 기숙사에는 음악이 필수다) 플레이어에 CD를 밀어 넣는다. 다미코의 CD 컬렉션에는 온통 리에가 모르는 뮤지션뿐이지만, 유일하게 아는 사토 다카시가 있어 그걸 골랐다. 〈베이징에서 아침을〉이 흐르기 시작한다.

"와, 오랜만에 듣네."

자기도 모르게 중얼거리자,

"이거, 명반이지."

하고 다미코도 말해서, 한참을 잠자코 음악을 들었다. 〈베이징에서 아침을〉 다음은 〈카바레〉, 무대가 중국에서 갑자기 파리로 튄다. 세 번째 곡인 〈8월의 기억〉이 후렴구에 접어들었을 때, 리에와 다미코는 동시에 웃음을 터뜨린다. 사토 다카시는 '당신은 미세스, 당신은 미세스'라고 달콤한 목소리로 노래하는데, 미세스가 아닌 둘이 듣고 있으니.

"병원에 가 봤더니."

다미코가 다시 말한다.

"고글처럼 투박한 보호경을 끼고 침대에 누워 있어서, 얼마나 놀랐다고."

리에는 상상해 본다. 누워 있는 가오루의 모습이 아니라, 그 모습을 본 다미코의 심경을.

"많이 놀랐겠네."

"그럼!"

다미코의 목소리에 힘이 실린다.

"그런데 당사자는 얼마나 태연하던지. 수술도 전혀 아프지 않았고, 검사하는 것도 재미있었다고 하는 거야."

가오루의 말투도 목소리도 알알이 떠올랐다.

"진짜, 어머니답네."

"장 보고 돌아오는 길이었다고? 아, 맞다, 잠깐 안과에 들러서 수술이나 받고 갈까, 그러는 사람이 어딨어? 무모하잖아."

아아, 진정해, 하고 달래면서 리에는 다미코의 잔에 와인을 더 따른다. 백 퍼센트 말벡의 묵직한 맛이 안주가 없는데도 만족스러워, 천천히 마시기에 마침 좋았다.

"좋잖아. 건강하다는 증거인데."

리에는 그렇게 말하고 지금쯤 병실에서 자고 있을 가오루를 생각했다. 내일, 아침 일찍 잠이 깨서는 답답해하며 진료 시간을 기다리다가 끝나면 곧장 기운차게 돌아올 가오루를.

20

다음 날, 리에가 예상했던 그대로의 과정(잠이 들었다 깼다, 그래서 결국 얕은 잠, 평소보다 빨리 일어남, 답답해하면서 아침 식사를 기다리고 시계만 보면서 진료 시간을 기다렸다)을 거쳐 퇴원한 가오루는 (접수창구 직원에게 "두 따님이 모시러 오다니, 좋으시겠어요" 하는 말을 들었다), 자신의 시야가 맑아진 것에 놀란다. 의사와 다미코의 얼굴도, 병원 안의 가구와 설비의 색감과 질감도, 재미있을 정도로 선명하게 보인다. 자신이 신고 있는 구두가 얼마나 낡았는지 그것까지. 슬슬 새로 사야 할 때인지도 모른다.

밖으로 나오자 새로운 시야에 다소의 공포감이 동반된다. 모든 것이 세부까지 너무 잘 보이고, 눈에 다 담기지 못하는 것 같아 혼란스럽다.

"기다려. 좀 천천히 걷자."

그렇게 말하자, 다미코와 리에가 양쪽에서 바로 팔을 잡았다. 마치 가오루가 금방이라도 넘어지겠다고 생각하는 것처럼.

"이러지 마. 혼자서 걸을 수 있어. 그냥 좀 천천히 걷고 싶을 뿐이야."

실제로 기분이 무척 좋았다. 하룻밤이지만 얼굴에 투박한 기구를 장착한 채 병실에 갇혔던 후라 숨 쉬는 대기가 달콤하고 신선해서, 약간은 축복받은 기분이다. 모험을 무사히 끝낸 후련함도 있었다.

다미코도 리에도 팔은 놓아 주었지만, 가오루 양옆에 딱 달라붙어 걷고 있다. 그리고 둘이서 새가 지저귀듯 조잘거리는 말은 지금 막 다녀온 안과에 대해서다. 선생님이 젊어서 깜짝 놀랐다느니, 잘생겼다느니, 인상이 좋다느니, 언젠가 백내장에 걸리면 나도 그 병원에 가겠다느니, 고령화 사회니까 안과는 앞으로도 점점 장사가 잘돼서 돈벌이가 꽤 되겠다느니, 듣는 사람이 민망할 정도로 입이 걸다. 이 사람들 아직 젊네, 하고 가오루는 생각한다. 이런 일을 가지고 새처럼 조잘대다니.

그래도 세상의 색감이 이렇게 선명한지 몰랐다. 다른 집 마당에 핀 짙은 분홍색 협죽도 꽃을, 가오루는 그만 걸음을 멈추고 황홀하게 바라본다.

집에 돌아오니 자신의 집이 무척이나 반갑게 느껴졌다. 마치 며칠이나 집을 비웠던 것처럼. 가오루는 자신이 여행을 하지 않은 지 참 오래되었다는 것을 깨닫는다. 다미코가 어렸을 때는 산과 바다로 데리고 다녔고, 그 후에도 남편이 건강하던 때에는 부부가 해마다 하코네 온천에 다녀왔다. 그 모든 여행이 자신이 아닌 다른 가오루가 다녀온 것만 같다. 여행 가방을 싸고 문단속을 하고, 기차 시간과 남편의 기분 때문에 전전긍긍했던 일, 혹시나 길을 잃으면 어쩌나 하는 걱정과 수고하는 여관 사람들에 대한 고마움. 돌이켜 보니 가오루는 옛날부터 생각할 일이 많아 여행을 별로 좋아하지 않았다.

"어머니는."

우선 차를 마실까 싶어 주전자에 물을 받고 있는데 리에가 말했다.

"어머니는 밖에서 돌아오면 물을 끓이는 존재라는 게 기억났어요. 우리 어머니도 그랬거든요."

정말 우습다는 듯이. 오늘 리에는 휴양지에서나 입을(가오루 눈에는 그렇게밖에 보이지 않는다) 하늘하늘한 원피스를 입고 있다. 검은 바탕에 빨간 꽃무늬가 흩어져 있는 원피스는 리에의 풍만한 몸매를 강조할뿐더러 잘 어울리기도 했다. 그러나 화장에 대해서는, 아무리 그래도 아이라인을 너무 진하게 그린 게 아닌가 하고 생각했다. 갑자기 눈이 밝아진 탓이다.

"모든 게 다 싫다는 시기라 그래요."

신세를 제일 많이 지고 있는 어르신 돌보미 후쿠치 씨는 별일 아니라는 듯이 말했지만, 자는 것도 싫다, 먹는 것도 싫다, 휠체어도 싫다, 산책도 싫다, 텔레비전도 싫다, 목욕도 싫다, 종이 팬티도 싫다, 누가 돌봐 주는 것도 싫다, 면회도 싫다고 하니, 사키도 남편도 손쓸 도리가 없다.

"어머니, 실뜨기 하실래요?"

일루의 희망을 걸고 말해 보았지만, 시어머니는 분개한 콧소리와 함께 얼굴을 홱 돌리고 말았다.

"이제 그만 좀 고집부리세요."

옆에서 남편이 맥없는 목소리로 말했다. 그 말은 침대에서 윗몸만 일으키고 있는 시어머니에게 한 것일 텐데, 사키 귀에는 왜인지 사키와 시어머니 양쪽을 향한 중얼거림처럼 들린다. 싫다는 남편을 억지로 데려온 탓인지도 모른다. 점차 쇠약해지는, 더불어 인격까지 변해 가는 어머니를 보기가 괴로운 심정은 사키도 충분히 이해한다. 그러나 만나지 않고 있다가 나중에 후회할 사람은 남편이라고 생각한다.

"날씨가 좋은데, 잠시 마당에 나가 볼까요?"

사키의 말을 시어머니는 묵살한다.

"그럼 대체 어쩌고 싶은 거야?"

하는 말을 뱉은 남편의 실책에 사키는 내심 바짝 긴장했다. 뻔하지 않은가. 시어머니는 집으로 돌아가고 싶은 것이다. 그러나 아무 대답하지 않았다.

"제발 먹기라도 하라고요."

남편이 답답함과 애원을 한꺼번에 듬뿍 담아 말한다.

"먹고 싶지 않은 건 억지로 안 먹어도 되니까."

최근 들어 시어머니는 식사를 꺼린다고 한다. 어제는 먹여 주는 돌보미에게 폭력까지 휘둘렀다고 들었다. 때리려고 하고 고함도 질렀다고 한다.

"네 말을 내가 왜 들어야 하니."

시어머니가 굳은 목소리로 말했다.

"뭐야, 그 말은 대체 무슨 뜻이야?"

시어머니는 원래 대식가였다. 장어나 갈비구이 같은 맛이 진한 음식을 좋아하고 놀라우리만큼 많이 먹었다. 식사를 뿌리치는 지금도 식욕은 왕성해서, 담화실에 준비되어 있는 과자를 거의 혼자서 먹어 치우고, 오후의 간식도 다른 사람 것까지 먹어 버린다는 불평인지 보고인지 모를 말을 후쿠치 씨에게 들었다.

"그만 갈 테니까, 돌보미 아주머니들이 하는 말 잘 들어요."

불쑥 나가려는 남편을 막지 않은 채, 사키는 선 자리에서 여기 오자마자 꽂은 꽃(마당에서 꺾어 온 싸리꽃과 꿩의비름꽃이다. 아직 날이 더운데 올해는 가을꽃이 일찍 피었다)을 멍하니 바라보고 있었다. 시어머니를 안타깝게 여기는 마음만큼이나 자신이 여기 가져온 꽃도 가엾게 느껴지는데(시어머니와 함께 갇히고 말았으니), 그렇게 느끼는 자신은 시어머니에 대해 정말 냉담하다고 생각했다.

집으로 돌아가는 차 안에서 남편은 이상하게 말이 많았다. 올해 새로 들어온 사원 중 한 명이 툭하면 지각을 하는데 퇴근은 정시에 한다는 얘기며, 도쿄대학에도 교토대학에도 카레 연구회라는 동아리가 있는데, 만약 자신이 그 어느 쪽의 학생이었다면 틀림없이 그 동아리에 들어갔을 것이란 애기며. 어머니 생각을 하고 싶지 않은 것이리라. 그 점은 사키도 마찬가지였다. 그렇다고 해서 생각지 않을 수도 없는 일이다.

"폭력을 휘둘렀다니, 쫓겨날지도 모르겠네."

그래서 그렇게 말해 보았다.

"만약 그렇게 되면, 어째야 할지 모르겠네."

운전석에서 남편의 옆얼굴이 굳어간다.

"말이 폭력이지, 노인네가 좀 짜증을 부렸을 뿐인데 뭐. 다들 전문가인데, 익숙할 거야."

시어머니가 있는 시설–어중간하게 개발된 교외에 있고, 역 앞만 북적거렸지 다른 곳은 한산하다–에서 차가 멀어지면서 사키의 죄책감은 더해 갔다. 좀 더 오래 있어야 했는지도 모르고, 시어머니가 그 장소에서 조금이라도 더 쾌적하게 지내려면 어떻게 해야 하는지 본인이나 직원들과 좀 더 애기를 나눴어야 했는지도 모른다. 그러나 한편 차가 집에 가까워질수록 어쩔 수 없이 안도감이 솟는다. 눈에 익은 풍경, 평화로운 일상, 혼자서도 지낼 수 있는 사람들.

"나 다음 주에, 조안나 집에 갈 거야."

분위기를 바꾸고 싶어 사키가 말했다.

"파티가 있는데, 여러 나라 사람들이 온대. 다들 영어로 얘기하고, 믿을 수 있는 사람들이니까 걱정할 것 없다고 하는데, 처음이라서 좀 긴장되네."

관심은 전혀 없을 텐데, 남편은 화제가 바뀐 것을 반긴다.

"잘됐네."

평소와 다르게 성의를 담아 말하고,

"당신 영어 공부 오래 했으니까 이 기회에 실력 발휘하고 와."

라고 말을 잇는다.

"실력 발휘?"

남편의 언어 선택에 사키는 웃었다. 그렇게 용감한 일은 자신에게 맞지 않는다. 사키로서는 어디까지나 공부의 일환이다.

"리에에게도 가자고 했더니 고사카 씨랑 같이 오겠다고 하네, 난처하게."

초대를 받은 사람은 애당초 사키 한 명이다. 한 명은 더 데려가도 괜찮지 싶어 리에에게 같이 가자고 했는데, 둘이면 과연 어떨지 고심하게 된다. 매너에 어긋나는 것은 아닐까. 리에는 웃으면서,

"서구권에서는 커플끼리 참가하는 게 기본이야. 그리고 홈 파티는 누가 누구의 친구인지 모를 정도로 다양한 사람들이 드나드는 게 관례니까 괜찮아."

라고 말했지만.

"고사카 씨?"

남편이 되묻고서야, 사키는 그가 누구인지 얘기하지 않았다는 것을 알았다.

"아, 리에의 요즘 남자 친구."

그래서 그렇게 설명했다. 둘이 세미나에서 만났다는 것과 그의 직업 등등도.

남편은 대꾸하지 않았다. 그는 이런 얘기를 그다지 좋아하지 않는다. 나이도 먹을 만큼 먹은 여자의 연애담 따위는. 남편뿐만 아니라 세상 사람들 대부분이 그렇지 않을까 하고 사키는 생각한다. 오십 대쯤 되면 가정에 안주하고 있든지, 그렇지 않으면 일에 매진하며 남녀관계와는 무관한 생활을 하고 있든지 둘 중에 하나라고 생각하고 싶어 한다. 사키 자신도 그러는 게 보통이라고 생각했고, 만약 지금 남편이 없더라도 다른 남자와 친해지는 일은 절대 없을 것이라고 생각한다. 그래서 자신이 왜 잠자코 있지 않았는지 알 수 없었다.

남편의 기분을 해치지 않기 위해서는 잠자코 있는 편이 좋았는데, 자기도 모르게,

"아주 행복해 보이더라."

하고 말하고 말았다.

"둘 다 독신이고, 아무 문제 없잖아."

하고. 자신의 말투가 어딘가 모르게 도발적이라는 것은 알고 있었다. 남편은 여전히 말이 없었지만 상관치 않았다. 가령 남편 또는 사키 자신의 감각이 평범한 수준이라고 해도 사키는 언제나 리에 편이고, 리에는 애당초 평범한 사람이 아니니까.

오늘 아이리는 잘 웃는다. 웃는 아이리의 얼굴을 표현할 딱 좋은 말을 사쿠는 모른다. 빛나는 듯한? 통통 튀는 듯한? 어느 쪽이나 사쿠는 마음에 들지 않는다. 더 소박하고 개방적이고 자연스러운 느낌, 나무나 꽃, 하늘, 바다 같은 인간이 아닌 것을 보고 있는 듯한 느낌.

"그럼, 알지도 못하는 사람을 갑자기 껴안았다는 말이에요?"

아이리가 물어서,

"잘 아는 사람인 줄 알았다니까."

하고 리에 고모가 대답한다. 셋은 지금 아이리 아버지의 초대로, 그가 경영하는 갈비구이집에 와 있다.

"잘 아는 사람을 오랜만에 만났다고 생각하고 일단은 허그를 했지. 그런데 속으로는 필사적이었어, 누구인지 이름을 기억해 내려고."

런던 시절에 리에가 한국음식점에서 텔레비전의 기상 캐스터와 마주쳤을 때 얘기다. 사쿠는 전에도 들은 적이 있다.

"그래서, 상대방은요?"

"그야 상대는 연예인이나 다름없는 사람인걸. 놀라면서도 친절하게 대해 줬는데, 나로서는 그래서 더 의외였어."

"의외요?"

"그렇잖아. 그 사람은 나를 열렬한 팬으로 여겼을 거 아냐. 하지만 나는 팬도 뭐도 아니고, 더 분명하게 말하면 싫어하는 사람이었다고. 그냥 눈에 익은 얼굴이라서 아는 사람이라고 착각했을 뿐이지."

리에는 그렇게 말하고,

"그래서 나중에 그 사람이 있는 테이블에 가서 오해를 풀었어. 조금 전에는 실례가 많았다고 사과하고, 사람을 착각했을 뿐 당신의 팬은 아닙니다 하고 말이야."

아이리는 또 폭소를 터뜨렸다.

"리에 아주머니, 정말 재미있네요."

이 얘기가 여기서 끝이 아니라는 것을 사쿠는 알고 있다. 고모는 그때 파트너인 해럴드와 함께 있었는데 해럴드가 그녀의 처신을 비난해서 대판 싸웠다.

김과 김치, 샐러드에 이어 고기가 나왔다. 주택가 안에 덩그러니 있는 가게인데 무척 고급스럽고, 가게 앞 주차장에 세워진 차도 모두 벤츠와 BMW 같은 외제차였다.

"이거, 이거요."

쟁반에 담겨 나온 고기를 보면서 아이리가 말했다.

"이거, 우리 가게 스페셜, 굉장히 맛있어요. 하지만 돼지고기라서 기름이 잘 타기 때문에 구울 때 요령이 필요해요."

사쿠는 아이리가 아버지 가게를 '우리 가게'라고 아주 자연스럽게, 그리고 자랑스럽게 말했다는 것을 깨달았다.

"안 돼, 아이리."

철망에 고기를 얹으려고 집게를 든 아이리에게 리에가 말했다. 그러고는 아이리 손에서 집게를 낚아채 사쿠에게 내민다.

"이런 건 남자가 하는 거야."

사쿠가 뭐라 반응하기도 전에,

"에, 리에 고모 그렇게 보수적이에요? 성차별이 될 수도 있는데."

하고 아이리가 말하고는 리에에게서 집게를 다시 빼앗았다. 사쿠는 안도한다. 가족끼리 갈비구이집에 갔을 때도 고기 굽는 역할은 엄마 몫이었기 때문에, 자기가 할 수 있을 것 같지 않기 때문이다.

"성차별? 왜?"

리에는 어리둥절해한다.

"보수적이라고? 내가?"

"그래요."

아이리는 생글거리며 단언하고는 노련하게 고기를 굽기 시작한다. 그 태도도 익숙한 손놀림도 감동스러워, 사쿠는 아이리에게서 눈을 떼지 못한다.

"게다가 사쿠가 굽는 것보다 제가 굽는 편이 훨씬 맛있을 텐데요 뭐."

"그야, 당연히 그렇겠지."

리에 고모가 고개를 끄덕인다. 사쿠는 이런 여자아이가

또 어디 있을까, 하고 생각했다. 웃으면서 리에 고모를 말로 이기다니? 아이리가 구운 고기는 다 맛있었다. 돼지고기도 소고기 안창살도 갈비도. 덩어리로 나온 커다란 고기는 중간에 인사하러 얼굴을 보인 아이리의 아빠가 구워 주었지만, 마지막에 나온 내장 소금구이도 아이리가 구웠다. 아이리 아빠는 여기 외에도 가게를 두 군데 더 운영하고 있어서 순서대로 돌아봐야 하는지 30분 정도 있다 사라졌다.

"이 근처에 혹시 공터나 공원 있어?"

식사가 끝나고 차를 마실 때 리에 고모가 물어,

"공터는 없지만, 공원은 있어요."

하고 아이리가 대답했다.

"나가면 바로 산책로가 나오는데, 조금 걸어가면 공원이 있고, 20분 정도 걸어가면 큰 공원도 있어요."

"조그만 공원이라도 충분해."

리에 고모가 차에 폭죽이 있다고 했다. 고기를 먹은 다음 셋이 불꽃놀이를 하면 재미있을 것 같아 사 놓았다고 한다. 사쿠는 신이 났다. 오늘 밤, 아이리와 함께 있을 수 있는 시간이 아직도 많다는 얘기다. 리에 고모, 굿잡. 마음속으로 고모를 향해 엄지를 척 올렸다.

올해는 가을이 일찍 찾아왔다. 9월이 되자 갑자기 기온이 뚝 떨어지더니 중순이 지나서는 비가 내리고 바람이 몰아치는 날이 계속되었다. 간신히 맑았나 싶을 때도 파란 하늘은 오래 지속되지 않았다. 눈 수술을 하고 한동안 수영을 피하는 대신 날마다 산책을 하는 가오루는 날씨가 원망스러웠다. 수영을 할 때는 물이 기분 좋지만, 걸을 때는 우산이 필요하니 물이 성가시다. 차라리 비를 맞으면서 걸으면 기분이 좋을 수도 있겠지만, 나이 든 사람이 그렇게 걸으면 사람들이 놀랄 것이다.

오늘도 비가 내려 쌀쌀한 탓에 가오루는 아침부터 돼지고기를 넣고 탕을 끓였다. 리에는 맛있게 먹어 주었는데 다미코는 커피만 마시겠다고 하니 여전히 음식을 만든 보람이 없다. 그래도 가오루는 다미코가 최근에 아침형 인간으로 바뀐 것이 반갑다.

"기껏 싼 짐을 이사하는 날 왜 푸는데?"

신문을 읽다가 고개를 들고 다미코가 말했다. 그 몸짓과 말투, 노안경을 약간 아래로 내린 것까지 죽은 남편을 꼭 닮아, 가오루는 그만 딸을 빤히 쳐다보고 만다. 아버지가 없는 집안에서 다미코가 알게 모르게 그 역할을 맡고 있는 듯한 느낌이다.

"좋은 생각이 나서."

종이 상자를 잇달아 풀면서 리에가 대답한다. 부엌에 돼지고기탕 냄새가 가득 고여 환기를 하려고 가오루는 싱크대 앞 작은 창문을 열었다. 빗소리가 더 세차게 들린다.

"여기 있었네!"

리에가 환성을 지르고는 비닐 완충재에 쌓인 것을 몇 개나 꺼냈다.

"어머니, 이 중에서 좋은 거 하나 고르세요."

한 개씩 비닐 완충재에서 꺼내 탁자에 늘어놓은 것은 접시였다. 아침 먹은 자리를 아직 치우지 않아, 테이블 위가 복작복작해졌다.

"신세를 많이 졌잖아요."

"신세는 무슨 신세. 그러지 않아도 돼."

가오루는 그렇게 말했지만, 리에는 물론 들은 척도 하지 않고 영국의 벼룩시장에 대해서 설명하기 시작한다. 캠던타운이 어떻다느니, 리버풀스트리트역이 어떻다느니, 옥석이 섞여 있기 때문에 안목이 좋아야 한다느니, 가게 주인 마음에 드는 것이 관건이라느니.

접시는 모두 아홉 개였다. 비교적 새 것도 있고 고색창연한 것도 있고, 색감이 선명한 것과 소박한 것이 섞여 있었지만, 여성적이랄까 무늬도 색감도 로맨틱한 것이 사뭇 리에 취향의 접시였다.

"정말 괜찮은 거야?"

그렇게 확인한 다음 가오루는 한 개를 골랐다. 15센티미터 정도의 아담한 사이즈로 보아 케이크 접시일 듯하다. 크림색 바탕에 쌀알처럼 자잘한 빨간색 무늬가 흩어져 있다.

"와! 역시 어머니 눈이 높으시네. 그거 수지 쿠퍼 접시예요."

환하게 웃으며 말하는 리에를 따라 가오루도 빙그레 웃었다. 수지 쿠퍼가 누구인지 또는 뭔지 알지 못하지만.

"이제 리에 씨가 떠나고 나면 허전하겠어."

가오루는 그렇게 말했다. 물론 진심으로 한 말이었다.

21

모모치는 제 손으로 만든 미트소스스파게티를 먹으면서 빨래를 할 때 유연제의 필요 여부에 대해서 얘기하고 있다. 세탁기에 세제와 표백제, 유연제까지 세 가지 약제를 넣는 것에 거부감이 있다고 한다.

"그렇잖아. 옛날에는 일반 가정에서 빨래를 할 때 딱딱한 비누나 가루비누 중 한 가지만 사용했다고. 그런데 액체 세제가 등장했고, 그 성능이 날로 진화하고 있다면 당연히 그것 한 가지로 끝나야지."

"그렇긴 하지."

다미코는 그렇게 맞장구를 친다. 퇴직한 후의 모모치는 집안일이 신선하고 재미있는지, 만날 때마다 집안일에 대한 이런저런 얘기를 하는 것으로도 모자라 전화를 걸어 하는 때도 있다. 오늘은 다미코 쪽에서 의논할 일이랄까 부탁할 일이 있어서 저녁을 같이 먹자고 했는데, 모모치는 외식은 돈이 든다는 이유로 거절하고는 대신 이렇게 말했다.

"우리 집에 오면 싸고 맛있는 걸 먹여 주지."

경제적으로 충분한 여유가 있을 텐데, 요즘 모모치는 절약에 힘쓴다. 왜 그런지, 언제부터 그랬는지 다미코는 모른다. 사귀던 때에는 별 부담 없이 외식을 했고, 돈 들여 화려한 여행도 곧잘 했는데.

"애당초 옷을 부드럽게 해야 할 필요가 있는지, 나는 그것도 의문이야."

모모치의 얘기가 계속된다.

"청바지는 갓 빨았을 때 그 빳빳하고 딱딱한 느낌이 좋고 말이야."

그렇다면 굳이 유연제를 사용할 필요가 없지 않을까 하는 생각에, 그렇게 말했더니,

"그래도 유연제를 사용하면 옷에서 좋은 냄새가 나니까, 그건 또 포기하기가 어렵잖아."

라는 대답이다. 다미코는 그저 어이가 없어서 웃음이 나온

다. 자신들이 진지한 표정으로 이런 얘기를 나누는 상황이 우스웠다. 젊은 시절의 자신에게 보이고 싶기도 한 반면, 역시 보이고 싶지 않기도 하다.

연애를 하던 때, 다미코 눈에 비친 모모치는 박식하고 다소 오만하고 타인을 절대 믿지 않으려 애쓰는 삐딱한 남학생이었다. 그런 모모치가 관심을 보여 다미코로서는 무척 기뻤고, 오만함의 이면에 있는 그의 정직함과 상처받기 쉬운 심성을 이해하는 사람은 자기뿐이라는 착각도 했다. 그러던 둘이 지금은 유연제를 놓고 아옹다옹하고 있다.

"오늘 낮에 사키랑 백화점에 갔었어."

화제를 바꾸고 싶어 다미코는 말한다.

"얼마 전까지만 해도 그 사람, 백화점에 가면 아들들 옷이랑 양말, 스니커, 남편 잠옷과 속옷, 와이셔츠, 그런 것들만 사니까 본관보다 남성관에 오래 머물렀거든. 그런데 오늘은 남성관에는 볼일이 없다고 하더라. 그래서, 아, 이 사람 드디어 육아에서 해방되어 자기 것을 살 마음이 생겼구나 싶은 생각이 들었는데, 과연 사키답다고 해야 할지, 자기 건 하나도 안 사고 강아지 것만 산더미처럼 사잖아. 그냥 웃음만 나오더라."

"사족을 못 쓰나 보군."

질문은 아닌 듯했지만, 다미코는 고개를 끄덕였다.

"오늘 산 것만 봐서는, 동글이 아마 왕족처럼 지내고 있을 거야."

반려견용 쿠션에서 시작해, 세탁이 가능한 캐시미어 담요, 브랜드 제품인 비옷, 칫솔 치약 세트, 장난감, 인간 아기용과 똑같이 생긴 반려견용 포대기. 기억나는 대로 열거했는데, 모모치의 반응은 신통치 않아,

"호오."

그뿐이었다.

사실 백화점에는 꽃병을 사러 간 것이었다. 리에가 입주 축하 선물로 아르데코풍 유리 꽃병이 갖고 싶다고 한 것이다. 백화점에 직접 전화를 걸어 재고 유무를 확인한 다음 상품을 확보까지 해 두었다고 한다. 기한이 정해져 있어 다미코는 서둘러 사키와 일정을 맞춰 리에가 지정한 백화점 매장을 찾아갔다.

리에가 이사한 지 일주일이 되었다. 다미코는 솔직히 침실을 되찾아 좋았고, 그보다 복도에 쌓인 대량의 짐이 없어지면 개운할 것이라고 여겼다. 그런데, 정작 리에가 없어지고

나니, 예상보다 훨씬 허전했다. 실제로 그 비 내리는 오후, 짐은 많았지만 이사는 순식간에 끝났다. 업자 두 명의 힘이 얼마나 세던지, 작업은 또 얼마나 효율적이고 신속하던지 가오루와 다미코는 그저 넋을 잃고 쳐다보았다. 트럭을 선도하듯 차를 몰고 후다닥 사라진 리에의 모습이 떠오를 때마다 다미코는 상실감을 느낀다. 리에의 활달함, 그 에너지, 제멋대로 구는데도 타인에게 친절한 기묘한 성격. 반년 전까지 리에가 없는 생활이 보통이었는데, 지금 어머니와 단둘이 사는 고요함과 단조로움에 다시 적응하려면 시간이 다소 걸릴 듯했다.

"하지만."

모모치가 말했다.

"사키 씨를 위해서는 잘된 일이겠지. 돌봐 주고, 마음 쓸 대상이 새로 생겨서. 다미코는 다를지도 모르지만, 어떤 유의 여자들은 돌봐 줄 대상이 필요한 것 같으니까."

모모치는 그렇게 말을 이었지만, 다미코는 그 말의 무언가가 마음에 걸렸다. 모모치는 사키에 대해서 거의 모르는데 왜 그녀를 '어떤 유의 여자'에 포함시키는 것일까. '어떤 유'는 어떤 유를 말하는 것이고, 왜 '다미코는 다를지 모르겠지만'일까. 그러나 "왜 나는 다를 거라고 생각하는데" 하고 물으면 자신도 그쪽에 포함시켜 달라고 말하는 것처럼 여겨질 수도 있는데, 그런 뜻은 아니라고 생각한다. 근거 없는 분류 자체가 마음에 안 드는 것이지, 자신 혹은 사키가 어느 쪽으로 분류되든 문제가 아니라는 것을 깨달았을 때는 이미 때가 늦어, 커피를 끓여 준 모모치가,

"그래서, 부탁할 일이 뭔데?"

하고 물었다.

"아, 그렇지."

다미코는 마도카에게 받은 사진과 자기소개서를 내밀었다.

"결혼하고 싶어 하는 아가씨가 있는데. 광고업계 후배 중에 괜찮은 사람 없을까?"

모모치는 놀라다 못해 제정신으로 하는 소리냐는 말이라도 튀어나올 듯한 의심의 눈초리로 다미코를 보았다.

무슨 바람이 불었는지 요즘 둘째가 심심찮게 칭찬을 해 준다. 반찬이나 옷차림을, "와, 최고네!" 하거나 "잘 어울리는데" 하고. 오늘도 학교에서 돌아오자마자 현관에서 꽃을 보고는 이렇게 말했다.

“우리 집은 늘 꽃이 있어서 좋단 말이야. 이런 집은 좀처럼 없지.”

처음에 사키는 사 달라고 하고 싶은 것이라도 있나 하고 억측했는데, 그렇지도 않은 것 같아 요양 시설의 후쿠치 씨 말대로 ‘칭찬하고 싶은 시기’인가 보다고 생각하기로 했다. 중학생 시절부터 말이 없어진 첫째와 달리 둘째 이쿠미는 고등학생이 된 지금도 집에서 말을 많이 한다. 딱히 칭찬하는 말이 아니어도 이런저런 말을 해 주는 것 자체가 사키는 고마운데, 그가 칭찬하는 내용이 엄마가 한 일이나 만든 것이지 아빠의 그것은 아니라는 점에도 솔직히 자존심이 살짝 높아진다.

저녁을 먹고 설거지를 하면서 사키는 낮에 만난 다미코를 생각했다. 남편도 아이도 없고, 게다가 강아지도 없다니 생활이 얼마나 적적하고 밋밋할까. 백화점에 같이 가기는 했지만, 쇼핑하는 사키를 따라다녔을 뿐이지 다미코는 아무것도 사지 않았다. 마지막에 모모치 씨에게 갖다 준다면서 케이크만 샀다.

“아직이야?”

거실에서 남편이 재촉한다.

“미안해. 조금만 더 기다려.”

사키는 그렇게 대답한다. 넷플릭스로 드라마를 함께 보기로 한 것이다.

“빨리 와. 기다리다 잠들겠어.”

벌써 졸린 목소리로 남편이 말하자, 사키는 피식 웃는다. 빨리 오든 어떻든, 드라마가 시작되면 남편은 늘 잠이 들고 만다. 저 사람은 마치 큰 어린아이 같다고 사키는 생각한다. 나이를 먹어도 성장하지 않아, 첫째나 둘째보다 품이 많이 간다. 그러나 아주 착한 아이이다. 자신은 아무 관심 없는 드라마를 이렇게 매일 밤 같이 봐(보려고 해) 주기 때문이다.

다미코가 사토미를 처음 만난 것은 중학교 시절이지만, 실제로 친해진 것은 서른이 넘어서다. 그때 사토미는 이미 결혼해 아이도 있었다. 그래서 그 전의 사토미가 어떤 연애관을 갖고 있었고, 어떤 남자와 교제했는지 다미코는 모른다. 그러니 결혼으로 이어지지 않는 연애는 시간 낭비라는 마도카의 발언을 사토미가 어떻게 생각할지도 알 도리가 없다. 무슨 일이든 ‘어느 쪽이든 상관없다’고 ‘어떻게든 될 대로 된다’ 하고 생각하는 사람이었으니, 의외로 “그래도 상관없지 않겠어?"하고 말할지도 모른다고 다미코는 상상한다. 마도카의 발언에 다미코 자신은 충격을 받았지만.

버스에서 내리자 밤바람이 싸늘했다. 최근에 주말농장으로 임대하게 된 텃밭 위 하늘에 가느다란 초승달이 떠 있다. 모모치는 마도카의 사진과 자기소개서를 마지못해 받아 들었다. 그러나 결혼 상대 후보를 소개하는 역할은 어깨가 무거운 일이다. 소개해 줄 사람을 선택해야 하는 다미코로서도 벌써부터 책임감이 느껴진다.

"가끔 응석도 좀 받아 주고."

사토미는 그렇게 부탁했지만, 결혼 문제도 그 범주에 드는 것일까. 그런 생각을 하면서 걷고 있는데, 집 앞에 서 있는 리에 차가 보였다. 멀리서는 비슷한 차라는 인식밖에 없었는데, 집이 가까워지면서 의심의 여지가 없어졌다. 왜? 하고 생각하기 전에 기쁨이 샘솟았다. 자기도 모르게 발걸음이 빨라진다. 열쇠를 꺼내 문을 여는 잠깐도 안달이 났다. 자신이 왜 이렇게 좋아하는지 모르는 채 문을 열었다.

리에는 거실에 혼자 있었다. 와인을 마시면서 텔레비전의 보도 프로그램을 보고 있는 듯했는데, 다미코가 들어서자 바로 리모컨을 집어 텔레비전을 끄고,

"글쎄, 좀 들어 봐."

하고 말했다.

"어떻게 여기 있는 거야?"

다미코가 물었지만, 리에는

"어머니는 지금 목욕 중이야."

하고 마치 그게 대답인 것처럼 말한다. 그리고 한 번 더.

"좀 들어 보라니까."

하고 말했다. 그 표정과 말투에서 리에가 뭔가에 분개하고 있다는 것을 알았다. 기다리지 못하고 2층까지 따라 올라와 얘기를 한 탓에 다미코가 옷을 갈아입고 손을 씻고 다시 1층으로 내려가 얘기를 들을 자세를 갖췄을 때는 내용을 대충 알고 있었다. 고사카에게 만나자고 했더니 거절했다, 그 이유가 다른 여자와 약속이 있어서였다, 그런데 그런 말을 미안한 기색 하나 없이 뻔뻔하게 말한 고사카에게 화가 난 것이었다. 그 여자는 '딜리아인지 리디아인지' 하는 이름이고, 아직 젊은 미국인이고, 지난달에 사키와 함께 갔던 파티에서 만난 듯하다.

"요는 그냥 그런 사람이었던 거야."

소파에 털퍼덕 앉아 제 손으로 와인을 따르면서 리에가

말했다.

"어떤 여자에게 관심이 생기면 바로 말을 건다니까."

그러고 보니 리에와 고사카도 바로 그렇게 만나지 않았나, 하고 다미코는 기억이 떠오른다.

"본인은 재미있는 아이고 그냥 친구일 뿐이라고 말하지만."

그렇다면 정말 그런 게 아닐까. 리에에게 숨기지 않고 미안한 기색도 없이 말했으니. 그런데 다미코가 그렇게 말하자,

"그래도 안 되지. 내게 빠져 있다면 다른 여자 친구가 왜 필요한데?"

하는 말이 주저 없이 돌아왔다. 다미코는 감탄하고 만다. 다미코 자신에게는 절대 불가능한 발상이기 때문이다.

"게다가."

하고 리에가 말을 잇는다. 하얀 셔츠 위에 얇은 검정 스웨터를 겹쳐 입고, 넉넉한 코듀로이 바지를 입어 왕년의 다이안 키튼이 살짝 떠오르는 차림이다.

"게다가, 내가 만나자고 했는데 거절당한 날은 보통날이 아니라고. 내 생일이란 말이야."

아니, 하고 생각했다.

"10월 14일, 머지않았네."

듣기 전까지 잊고 있었다. 듣고서야 기억난 날을 마치 기억하고 있었던 것처럼 말해 본다.

"그래. 그런데 하필 내 생일에 다른 여자와 왜 약속을 하느냐고?"

리에의 말투에 힘이 들어간다.

"그날이 리에 생일이라는 걸 고사카 씨가 알고 약속을 정한 거야?"

그렇다면 당연히 너무한 걸지도 모른다는 생각에 묻자,

"어떻게 알겠어. 깜짝쇼를 하려고 한 건데."

다미코는 하마터면 와인을 뿜을 뻔했다. 화도 났고, 아마 상처도 받았을 리에에게는 미안하지만 웃고 말았다.

"깜짝쇼는 보통 축하하는 쪽이 하는 거 아닌가?"

웃으면서 말했다.

"내가 보통이 아닌데 어쩌라고."

리에는 그렇게 대답하고,

"게다가 자기 생일을 사전에 알리는 건, 축하해 달라고 요구하는 것 같아서 폼이 안 나잖아."

라고 한다.

"그래서, 멋진 레스토랑을 예약하고, 그를 초대해 짜잔! 오늘은 내 생일입니다! 그런 걸 하려고 했단 말이야."

다미코는 뭐라 말할 수 없이 감동한다. 그 계획은 정말 리에답다. 정말 정말 리에다.

"좋아하는 남자 둘에게 축하받으려고 사쿠에게도 그날 시간을 비워 놓으라고 했다고. 사쿠에게 고사카를 소개하려고. 그런데 그게 전부 물거품이 되었잖아."

"아."

이상한 소리가 나오고 말았다. 풀이 죽은 리에가 딱했다. 그러나 이번 일은 불운한 사고 같은 것이라고 다미코는 생각한다. 리에의 계획을 모르는 고사카를 비난하는 것은 불합리하다.

"고사카 씨에게 얘기해 보는 건 어때?"

그래서 다미코는 그렇게 말해 보았다.

"리에 생일이라는 걸 알면, 그 미국 여자와의 약속을 다른 날로 바꿀지도 모르잖아?"

"오 마이 갓!"

리에의 대답은 영어였다.

"그런 걸 내 프라이드가 용납할 리 없잖아."

그렇다면 다미코는 어떻게 할 방법이 없다.

"잠옷, 가져올까?"

와인을 마시고 있으니 오늘 밤은 묵고 갈 테고, 그렇다면 편한 차림이 느긋하게 지내기 좋을 것이다.

"고마워."

리에는 짧게 대답했다. 방을 나가려는 다미코 등 뒤로,

"걱정 마. 오늘은 내가 여기서 자 줄게."

하는 말이 따라왔다. 자 주다니, 뭐야? 하는 생각도 있었지만, 리에의 평소 말투가 반갑기도 하고 흐뭇하기도 했다.

옷을 갈아입고 화장을 지운 다음, 두 병째 와인을 따를 무렵에는 화가 좀 잦아들었는지,

"모모치 씨 집에 갔었지? 어때, 잘 지내?"

리에가 화제를 돌렸다. 다미코는 잘 지낸다고 대답하고 마도카의 자기소개서를 건네고 왔다는 얘기를 했다.

"문제없지 않겠어? 모모치 씨, 인맥도 넓은 것 같던데."

리에가 그렇게 대답해, 다미코는 안도한다.

"그렇지? 그 사람이, 적임자지?"

리에가 저녁은 뭘 먹었는지 물어서, 모모치가 직접 만든 미트소스스파게티를 먹었다고 대답하자, 리에는 대뜸,

"어머, 안 됐네."

하고는,

“이 집 저녁, 얼마나 멋졌는데. 계란찜에 고기감자조림에 버섯구이!”

하면서 눈을 반짝거렸다.

“스파게티도 맛있었어.”

안 됐다는 말을 들으니 모모치가 안쓰러워져, 다미코는 그렇게 말했다.

“샐러드도 있었고, 디저트로 케이크도 먹었고.”

하고 마치 대항하듯.

“흐음.”

리에는 의심스러운 목소리로 말한다.

“그래서, 모모치 씨와는 어떻게 돼 가고 있는데? 꽁냥꽁냥 잘될 것 같아?”

“아니, 전혀.”

다미코는 바로 대답했다. 둘이서 유연제 담론이라니, 리에가 말하는 ‘꽁냥꽁냥’과는 거리가 멀다.

“그렇게 되지 않고, 되고 싶은 마음도 없어.”

진심이었다. 자신에게는 세탁기에 넣는 세제에 대해서 부담없이 얘기할 수 있는 관계가 ‘꽁냥꽁냥’이라고도 생각한다.

"아쉽네."

리에가 그렇게 말하고 무슨 뜻인지 잔을 들어 올려, 다미코도 같이 잔을 들어 올렸다. 대체 뭘 가지고 건배를 하는 건지 모르는 채. 두 번째 와인은 리에가 들고 온 것으로, 라벨에 개구리 그림이 그려져 있다.

그리고 잠시 주거니 받거니 와인을 마시다가, 이제 슬슬 자려는 참에 다미코가 놀랄 일이 생겼다.

"그래서 말인데."

리에가 불쑥 이은 말이 왜 '그래서 말인데'로 시작되는지 다미코는 알 수 없었다.

"엔도 씨를 초대했어."

그 말은 그러니까 생일 얘기의 연장이었다.

"기껏 멋진 레스토랑을 예약했는데 취소하기 아깝잖아? 그것도 내 생일날에."

"엔도 씨?"

묻자,

"왜 내가 전에 말했잖아. 아이리 아빠."

하고 리에가 설명했다. 그러고는 숨 쉴 틈도 없이,

"달리 생각나는 사람이 없는데 어떡해. 얼마 전에 갈비구이집에서 얻어먹기도 했고, 셋이 있기는 좀 어색하니까 당연히 아이리도 오라고 했어. 예약 인원은 네 명으로 늘리고."

하고 주르륵 말을 늘어놓았다.

"고사카 씨도 다른 여자를 만나는데, 나라고 다른 남자 못 만나라는 법 없잖아?"

다미코는 어안이 벙벙해진다. 이렇게 행동이 빠를 수가. 하지만 생각해 보면, 아니 생각할 것도 없이 이 또한 아주 리에다운 일이다.

"아까 괜히 걱정했네."

다미코가 말했다. 고사카 잘못은 아니지만, 풀 죽은 리에가 안쓰러웠던 것이다.

"두고두고 생각하는데, 리에는 항상 내 상상을 뛰어넘어."

딱히 칭찬한 것은 아닌데, 리에는 환하고 기품 있게 미소 짓고는 겸손하게,

"사쿠도 그런 말 쓰던데, 요즘 젊은 아이들 '상상의 반전'이라고 말하지 않나?"

하고 말한다.

"그게 무슨 뜻일까. 상상했던 것보다 어떻다는 걸까?"

하고. 다미코도 그 표현을 들어 본 적은 있지만, 스스로는

사용하지 않는 데다 그 뜻은 더욱이 생각해 본 적이 없다.

"글쎄."

그래서 그렇게 대답했다.

"사키에게 물어보자. 그 사람은 아이를 둘 키웠으니까, 젊은 아이들 말도 스스럼없이 사용하지 않겠어?"

리에가 말한다.

다미코는 은근슬쩍 부정했는데, 리에는 벌써 휴대전화기를 손에 들고 있다.

"아마 벌써 잠들었겠지만, 라인은 괜찮겠지."

그러고는 신난다는 듯 글자를 입력하기 시작한다.

세 여자를 둘러싸고 흘러가는 일상 속 소소한 이야기들

평소에는 간간이 소식만 주고받다가 어쩌다 오랜만에 만나도, 마치 어젯밤에 만나고 오늘 다시 만난 것처럼 시간을 훌쩍 뛰어넘는 관계가 있지요.

어린 시절 소꿉친구나 여고 시절의 단짝 친구처럼 말이에요. 나누는 대화의 내용은 긴 세월이 섞여 들어 달라졌지만 말투는 바로 그 시절로 돌아가 격의가 없습니다.

〈셔닐 손수건과 속살 노란 멜론〉의 세 주인공 다미코와 리에와 사키가 바로 그런 관계입니다.

그녀들은 대학 시절을 '쓰리 걸스'로 함께 보낸 단짝 친구들이지요.

그러나 30년 넘게 세월이 흐르는 동안 셋의 삶은 각기 다른 방향으로 흘러갑니다.

다미코는 문학상도 수상한 적이 있어 때로는 소설가, 때로는 라이터나 서평가, 에세이스트로 다양하게 불리지만, 그만큼 정체가 애매한 글 쓰는 사람으로 그럭저럭 생계를 유지하고 있습니다. 한 번도 결혼하지 않은 채 오십 대 후반에 접어든 지금도 여전히 여든 된 어머니 가오루와 살고 있지요.

리에는 대학을 졸업하고는 멀리 외국으로 유학을 떠났다가 현지에서 취직, 그리고 영국에 자리 잡은 후로는 일본을 오가며 금융 쪽에서 일하는 글로벌한 여성으로 성장합니다. 결혼과 이혼을 한 번도 아니고 두어 번 경험하는 분방한 생활을 하다 이제는 영국 생활을 접고 일본으로 돌아왔습니다.

사키는 아들 둘을 낳아 키운 조신한 주부로 무심한 남편과 한밤의 텔레비전 영화를 감상하거나 계절 따라 마당을 가꾸는 낙으로 사는 한편 치매를 앓아 요양원에 계시는 시어머니를 문병하고 어린 나이에 철없이 결혼하겠다는 큰아들과 옥신각신하면서 여느 주부와 다를 게 없는 생활을 하고 있지요.

우리 주변 어디에나 있을 법하면서도 조금은 특별하고, 전형적이면서도 조금은 다른 오십대 후반의 세 여자입니다.

그녀들의 지금 이야기는 리에가 영국 생활을 접고 귀국하면서 시작됩니다. 당분간 있을 곳이 마땅치 않아 남편도 자식도 없는 다미코의 집에 신세를 지게 된 것이지요.

그리고 그녀들을 둘러싼 일상이 잔잔하게 흘러갈 뿐입니다.

자유분방하고 충동적인 리에가 새집을 구하는 과정이나 다미코와 모모치의 새로운 우정 덕분에 그녀들의 수다거리가 풍성해지고, 가오루가 발목을 삐고 난데없이 백내장 수술을 하거나 다미코의 죽은 친구의 딸 마도카와 그녀의 연인이며 가오루의 젊은 친구인 리쿠토 군과의 미적지근한 관계, 사키의 큰아들이 벌이는 결혼 소동 등의 작은 사건이 있어 밋밋한 일상에 다소의 소요가 일기는 하지만, 충격적인 분란도 없고 인간관계가 삐걱거려 갈등을 빚는 극적인 일은 하나도 없습니다.

그럼에도 가오루를 비롯해 각 세대를 대변하는 듯한 등장인물들이 생동감 있고 귀엽게 다가오는 것은 그들이 '나이'라는 제약을 부정하거나 피하려 하지 않을 뿐더러 거기에 안주하지도 않기 때문이지 않을까 합니다. 오히려 그들은 너무도 자연스럽고 당당하고 성실하게 그들 자신의 나이와 삶을 살아가고 있는 듯 보입니다.

수영복 입은 몸을 거울에 비쳐 보며 이미 저세상 사람이 된 남편이 수영장에 다니는 자신을 어떻게 생각할지를 상상하는 가오루의 귀여운 모습에는 흐뭇한 미소마저 짓게 됩니다. 성 정체성에 혼란이 와서가 아니라 그냥 패션으로 여자처럼 화장을 하고 치마를 입는다는 사쿠는 또 어떻고요. 그렇게 할 수 있는 기한도 앞으로 1년이라는 것까지 그가 자각하고 있어서 거부감이 들었다가도 이내 그 당당함을 수긍하게 됩니다.

하물며 다미코와 리에와 사키, 과거 '쓰리 걸스'였던 그녀들의 지금은 어떻겠는지요.

'쓰리 걸스'이던 시절, 상상과 동경을 부추겼던 특별한 단어였던 셔닐과 속살 노란 멜론에 대한 막연한 환상은 비록 깨졌지만, 그래서 그녀들 앞에는 '지금'이 있을 뿐이지만, 그 지금이 한탄과 회한과 투정과 불만으로 얼룩지지 않는 것은 그녀들이 그녀들 자신의 나이와 단단히 마주하고 있어서가 아닐까 합니다.

2024년 가혹했던 여름이 지나고

김난주